이태산 장편소설

허공의 파편

지은이 **이태산(李太山)**

1994년 경북 출생.
해군으로 군복무를 하던 중 중고서점에 비치되어 있던 무라카미 하루키의 소설을 우연히
접하게 되고 그의 소설을 읽다가 '나도 소설을 한 번 써봐야겠다'라는 생각에 『허공의 파편』
을 집필하게 되었다.

이태산 장편소설
허공의 파편

© 이태산, 2017

1판 1쇄 인쇄__2017년 02월 01일
1판 1쇄 발행__2017년 02월 10일

지은이__이태산
펴낸이__양정섭
펴낸곳__작가와비평
        등록__제2010-000013호
        블로그__http://wekorea.tistory.com
        이메일__mykorea01@naver.com

공급처__(주)글로벌콘텐츠출판그룹
        대표__홍정표   편집디자인__김미미   기획·마케팅__노경민
        주소__서울특별시 강동구 천중로 196 정일빌딩 401호
        전화__02) 488-3280   팩스__02) 488-3281
        홈페이지__http://www.gcbook.co.kr

값 12,800원
ISBN 979-11-5592-194-4 03810

허공의 파편

이태산 장편소설

작가와비평

나의 이름이 너에게 무슨 소용인가?
머나먼 해안에 부딪친 파도의 슬픈 울음처럼
어두운 밤 조용한 숲속에서 들리는 음성처럼
내 이름은 죽어갈 텐데.

알 수 없는 언어로 새겨진
묘비명의 문양처럼
내 이름은 기억의 장에
죽은 흔적만을 남길 텐데.

나의 이름이 무슨 소용인가?
새로운 번뇌와 격정 속에서
오래 전에 잊혀진 나의 이름
네 영혼에 순결하고 다정한 추억 주지 못하리.

그러나 슬픔의 날, 정적 속에서
애수에 잠겨 내 이름을 부르며 말해다오
나의 기억 아직도 있다고
이 세상엔 내가 살아 있는 가슴이 있다고

―푸시킨―

❚ 차 례 ❚

등장인물

강태산: 좌투/좌타 중견수, 중학리그 MVP 출신으로 여러 명문고들에게 오퍼를
받았지만 신생 S고에 입학한다.

신태일: 좌투/좌타 K고의 에이스 투수. 1학년임에도 전국에서 최고투수라 불릴
정도의 기량을 지녔다.

이지은: 아름다운 눈동자를 지닌 명문 W여고에 재학 중인 신태일의 여자친구

한유라: 태산과 같은 반, 새하얀 피부가 인상적인 여학생

전소연: D여고 여학생

박민우: S고 주장이자 팀의 에이스. 우투/우타

김준석: 태산의 같은 반 친구이자 S고의 야구부원. 좌투/우타

신감독: S고 야구부의 젊은 감독

유수빈: 메이저 스포츠잡지의 수습기자

피타: 멕시코 출신의 언더핸드 투수. 우투/우타

아버지: 태산의 생물학적 아버지이자 중견기업 오너

젖병

1

나는 이기적인 인간이다. 도덕이나 풍습을 전혀 개의치 않고 살아왔고 아마 앞으로도 그렇게 살 것이다. 누군가는 이런 나를 소시오패스라 부르며 비난하기도 하였다. 하지만 다른 사람들이 나에 대하여 어떤 생각을 하고 무슨 말을 하는지 신경 쓰지 않는다.

이런 나에게도 자신보다 소중했던 두 명의 여인이 있었다. 그들을 떠올리는 것만으로도, 주사기 바늘로 심장을 찌르는 듯한 참을 수 없는 고통이 느껴지고, 숨조차 쉴 수 없는 상실감이 온몸을 휘감지만, 그들을 떠올리지 않을 수 없었다. 두 여인은 내게 있어서 존재이자 목적이며, 삶, 그 자체였기 때문이다.

밤하늘을 바라보면서 그녀들을 떠올리고, 너무나 아름다웠던 추억의 물결에 몸을 맡기곤 한다. 영원히 그 속에서 헤엄치며 그녀들과 함께 호흡하고 싶지만, 그것은 불가능한 일이다. 더 이상 만질 수도 없고 이야기를 나눌 수도 없으며, 그녀들의 부드러운 살결에 키스할 수도 없다. 죽음 이후에 그녀들과 주우할 수 있다면 더 없이 좋을 테지만, 나는 사후세계를 믿을 수 있는 인간이 아니다. 이런 생각을 할 때마다 심장을 시리게 하는 차가운 바람이 불어온다. 아마도 영원히 그러한 상실감을 안고 살아갈 것이다. 운명은 그저 맹목적으로 놓여 있을 뿐이고, 그녀들조차 그런 존재로 생각해 버린다면 마음이 좀 더 편안해질 것이다.

그래, 모든 것은 허구다. 모두가 믿고 따르는 절대적인 진리는 없으며 세상은 상대적인, 각자의 진실들로만 구성된다. 만인이 믿고 따르는 거대한 비석들도 나에게는 한줌의 재와 같다. 모두가 절대적인 힘이 채웠다고 믿는 족쇄들도, 내가 보기엔 가녀린 나뭇가지보다도 부서지기 쉽다. 스스로를 남들보다 한 차원 위의 인간이라고 여기며 타자를 깔보지만, 나도 그들과 별반 차이가 없다. 모든 것은 허구라 말하면서 그녀들만큼은 부정할 수 없었기 때문이다.

그것은 마치 한 철학자가 모든 것을 부정한다면서도 제1원리를 부정할 수 없었던 것과 같다. 그를 동정한다. 그도 나처럼 이런 모순을 알지 않았을까? 하지만 부정할 수 없었던 거다. 모든 것이 부정되어 버린 관념이 지배하는 세상은 오아시스가 없는 무한의 사막과도 같으니까.

어떠한 불변의 진리도 없는 세상은 언제 피를 흘릴지 모르는 끝없는 정글을 탐험하는 것이며, 삶이란 그 투쟁 속에서 자신만의 raison d'etre를 찾아가는 것이다. 하지만 아는 것과 행하는 것 사이에 범인은 뛰어넘을 수 없는 영웅의 협곡이 존재한다.

〈겨울, 보스턴에서〉

눈꺼풀로 인해 반쯤 가려져 있는 흐릿한 시선 속으로 아침을 알리는 빛줄기가 노크도 없이 들어와 있었다. 이 세상에서 가장 찬란하다는 태양빛조차도, 그녀의 눈동자가 발하는 빛에 비한다면 초라해 보였다. 누운 채로 기지개를 한 번 펴니, 두둑 하는 소리와 함께 근육이 이완되며 시원한 느낌이 밀려 들어와 잠기운을 몰아내 주었다. 부엌으로 향하면서 이곳, 저곳을 스트레칭으로 풀며 유리잔에 냉수를 채워 놓고 목구멍 뒤로 흘려보냈다. 거실 TV 위에 걸려 있는 시계를 보니 지각이란 걸 알았다. 생각해 보니 오늘은 입학식이다. 방으로 돌아가서 책상 위에 올려져 있는 말보로 레드를 들고 집을 나와 옥상으로 올라갔다. 라이터로 불을 붙이고 불나방처럼 타들어가며 연기를 만들어 내는 담배를 빨아 들였다.

역시 담배는 말보로 레드다. 맨솔이니 뭐니 변종들이 인기를 끌고 있지만, 튜닝의 끝은 순정이듯 담배의 끝도 오리지널이다. 방으로 돌아와 세면을 하고 교복으로 환복했다. 늦었지만, 뭐. 그럴 수도 있는 거지, 굳이 남들이 정해 놓은 시간을 맞춰서 행동할 필요는 없다고 생각한다. 물론 사람 대 사람이 정한 시간은 매우 가치 있다. 그러나 조직이나 어떠한 시스템이 규정해 놓은 시간은 인간을 노예처럼 구속시킨다.

　오피스텔 밖으로 나와 주차된 검은 바이크에 올랐다. 시동을 걸고 학교를 향하여 나아갔다. 근처에 주차를 하고 한창 입학식이 진행 중인 강당으로 들어서니, 검은 선글라스를 쓴 신 감독이 내게로 다가와, 교실로 가기 전 교장실에 한 번 들르라고 말했다. 입학식은 흔해빠지고 별다를 것이 없어서 기시감이 들 정도로 기존의 것과 같았다. 입학식이 끝나고 교장실로 향했다. 교장실의 문을 여니 허허벌판에 우두커니 서 있는 허수아비처럼 정수리에 남은 몇 가닥의 머리카락으로 인해, 대머리는 겨우 면한 교장이 환한 미소를 지으며 자리에서 일어나 어서 자리에 앉으라고 말했다. 그는 손수건으로 이마를 닦으며 S고는 신생이라 2학년까지밖에 없으니 내년은 돼야 좋은 성적을 기대한다고 말했다.

　"올해부터 기대하셔도 실망하지 않으실 겁니다."

　교장은 크게 웃으며 넥타이를 고쳐 맸다. 그를 뒤로 하고 교실로 올라가니 아이들이 자기소개를 하는 중이었고 비어 있는 맨 뒷자리로 가서 앉아, 빨리 이 지겨운 시간이 끝나기를 바라며 창밖으로 시선을 던졌다. 창 너머로 보이는 나무가 나뭇가지를 살랑살랑 흔들어대며 수면욕을 자극시켜 하품이 밀려 왔으며, 사람들의 말소리가 점점 멀어져 갔다. 나도 모르게 눈꺼풀이 스르르 커튼을 치려고 하던 찰나에, 잡음이 섞이지 않은, 불필요한 곳은 모두 도려낸 것 같은 깨끗한 목소리 하나가 들려왔다.

그녀는 단어마다 그에 어울리는 옷을 입히듯 적절히 힘을 주어서 말했으며, 그 목소리가 수면상태와 비수면상태의 경계에서 방황하고 있던 나를 다시 이쪽 세계로 끌고 왔다. 목소리의 근원지로 고개를 돌리니 새하얀, 백설 같은 피부를 가진 여인이 부수어져 버릴 것만 같은 연약한 눈동자로 나를 바라보고 있었다. 그녀의 이름은 한유라라고 했다.

야구부는 수업을 2교시까지밖에 듣지 않는다. 훈련 시작 전 여전히 검은 선글라스를 쓴 신 감독은 부원들을 모아놓고 일장연설을 했다.

"우리는 신생팀이라 춘계대회를 출전하지는 못하지만, 연습을 게을리하지는 마라. 지금 하는 훈련이 쌓여서 추계대회 때의 성적으로 이어질 테니까."

그는 우리를 청팀과 백팀으로 나누어 게임을 진행시켰다. 우리 팀의 에이스 투수라고 불리는 2학년인 주장 박민우와 나는 다른 팀으로 배정되었다. 아마 감독이 맞상대하는 모습을 지켜보고 싶어서일 거라는 생각이 들었다. 1번 타자가 헛스윙 삼진을 당하는 것을 지켜보며 대기타석에서 타석으로 걸어갔다. 배트를 세우고 쪼그려 앉아 스트레칭을 하며 마운드를 보니, 투수는 진지한 표정으로 송진가루를 털어내고 있었다. 준비를 마치고 타격자세를 취한 후 투수의 손끝에서 긁혀져 나오는 볼을 끝까지 응시했다. 몸 쪽 상단으로 날아오는 볼은, 일반적인 관점에서는 휘두르지 말아야 할 것이었지만, 배트를 휘둘러 담장을 넘겨버렸다. 아연실색하는 선배들과 동기들의 표정 따위는 신경 쓰지 않은 채 빠르지도 느리지도 않게 베이스를 돌았다.

경기가 끝나고 감독의 지시로 모두가 수비훈련에 열중하고 있을 때, 홀로 타격장을 찾아 머신에서 나오는 볼을 때려내고 있었다. 두 시간 쯤 흘렀을까, 얼굴이 땀으로 흠뻑 젖게 되자 타격장을 나와 바로 앞에 있는 의자에 앉아서 물을 마시며 잠시 숨을 골랐다. 감독이 언제부터 왔는지 모르겠지만 지근거리에서 아무 말도 하지 않은 채 내가 들어가 있었던 곳을 계속해서 바라보고 있었다.

"귀신이라도 보시는 겁니까?"

감독은 나의 말에 실소를 터트리며 삐져나온 콧물을 황급히 닦았다. 그는 선글라스를 고쳐 쓰고 다시 분위기를 잡고는 내 옆자리에 앉았다.

"미안하다. 내가 너를 과소평가한 것 같구나."

푸른 병에 든 냉수로 목을 축였다. 뜬금없으시네요.

"그래 뭐, 좀 뜬금없긴 해. 니가 중학 MVP라고는 해도 알루미늄 배트를 써 왔던 중학생이라 나무배트를 쓰는 고교리그에 적응하는 데까지 어느 정도 시간이 걸릴 줄 알았는데, 그건 큰 착각이었구나."

그는 헛기침을 두 번 정도 한 후 말을 이었다.

"민우는 초등학교 시절 꽤 주목받던 유망주였다. 하지만 중학교 1학년 때 큰 부상을 당하게 되었지. 중학교 1학년 때 처음으로 나간 대회의 1차전이 그의 중학시절 마지막 경기였어."

그가 숨을 돌리며 말을 이으려고 했기에, 나는 다시 배트를 들고 타격장으로 향하려 했다.

"좀 앉아봐 임마, 사람이 이야기하는데."

어쩔 수 없이 자리에 앉아 그의 이야기를 들었다.

"작년이었어. 연습 첫날이었지. 민우는 훈련이 끝나고 날 찾아왔어. 참, 그때 민우의 눈빛은 비장함으로 가득 차 있어서 말을 꺼내기도 전부터 내가 긴장이 돼버리더구나. 민우는 다짜고짜 무릎을 꿇고서 이때까지 정말 힘들었다고, 자신은 미친 듯이 노력할 준비가 되어 있으니, 이끌어만 준다면 실망시키지 않겠다고 말했어."

이야기가 마무리 돼가는 것 같아 기지개를 펴며 다시 타격연습을 할 채비를 했다.

"만약 민우가 꾀를 부리거나 느슨한 자세로 훈련에 임했다면 실망했을 거야. 하지만 단 한 번도 민우에게 실망한 적이 없어. 아직 참가 조건이 되지 않아 대회경험은 없지만, 나는 그가 분명 전국에서 손꼽히는 기량을 가졌으리라고 생각해. 그래서 중학 MVP를 받은 너라도 쉬운 승부는 펼치지 못할 거라고 생각했어."

자리에서 일어나 철조망을 열고 배팅기를 작동시켰다. 타격자세를 취하는 나의 등 뒤로 그의 목소리가 들려왔다.

"너무 오만하게 굴지 마. 너 같은 사람은 조금만 겸손하더라도 만인에게 호감을 살 수 있어. 뭐, 내가 이런 말을 한다 해도 어차피 안 들을 테지만 말이야."

수백 개에서 수천 개의 볼을 후려치고 난 뒤 느껴지는 손의 떨림은 다른 것으론 대체할 수 없을 정도의 짜릿한 쾌감을 선사해 준다. 전심이 땀으로 범벅이 되고 태양이 능선너머로 이동하고 있었을 때, 타격훈련을 끝내고 샤워장으로 향했다. 땀은 샤워헤드에서 내리는 물줄기와 뒤섞여 배수구 밑으로 내려갔고, 운동으로 인하여 기분 좋게 달구어진 육체는, 물기가 품은 냉기로 인해 식혀졌다. S고의 유니폼에서 트레이닝복으로 갈아입고 라커룸을 나왔다. 아직 다른 선수들이 한창 훈련에 매진하는 것을 뒤로 하고 학교를 나와서 바이크가 세워진 골목으로 들어갔다.

가방에서 붉은색 담배케이스를 꺼내어 담배를 물고 라이터로 불을 붙였다. 담배연기를 허공으로 토해내며 시선을 머리 위 하늘로 올렸다. 나는 그곳에서 찬란하게 빛나고 있는 두 개의 별을, 한참동안이나, 완전한 어둠이 골목에 내려앉을 때까지 마치 연인의 눈을 응시하듯 바라보았다.

잠에서 깨어나 커튼 사이로 가장 높이 떠오른 태양을 보고 정오인 것을 알았다. 침대 옆 스탠드용 서랍 위에 놓인 핸드폰을 확인하니 감독으로부터 부재중 전화가 와 있었다. 그것을 무시하고 일어나서 굳은 몸을 스트레칭으로 풀었다. 뭉친 어깨근육을 주무르며 몸 상태를 점검했고, 욕실로 향한 뒤 샤워기에서 내리는 빗줄기로 몸을 적시며 잠기운을 배수구 밑으로 흘려보냈다.

나는 옥상으로 올라가 거리를 내려다보며 담배에 불을 붙였다. 시선 속으로 걸어 들어오는 거리에는 자전거 하나가 보였는데, 초등학생쯤으로 보이는 소년이 뒤에 한 소녀를 태우고 힘겹게 페달을 밟으며 나아가고 있었다. 자연스럽게 쓴 웃음이 지어졌고, 담배연기를 깊게 빨아들였다. 방으로 돌아와서 레드삭스 모자를 눌러쓰고 건물 밖으로 나왔다. 바이크를 덮은 가리개를 한 편으로 치우고 시동을 걸었다. 귀를 때리는 소리가 울려 퍼졌고, 거침없이 도로를 질주했다. 그렇게 수십 분을 달리다가 갈증이 느껴져 편의점에 가려고 코너를 돌며 속력을 줄였는데, 눈앞에 자전거가 나타나 부어오른 젖소의 젖을 짜듯 힘껏 브레이크를 쥐어짰다.

여인의 비명소리가 들렸다. 미리 속력을 줄였기에 망정이지 큰 사고가 날 뻔했다. 나는 쓰러진 바이크를 세우고 그녀의 곁으로 다가갔고, 피해자의 상태를 확인했다. 여고생으로 보이는 그녀는 무릎이 조금 까진 것을 제외하면 별다른 부상이 없는 것 같았다.

"혹시 모르니까 병원 한 번 가보자."

그녀는 당황한 듯 표정을 찡그리며 자신의 무릎을 보다가 나의 목소리를 듣고 시선을 돌리자 갑자기 심각한 표정을 지었다.

"괜찮으세요? 무릎에서 피가 많이 흘러요."

"나는 괜찮은데, 니가 걱정이지. 내가 가해자니까."

그녀는 걱정스러운 표정으로 나의 무릎을 보다가 시선을 올려 나의 얼굴을 보았다.

"저는 괜찮아요. 정말 괜찮으세요?"

그녀에게 열쇠를 받아 자전거를 근처에 묶어놓고 뒷자리에 태운 후 그녀의 집을 향하여 핸들을 돌렸다. 집은 근처였기 때문에 금방 도착했다. 그녀는 바이크에서 내린 후 나의 무릎을 걱정스러운 표정으로 쳐다보았다. 무슨 일 있으면 연락해. 그녀에게 전화번호를 알려주고 귀를 때리는 엔진소리를 퍼트리며 그곳을 떠났다.

1주일 후 오토바이 사고를 통하여 우연히 알게 된 2살 연상의 소연과 데이트를 하려고 번화가를 찾았다. 나는 그녀의 걸음걸이에 속력을 맞추어 평소보다 천천히 걸으며 이야기를 나누었다. 그녀는 분명 연상이었지만 누구도 그렇게 보지는 않았을 거다. 우리는 번화가에서 꽤 유명한 익살스러운 터키 종업원이 근무하는 터키음식점을 찾았다. 종업원은 어색한 한국어로 우리가 부부냐고 물어왔다.

"네, 부부에요."

터키인은 한 쪽 눈썹을 올리며 눈을 동그랗게 떴다.

"언줴 겨론 핶어요?"

"1년 후에요."

소연의 웃음소리가 퍼지자 터키인은 잠시 생각하더니 알았다는 듯이 미소를 지었다. 케밥을 먹고 식당에서 나왔을 때, 터키인은 1년 뒤에 청첩장을 보내라고 말하며 손을 흔들었다.

우리는 영화관으로 향했고 소연은 요즘 인기 있는 시간여행을 소재로 한 영화가 보고 싶다고 했다. 나는 그 의견에 동의했으며 팝콘과 콜라를 사서 그녀와 함께 상영관으로 들어갔다.

기나긴 광고가 이어지자, 잡고 있던 소연의 손을 놓고 화장실로 갔다. 변기에 앉으니 피로가 몰려오며 하품이 쏟아졌다. 자리로 돌아오니 광고가 끝나고 영화가 막 시작하려던 참이었다. 소연은 보고 싶었던 영화를 보게 되어서 그런지 눈동자를 반짝이며 스크린을 응시했다. 나는 초반 장면부터 밀려오는 하품에 고통스러웠지만 내려오는 눈꺼풀을 밀어내려고 애썼다.

잠에서 깨어났을 때 자신이 어느 정도 잠들었는지 감이 잘 오지 않아 눈을 부비며 손목에 찬 시계를 보았다. 스크린에서는 두 명의 인물이 격정적인 키스를 하고 있었다. 배우들의 다른 연기는 형편없었지만 키스신만큼은 페니스가 발기될 정도로 감칠맛이 났다. 옆을 보니 소연이 침을 삼키며 몰입 중이었고 자연스럽게 그녀의 입술을 맛보았다.

영화가 끝나고 소연이 살 것이 있다고 해서 서점을 찾았다. 그녀가 문제집을 고르는 동안 소설 코너로 가서 독서에 집중했다. 숨소리조차 내지 않고 독서에 집중하는 내게로 다가오는 발자국 소리에 고개를 들어보니 소연이 조금 의외라는 표정을 지으며 서 있었다.

"의외네. 이렇게 독서에 몰입할 수 있는 사람인 줄은 몰랐는데."

책을 덮고 그것이 원래 있던 자리에 끼워 넣었다.

"사람을 겉모습만으로 판단하면 안 돼."

서점을 나와서 그녀의 집을 향하여 걷기 시작했다.

"아까 읽고 있던 책은 뭐였어?"

"『태엽 감는 새』."

"그 책 좋아해?"

호기심 가득한 소연의 얼굴을 바라보며 답했다.

"하루키 소설 중에 가장 좋아하는 소설이야."

그녀는 입술을 가린 채 웃었고 손바닥을 내리며 질문했다.

"정말 듣고 있어도 믿기지가 않아. 독서가 취미라니."

나는 미소를 지었다.

"책을 꽤 많이 읽는 편이야."

그녀는 고개를 살짝 숙이고 무언가를 생각했다.

"아까 읽고 있던 책 제목이 뭐라고 했어? 조만간 꼭 읽어볼게."

그녀에게 답했다. 해변으로 떠밀려 내려오는 돌고래의 시체처럼, 뜬눈으로 바라볼 수 없는 과거의 기억들이 떠오르기 시작했다.

"누나가 하루키를 좋아했는데."

"뭐라고 했어?"

모든 대중예술가들이 하루키처럼 두 가지를 다 얻고 싶어 하지만, 모든 개츠가 황금모자를 쓸 수 없듯이….

"태산아?"

나를 바라보는 소연의 의아한 표정에 한때는 돌고래였던 고기덩어리들이 무의식의 영역으로 자취를 감춰 버렸다.

"아니야. 잠시 다른 생각하느라고."

그녀의 집 앞에서 현관문으로 들어가는 모습을 확인하고 발걸음을 옮겼다. 그러던 중 누군가가 나를 바라보는 시선에, 고개를 들어 하늘을 보았다. 밤하늘에는 다른 별들과는 다른 두 개의 별이 계속해서 나를 응시하고 있었다.

한밤중에 잠에서 깨어났고 소변이 마려워 화장실로 갔다. 변기의 물을 내리고 부신 눈을, 눈꺼풀을 내린 채 비벼대며 화장실을 나왔다. 갈증이 느껴져서 부엌으로 간 다음 냉장고 문을 열고 레몬에이드를 찾아서 마셨다. 방으로 돌아가려는데 소파에 누군가 앉아 있는 것 같아서 거기로 걸어갔다. 불이 꺼진 거실은 너무나 깜깜해서 형체조차 알아보기 힘들었지만, 거기에 앉아 있는 사람이 어머니란 것을 본능적으로 알았다. 그녀는 아무 소리도 내지 않고 어떤 행동도 하지 않은 채 쥐죽은 듯 앉아 있었다. 어머니 앞에 서자 그녀는 나를 와락 끌어안았다.

"태산이는 엄마를 가장 사랑하는 거지?"

"당연하지"

라고 답했다. 어머니의 품안은 다른 여인들의 품안보다 포근했으며, 부드러운 가슴에 얼굴을 파묻으니 모든 긴장이 풀리며 전신이 편안해졌다. 그렇게 잠이 들 뻔 하다가 문득 하나의 생각이 떠올랐다. 아버지가 집에 들어오지 않은 지가 며칠 째지? 하지만 그런 생각들은 피부로 스며드는 어머니의 체취에 묻혀 엷어져 갔고, 반쯤 열려 있던 눈을 살며시 감으며 어머니를 느꼈다.

가쁜 숨을 몰아 내쉬며 잠에서 깨어나 소리를 질렀다.

"개새끼."

분노가 육신을 휘감아 나도 모르게 주먹으로 벽을 강타했다. 신기루처럼 눈앞에 아른거리는 어머니의 얼굴이 사라지지 않았고 선명한 광채를 발하던 눈동자는 눈을 감아도 선명하게 보였다. 침대에 머리를 박고 행여 누가 듣지나 않을까 소리를 죽여 흐느꼈다.

　엄마……

　엄마……

　엄마……

　나는 아직도 그 순간을 기억한다. 전방에서 달려오던 트럭은 마치 성난 파도처럼 우리가 타고 있던 승용차를 덮쳐왔고 엄마는 당황해서 클랙슨을 쉴새없이 눌렀다. 나의 눈에서 불빛이 번쩍 튀었다.

　눈을 떴을 때 하늘에서는 눈이 아니라 비가 내리고 있었고 그것이 나를 흠뻑 적신 듯했다. 우측을 보니 찌그러진 차량의 파편들이 널브러져 있었고 나는 시선을 아래로 돌렸다. 많은 피가 흘러내리고 있었는 데도 아무런 감각이 없었다. 하지만 그건 중요치 않았다. 나의 누나, 세상에서 하나밖에 없는 나의 누나가, 누구보다 희고도 보드라운 피부를 가진 누나의 얼굴이, 알아볼 수도 없을 정도로 부서져 있었다. 아… 기억났다. 사고가 나기 직전에 그녀가 몸을 던져서 나를 감싸 안았다.

　나의 절규가 하늘 높은 곳까지 울려 퍼졌다. 수없이 많은 눈물이 나왔지만 이것이 눈물인지 빗물인지 알 수가 없었다. 누군가가 아까부터 내 이름을 애타게 부르고 있다. 소리가 나는 쪽으로 고개를 돌리니 엄마가 나를 자꾸 부르면서 내 쪽으로 기어오고 있었다.

　엄마의 다리는 어디로 가버린 걸까? 모르겠다. 머리가 감당할 수 없을 정도로 어지러웠고 아무 생각도 하고 싶지 않았다. 아니, 할 수 없었다. 누군가 내 손을 잡았다. 엄마였다.

"미안해, 태산아."

무엇이 미안하다는 걸까? 엄마는 자꾸만 미안하다고 말했다.

"아들, 꼭 살아서 훌륭한 야구선수가 돼야 해. 하늘에서 봐도 한눈에 알 수 있는 그런 사람이 돼야 해. 하늘 위에서 우리 아들을 꼭 지켜 볼 거야. 아들, 항상 우리가 지켜본다는 걸 기억해…."

어느 것도 보고 싶지 않았지만 시선을 돌릴 곳조차 없었다. 그렇다고 눈을 감을 수도 없었는데 눈을 감으면 이 잔혹한 광경이 자꾸만 떠오를 것 같아서, 무서워서 눈을 감을 수 없었다. 그래서 나는 하늘을 보았다. 하늘은 어느 때보다 잿빛이었다.

멀리서부터 사이렌소리가 들려왔고 차량의 파편 속에서 언제부터 흘러나왔는지 알 수 없는 노랫말이 새벽 호숫가의 안개처럼 귓속으로 스며들었다.

　涙がこぼれるの
　눈물이 쏟아져요.
　やさしい目をして見ないで
　그런 다정한 눈으로 보지 말아요.

그 뒤는 잘 기억나지 않는다.

2

소연이를 만나기 위해서 번화가를 찾았다. 긴 횡단보도 앞에 서서 초록불이 켜지길 기다리고 있었다. 건너편에 서 있는 깔끔한 양복차림의 남성이 보였다. 멀리 떨어져 있어서 얼굴이 자세하게 보이진 않았지만, 왠지 모르게 익숙한 느낌이 들었다. 신호등에 푸른빛이 돌았을 때 사람들은 횡단보도로 나아가기 시작했지만, 나는 쉽사리 발걸음을 옮기지 못하고 있었다. 무거운 발을 들어 한 발자국씩 나아갔다. 그와 가까워질수록 호흡은 거칠어졌으며 심장이 빠르게 뛰어 그 짧은 순간에 온몸이 땀으로 흠뻑 젖게 되었다. 가슴을 부여잡고 정면만을 바라보며 부동자세를 취하고 있던 눈동자를 강제로 돌렸다.

처음 보는 사람의 의아한 표정.

횡단보도를 건너자마자 눈앞에 보이는 벤치에 주저앉아서 호흡을 가다듬었다. 떨리는 손으로 주머니 속의 담배케이스를 꺼내 담배를 물었다.

"왜 이렇게 땀을 많이 흘려?"

연기를 뱉으며 걱정스러운 얼굴로 나를 바라보고 있는 소연을 보았다. 그녀는 흔들리는 나의 손을 살며시 잡아주었다. 그녀의 품안에 몸을 기대면서 담배를 바닥으로 떨어뜨렸다.

1교시의 끝남을 알리는 종소리가 울려 퍼졌고 나는 교실로 돌아왔다. 2교시가 끝남과 동시에 자리에서 일어나 옥상으로 향했다. 난간에 팔을 대고 허리를 기울인 다음 운동장을 내려다보며 불어오는 선선한 봄바람에 몸을 맡긴 채 기지개를 폈다. 몸에서 '두둑'하는 뼛소리가 났고 뭉쳐 있던 근육이 이완되며 시원한 느낌을 주었다.

라커룸에서 옷을 갈아입고 그라운드로 나가 연습을 시작했다. 팀 훈련에 참여하지 않고 타격장에서 고독히 배트를 돌렸다. 머신이 뿌리는 볼을 끝까지 응시하며 가볍게 볼을 후려쳤다. 육체가 땀으로 흠뻑 젖게 되자 타격장 앞 의자에 앉아 몸을 식히며 음료로 목을 적셨다. 땀이 조금 식은 후 배팅 글러브의 벨크로를 붙인 뒤 배트를 들고 철조망 문을 열었다.

운동을 끝마치고 샤워를 한 후 라커룸에서 환복을 하고 학교를 나왔다. 오토바이를 세워둔 골목으로 들어가니 가로등 밑에서 짙은 아이라인에 검은색 항공점퍼를 입은 여자가 바이크 옆에서 담배를 피우고 있었다. 나도 가로등 밑으로 들어가 담배케이스를 열었는데 케이스 안에는 담배가 없었다. 그때 시선이 느껴져 고개를 드니 여인이 나를 쳐다보고 있었다.

"담배 하나만 줘."

그녀는 가느다랗고 긴 손가락으로 담배를 건넸고 그것을 입에 물고 불을 붙이며 그녀를 보았다.

그녀는 담배연기를 내 쪽으로 뱉으며 말했다.

"우리 집에 갈래?"

고개를 끄덕였고 여자의 뒤를 따라 근처에 있는 아파트로 향했다. 그녀는 검은 스니커즈를 벗자마자 나에게 달라붙었다. 빨간 립스틱을 바른 촉촉한 입술이 나의 부르튼 입술과 조우했고 그녀의 허리를 한 손으로 강하게 휘감았다. 그러자 여인은 허리를 살짝 비틀면서 교태 섞인 콧소리를 내었다.

새벽, 오피스텔 앞에 바이크를 세우고 집으로 올라와서 샤워를 했다. 드라이기로 머리를 말리고 테이블에 앉아서 소시지를 먹으며 기네스 맥주를 들이켰다. 테이블 위의 핸드폰에서는 Queen의 〈bohemian rhapsody〉가 흘러나오고 있었다. 조금 남은 맥주 캔을 흔들자 안에든 물질이 부딪히며 동전 같은 소리를 냈다. 핸드폰 벨소리가 울려 확인하니 그녀가 건 전화였다. 휴대폰을 꺼버리고 마지막으로 남은 소시지를 입안에 넣은 뒤 터지는 육즙을 음미하며 남은 맥주를 목뒤로 흘려보냈다.

오늘은 B고와 친선전이 있는 날이다. 나는 선수들과 함께 그라운드에서 스트레칭으로 몸을 풀었다. 시원한 봄바람은 송골송골 맺히기 시작한 이마 위의 땀을 식혀주었다. 그런 우리들에게 감독이 말했다.

"B고등학교의 야구부는 선배들의 폭력 사건이 뉴스를 타면서 이번 춘계대회까지 출전이 정지된 상태지만, 작년 춘계대회에서 16강까지 진출했던 얕볼 수 없는 팀이다."

B고의 투수는 큰 키와 넓은 어깨에서 나오는 무게감을 뽐내며 투구 연습으로 어깨를 풀고 있었다. 그의 투구 동작에서는 조금 오만해 보일 정도로 자신감이 흘러나왔다.

게임이 시작되고 B고의 투수는 우리 팀의 1번 타자를 삼진으로 처리했다. 2번 타자인 내가 몸을 풀면서 타석으로 들어서자 투수는 살짝 긴장한 표정을 지으며 송진가루를 털어냈다. 그는 무거운 몸으로 투구 동작에 들어갔고 무게를 실어서 볼을 긁었다. 날아오는 볼을 끝까지 응시하며 정확한 타이밍에 배트를 돌렸다. 중견수 앞 안타, 1루에서 보호장비를 풀었다.

나는 타자에게 있어 주루 능력은 다른 사람들이 생각하는 것 이상으로 중요하다고 여긴다. 그래서 홈런타자라도 발이 느리다면 고평가하지 않는다. 물론 본즈는 예외다.

포수가 던진 공을 2루수가 잡기도 전에 평원을 질주하는 간달프의 말처럼 베이스를 훔쳤고, 당황한 2루수가 공을 빠트리자 손쉽게 3루에 도달했다. 이것만으로는 나의 성에 차지 않았기에 감히 내 앞에서 거들먹거린 투수가 보란 듯이 마치 타이콥처럼 홈스틸에 성공했고, 벤치로 돌아와 여유로운 표정으로 물을 마셨다. 그러자 자신감에 가득 차 있던 투수의 표정이 일그러졌다.

시곗바늘이 변화된 모습을 보였을 때 나의 타석이 돌아왔다. B고의 투수는 모자를 벗고 땀을 닦았으며 바닥을 향하여 침을 한 번 뱉었다. 그는 전보다 긴장된 표정을 지으며 전력으로 투구했다. 도끼로 나무를 쪼개는 듯 쩍 갈리지는 소리가 퍼지며 볼은 쭉쭉 뻗어나갔다. 투수는 머리 위로 날아가는 공을 멍하니 바라보았고 나는 여유롭게 홈 플레이트를 밟았다.

이날 S고는 승리했다.

저녁, 주장이자 2학년인 민우와 함께 그의 집을 향하여 걸어갔다.

"오늘은 네 활약 덕분에 쉽게 이겼다."

담뱃재를 털며 말했다.

"주장이 상대 타선을 묶어 둬서 쉬운 게임이 된 거에요."

민우는 목옆을 긁으며 멋쩍게 웃었다. 그는 매우 겸손하고 주위사람들을 잘 챙기는 S고 야구부원 누구보다도 주장이라는 자리에 잘 어울리는 사람이었다.

민우의 어머니는 나를 반겨주었다. 그녀는 저녁을 만들고 있으니 잠시만 기다려 달라고 말했다. 우리가 거실 소파에 앉자 민우의 동생들이 우리에게 놀아달라고 엉겨 붙었다. 훈련을 마친 피곤한 몸으로 귀찮을 법도 한데, 민우는 정말 즐겁게 놀아주었다. 민우의 남동생이 내 곁에 서서 호기심 어린 눈동자를 반짝였다.

"형도 야구 잘해?"

"조금."

동생은 아이들 특유의 과장된 표정을 지었다.

"민우 형보다도?"

"아니. 니 형이 우리 팀의 에이스야."

나의 말에 즐거워하는 소년의 머리를 쓰다듬었다.

집으로 돌아오는 길에 민우의 가족과 함께한 저녁식사를 떠올렸다. 화기애애한 분위기와 즐거워 보이는 식구들의 표정, 그 순간을 떠올리는 것만으로도 아까의 온기가 다시 피부 안으로 스며드는 것 같았다. 자연스럽게 쓴 웃음이 지어졌고 옥상 난간에 기대어 하늘을 올려다보며 담배를 물었다. 하늘에 떠 있는 두 개의 별은 사연 있는 여인의 눈빛처럼 서글픈 기운이 감돌았으며, 그 처량한 별빛이 나의 몸에 닿게 되자, 두 다리의 힘이 풀려 버리면서 바닥에 주저앉아 버렸다.

어디서 생겨났는지 알 수 없는 바람이 불어와 담뱃불을 꺼버렸다. 주머니의 라이터를 꺼내서 불을 붙여보려 했지만 고장나 버렸는지 불이 잘 나오질 않았다. 라이터를 내팽개치고 입에 문 담배를 뱉어버렸다. 여전히 다리에는 힘이 들어가지 않아서 한동안 그렇게 허공을 응시했다.

1교시가 끝남과 동시에 교실의 문을 열었다. 가방을 책상 옆에 걸고 창가에 서서 밖을 응시하고 있는데, 김준석이 다가왔다. 준석과 나는 같은 반의 유일한 야구부원이라 친밀할 수밖에 없는 사이였다. 준석은 1학년 중 투수로서는 최고였다. 준석은 오늘 훈련을 마치고 근처에 새로 생긴 철판볶음밥 집에서 저녁을 함께 먹자고 말했다.

고개를 끄덕이고는 자리로 돌아와서 엎드린 채 잠을 청했다. 훈련이 끝나고 준석과 함께 음식점으로 향했다.

"요즘 만나고 있는 아이랑 그 아이의 친구도 불렀어."

"그래?"

그것에 대해서는 관심이 없었다.

음식점 앞에 다다르니 매콤한 냄새가 코를 찔렀다. 준석은 고인 침을 삼키는 소리를 내며 가게 안으로 들어갔고 나도 그를 따라 들어갔다. 내부로 들어서며 그곳을 살펴보았는데 구석자리에 유라와, 희정이라는 그녀의 친구가 있었다. 준석은 손을 흔들며 그녀들 쪽으로 갔고 두 사람은 그녀들과 마주 보고 앉았다.
준석이 희정을 향해 입을 열었다.

"몇 인분이나 시켰어?"

"아무래도 운동선수니까 많이 먹을 것 같아서 6인분 시켰어."

준석은 미소를 머금고 컵에 물을 따랐다.

"우리를 너무 과소평가하는 것 같은데."

나는 점원을 향해 손을 들었다.

"사장님 3인분 더 주세요."

세 사람은 웃음을 터트렸다. 희정과 준석이 그들만의 이야기
를 나누었고, 서로를 바라보는 눈빛으로 보건데, 분위기가 좋은
쪽은 희정인 것 같았다. 나는 물을 한 잔 마시며 말없이 유라의
맑고 투명한 눈동자를 보았다.

"교실에선 항상 자고 있던데, 연습이 고되나 봐."

불투명한 베이지색 계통의 도자기컵을 내려놓으며 답했다.

"글쎄."

주문한 볶음밥이 철판 위에 올려지고 밥알이 볶아지는 소리가
났다. 준석은 자신에게 맡기라며 양손에 밥주걱을 들고 능숙한
손목 스냅으로 그것을 비볐다. 우리들은 이런저런 이야기를 하
면서 철판을 비웠다.

"맛있다. 이곳에 오기를 잘한 것 같아."

"그렇지?"

희정의 호평에 준석은 들뜬 듯 목소리가 커졌다. 화기애애했
던 식사시간이 끝나고 우리는 식당 밖으로 나왔다.

"우린 먼저 가볼게."

준석과 희정은 유라와 나에게 손을 흔들며 멀어져 갔다.

유라에게 물었다.

"집이 어디야?"

"여기서 10분 정도 걸리는 곳에 있어."

"가자."

연못에 꽃잎을 띄우는 것처럼 그녀의 얼굴에 조그만 미소가 떠올랐다.

"데려다주는 거야?"

나는 고개를 끄덕였다. 우리는 어깨를 나란히 하고 그녀의 집을 향해 걸어갔다.

"운동을 하지 않을 때는 뭐하면서 지내?"

"주로 책을 읽거나 노래를 듣지. 영화를 좋아해서 영화관도 자주 들러."

유라는 고급스러운 교육을 받은 것이 몸에 밴 듯, 마치 중세시대의 수녀원에 갇힌 작은 나바라 왕국의 공주처럼 조신하게 놀랐다. 그녀의 고급 레스토랑과 잘 어울릴 것 같은 몸짓을 보며 질문했다.

"의외인가?"

"활동적인 걸 좋아할 줄 알았는데 취미가 정적이어서 놀랐어."

어느새 그녀의 집 앞에 도착했다. 유라는 가로등 빛을 머금은 눈동자로 나를 바라보았다.

"데려다줘서 고마워. 나도 영화 보는 거 좋아하는데 다음에 같이 보러 갔으면 좋겠어."

그녀가 집으로 들어가려다 고개를 돌렸다.

"커피라도 한 잔 마시고 갈래?"

고개를 가로저으면서 그녀가 무안하지 않게 미소를 지었다. 그녀도 미소를 지었지만 그 끝에는 아쉬움이 묻어나왔다. 유라가 들어가는 것을 보고 등을 돌려 걷기 시작했다.

새벽, 아파트 단지에 세워져 있는 검정색 바이크에 올라타 시동을 걸었다. 하루의 시작을 알리는 여명이 밤의 커튼을 가르는 것처럼, 바이크가 내뿜는 광선이 어둠을 갈랐다. 집에 도착하자 옷을 세탁기에 넣고 샤워를 했다. 몸에 달라붙은 긴 머리카락을 떼어내니, 그것은 배수구로 빨려 들어갔다. 왜 방금 전까지 나의 페니스를 핥던 여인의 얼굴은 떠오르지 않고 자꾸만 유라가 떠오르는 걸까. 샤워를 끝마치고 수증기가 맺혀 있는 거울에 물을 뿌렸다. 근육들은 날이 갈수록 탄탄해져 간다. 하지만 육체를 장식한 수많은 상처들은 사라지지 않았다. 방으로 돌아와 나체로 침대 위에 뻗어서 기지개를 폈다. 실오라기 하나 걸치지 않은 맨몸으로 이불과 접촉하는 것은 내게 편안함을 선사해 준다.

하품을 하고 눈을 감았는데 계속해서 유라의 얼굴이 떠올랐다. 그렇게 뒤척이기만 하다 보니 커튼 사이로 빛줄기가 고개를 내밀며 눈꺼풀 위를 때렸다. 결국 눈꺼풀을 올리고 침대에서 일어나 어두운 색 청바지와 검정 재킷을 걸친 후 그녀에게 전화를 걸었다.

"여보세요."

그녀의 목소리는 이른 아침임에도 잠기운을 찾아볼 수 없었으며, 마치 사슴만이 찾는 인적이 드문 호수처럼 깨끗했다.

"오늘 특별한 약속 같은 거 있어?"

"딱히 그런 건 없어."

"그럼, 지금 그쪽으로 갈게."

전화를 끊고 현관문을 나와서 주차장으로 향했다. 가볍게 스트레칭을 하고 헬멧을 썼다. 귀를 때리는 엔진소리와 함께 그녀의 집 앞으로 질주해 나갔다.

두 개의 별

1

태산은 1남 1녀 중에 둘째로 태어났으며 누나와는 4살 터울이었다. 어머니는 그를 갖기 위하여 안 해본 것이 없었다. 첫째는 힘들이지 않고 임신에 성공했으나, 둘째는 이상하리만큼 가지기가 힘들었다. 남편은 부인에게 둘째는 없어도 괜찮다고 했으나 부인은 간절히 둘째를 원했다. 부부는 수년간의 노력 끝에 태산을 가지게 되었는데, 어렵게 가진 아이라서 그런지, 어머니는 제삼자가 볼 때에도 편애가 느껴질 정도로 둘째를 챙겼다. 누구라도 첫째의 입장에 선다면 마음의 상처를 받을 수밖에 없었겠지만 누나는 동생을 미워하기는커녕 누구보다도 아껴주었다. 일반적으로 사랑 받지 못한 사람은 주는 데에 서툴 수밖에 없는 데도 그녀는 달랐다. 아버지도 이런 상황을 어느 정도 인식하고 있었음에도 과도한 업무에 치여서 별다른 조치를 취하지 못했다.

사연 없는 무덤은 없기에 어머니에 대한 이야기를 해볼까 한다.

그녀는 명문가의 장녀로 태어났는데 집안은 손이 귀했고 가부장적이었으며 대를 이어야 한다는 인식이 강해서 남아를 선호했다. 안타깝게도 그녀의 어머니는 두 딸밖에 낳지 못했고 할머니가 자매에게 매번 '아들이 태어났다면 얼마나 좋았을까'라는 말을 달고 살았다. 그녀는 자라면서 어머니가 상처받는 모습들을 많이 보았다. 할머니가 자신을 대하는 태도도 큰 상처가 되었다. 그녀는 엄격한 아버지 덕에 어린 시절부터 사회로부터 조금은 격리된 생활을 했다. 여중과 여고를 나와서 또래에 남자도 없었으며 빼어난 외모를 지녔음에도 주변에 남자가 없었기에 그것을 깨닫지 못했다. 하지만 대학에 들어가자 많은 것이 바뀌게 되었다. 그전까지는 연애경험은 물론이거니와 남자의 손조차 잡아보지 못했지만, 성인이 되자 셀 수도 없을 만큼 남자들의 구애가 이어졌고, 그제야 자신의 외모가 뛰어나다는 것을 알았다. 그녀는 대학에서 남편을 만났다. 그에게 끌렸던 점은 자신의 인생에서 가장 오랫동안 보아온 남성적 외모의 아버지와는 다르게 새하얀 피부와 가는 선의 남편이 충격적으로 느껴졌기 때문이다. 그녀의 남편과 아버지는 상반된 외모를 지녔지만 하나 닮은 점이 있었는데, 그것은 두 사람 다 사람을 꿰뚫어보는 듯한 강렬한 눈동자를 가졌다는 것이다. 그녀 자신은 부정할 수도 있겠지만 그녀의 마음을 가장 끌리게 한 요소는 바로 그의 눈동자였다.

태산의 아버지는 다정하고 매너가 몸에 밴 사람이었으며 그와 만날수록 사랑이 점차 깊어지는 것을 느꼈다. 결국, 두 사람은 얇은 구름 사이를 비집고 나온 달빛이 은은하게 비치는 강가에서 평생을 함께하기로 맹세했다.

그러나 두 집안은 그들의 교제를 반대했다. 그녀의 집은 데릴사위를 원했지만, 남자도 명문가의 종손이라 그것이 불가능했기 때문이다. 남자의 집안도 그녀의 집안이 보여주는 태도에 기분이 상해서 결혼을 반대했다. 이런 상황에서 그녀는 큰 결심을 하게 되는데 그것은 태어나서 처음으로 아버지의 뜻을 거스르는 것이었다. 결국 두 사람은 사랑의 도피를 택했다.

첫째가 태어날 무렵에 그녀는 동생으로부터 할머니의 부음을 들었다. 그렇게 미워한 할머니였지만 그 소식을 듣자마자 눈물이 고였다. 부부는 급히 아이를 데리고 친정집을 찾았다. 하지만 그들은 대문도 넘지 못하고 '아들도 아니고 딸을 데려왔나'라는 아버지의 호통을 들으며 쫓겨났다. 그녀는 돌아오는 비행기 안에서 고개를 숙인 채 흐느꼈다. 몇 년 후에 태산이 태어나고 다시 친정집을 찾았을 때 아버지는 신발도 신지 않은 채 문밖까지 나와서 부부를 맞았다. 그녀는 처음으로 아버지에게 인정받았다. 장인은 사위에게 정종을 따르면서 이전까지 보여주지 않은 친근한 표정으로 입을 열었다.

"태산이가 우리 집안을 잇게 하면 안 되겠는가?"

"성인이 되어서 스스로 그렇게 하겠다고 한다면 저는 상관없습니다."

장인은 양손으로 사위의 손을 잡고 진심이 묻어나오는 온화한 미소를 지었다. 돌아오는 비행기에서 그녀는 또 눈물을 흘렸지만 그것의 의미는 이전과는 달랐다. 태산은 자랄수록 외할아버지를 닮아갔고 그녀는 아버지에게 받지 못한 사랑을 아들에게서 받으려는 듯 소년의 사랑을 갈구했다.

태산의 아버지도 숨조차 쉬기 힘든 고압적인 분위기에서 자랐으며, 태산의 할아버지에게 항상 최고의 성적을 요구받으면서 커왔다. 어렸을 때부터 좋은 성적을 내지 못하면 매를 맞고 호통을 들었다. 그래도 태산의 아버지는 단 한 번도 할아버지의 뜻을 거스른 적이 없었다.

하지만 단 한 가지 마음속으로 백 번도 넘게 생각했던 건, 자식을 낳는다면 꼭 자신이 하고 싶은 일을 하게 도와줄 것이라고 다짐했다. 태산이 뛰기 시작했을 때부터 축구, 야구, 농구, 악기, 유도 등을 시키면서 아이가 무엇에 흥미를 보이는지 지켜보았다. 태산은 야구에 흥미를 보였고 아버지는 아들을 리틀 야구단에 입단시켰다. 리틀 야구단의 감독은 태산이 야구에 천부적인 재능을 가지고 있다고 말했다. 하지만 그렇기 때문에 아들에게 야구를 시킨 것은 아니다. 그는 감독의 말이 립서비스라고 생각했다. 그가 태산에게 야구를 시킨 건 전적으로 태산이 야구에 흥미를 보여서였다.

태산은 어린 시절부터 야구에 미쳐 살았다. 부상을 당해도 멈추는 법이 없었고 비가 오나 눈이 와도 그를 막을 순 없었다. 소년은 야구 천재라고 불리며 성장했지만, 사실 아무리 재능이 뛰어나다고 해도 그것을 접할 환경조차 되지 않는다면, 재능은 발현되지 않는다. 태산이 극빈층으로 태어났다면 야구선수가 되는 것은 힘들었을 것이다. 어린 시절에 다양한 것을 접할 기회가 없는 사람은 자신의 재능이 어디에 있는지 알 수 없다. 매일 공장에서 똑같은 일을 하는 사람일지라도 어떤 분야에서는 큰 재능을 가졌을지도 모른다. 하지만 그들은 기회조차 가져보지 못했고, 그저 그렇게 살다가 죽을 것이다.

그을린 피부의 소년이 글러브를 들고서 집으로 뛰어 들어왔고 백설같이 하얀 피부를 지닌 소녀 앞에 멈춰 섰다. 소녀는 미소를 지으며 소년을 반겼다. 그녀는 나이에 맞지 않은 성숙한 분위기를 풍겼으며 여인이라는 표현을 써도 전혀 어색하지가 않았다. 소년은 누나의 근처를 맴돌며 캐치볼을 하자고 졸라댔다.

"알겠어."

소년은 즐거워하면서 누나의 보드라운 손을 잡고 마당으로 나갔다. 마당에는 산비탈에서부터 날아오는 봄바람으로 가득했고 두 사람은 넓게 서서 공을 주고받기 시작했다. 그렇게 하다 보니 누나는 왠지 동생을 골려주고픈 마음이 생겨나서 장난을 쳤다.

"오랜만에 던지는데도 실력은 그대로인 거 같네."

태산은 발끈했다. 다른 것은 몰라도 야구에 관해서 평가절하당하는 것은 참을 수 없었다.

"일부러 살살 던지는 거야. 내가 제대로 던지면 누나는 받을 수가 없어."

누나는 동생의 약 오른 모습이 참을 수 없을 정도로 귀여웠기에 계속해서 놀려댔다. 소년은 주먹을 꽉 쥐고 누나를 노려보았다.

"다음 공은 전력으로 던진다?"

그녀는 미소 지은 얼굴로 고개를 끄덕였다.

"마음껏 던져봐."

그는 눈을 부릅뜨고 전력으로 볼을 뿌렸다. 그녀가 예상했던 것보다 볼은 빠르게 날아왔고 글러브로 막아야 할 것을 손으로 막았다. 마당에 비명소리가 퍼졌다. 깜짝 놀란 태산은 누나에게 달려갔다.

"누나 괜찮아?"

손이 아파왔지만 그녀는 동생을 안심시키기 위하여 표정을 찡그리지 않았다.

"응, 괜찮아."

어머니는 두 사람을 데리고 병원을 찾았으며, 집으로 돌아온 누나의 손에는 붕대가 감겨져 있었다.

어머니는 저녁을 차렸고 세 사람은 테이블에 앉았다. 소년은 수저로 밥을 퍼서 누나의 입에 가져갔다.

"괜찮아, 왼손으로 먹으면 돼."

그녀는 왼손으로 밥을 먹으려다가 캐치볼을 할 때까지만 해도 생기 있던 소년의 눈동자가 풀이 죽은 듯 처져 있는 걸 보고, 어쩔 수 없다는 듯 그것을 받아먹었다. 그 모습을 본 어머니는 웃으면서 아들을 보았고 입을 벌리면서 상체를 테이블 중앙으로 기울였다.

"태산아, 엄마도."

소년은 그 모습을 못 본 체했으며, 반찬을 집어서 누나에게 가져갔다.

"엄마는 안 다쳤잖아."

그녀는 서운한 표정을 짓고 입을 벌린 채 고개를 살며시 기울였다. 소년은 어머니의 태도에 굴복하여서 입안으로 반찬을 넣어주었다.

어머니는 활짝 미소를 지으며 애정이 가득 담긴 눈빛으로 아들을 바라보았다.

식사가 끝나고, 누나가 자신의 방에서 이어폰을 꼽은 채 공부를 하고 있는데, 태산이 그녀의 방으로 들어왔다. 그녀는 소년이 들어온 것을 눈치 채지 못한 듯 집중해서 책을 보고 있었다. 소년은 의자 뒤에서 그녀의 몸을 양팔로 감싸며 끌어안았다. 그녀는 살짝 놀라면서 이어폰을 뺐다.

"누나, 미안해. 다음부터는 사랑하는 사람에게 절대로 상처를 주지 않을 거야."

두 여인과의 관계와는 반대로 태산은 아버지와 멀어져 갔다. 소년이 자랄수록 아버지가 집에 들어오는 횟수가 줄어들었다. 그는 어렸지만 부부관계의 이상신호를 느꼈으며, 어머니가 밤늦게까지 거실에서 혼자 앉아 있는 모습을 여러 차례 보았다. 그는 아버지를 이해할 수 없었다.

아버지가 오래간만에 아들과 시간을 가지게 된 적이 있었다. 두 사람은 차에 올랐고 그들이 탄 검은색 벤츠가 도로를 질주했다. 조수석에는 태산이 있었고 운전석에는 남색투 버튼 재킷을 입은 아버지가 담배를 태우며 운전을 하고 있었다. 아버지는 말보로 라이트의 향을 풀풀 풍기며 연기를 뱉었다. 그는 전방을 주시하기만 할 뿐 별다른 말이 없었다. 신호등에 빨간불이 들어오자 차는 잠시 멈춰 섰다. 아버지는 고개를 돌려서 아들을 보았다.

"태산아."

그는 무거운 표정으로 입을 뗐지만 아들의 천진난만한 얼굴을 보고 자연스럽게 미소를 지었다.

"네?"

"우리 둘만 사는 건 어떻게 생각하니?"

"왜 둘만 살아요?"

그는 시선을 정면으로 돌렸다. 4초쯤 지나게 되자 청색 등이 켜졌다. 아버지는 액셀을 강하게 밟으며 담배꽁초를 창밖으로 던졌다.

"엄마가 좋아?"

아들은 고개를 끄덕였고 아버지는 다시 무거운 표정을 지으며 엑셀을 밟았다.

두 사람은 놀이공원에 도착했다. 태산은 들떠서 정신없이 기구들을 탔는데 그때마다 아버지는 담배를 피우며 아들을 지켜보기만 하였다.

"아버지는 타지 않아도 괜찮아요?"

그는 미소 지으며 고개를 끄덕였고 소년은 하는 수 없이 혼자서 기구를 탔다. 태산은 혼자 놀이기구를 타는 데에도 무척이나 즐거워보였다. 어느덧 해가 저물고 아버지는 아들에게 하나만 더 타고 가자고 말했으며 그 말을 들은 아들은 범퍼카 앞으로 달려갔다.

"아빠."

"왜 그러니."

"이것만 함께 타면 안 될까요?"

그는 아들의 머리를 쓰다듬으며 어색한 미소를 지었다.

"미안하다. 아빠가 속이 좀 안 좋아서."

태산은 혼자서 범퍼카를 탔고 아버지는 그 자리에 그대로 서서 담배연기를 빨아들이며 혼자서도 즐거워 보이는 아들을 보았다. 안내원이 마이크를 켰다. 종료시간을 알리는 목소리가 스피커에서 흘러나왔고 소년은 범퍼카의 안전벨트를 풀고서 아버지에게로 다가왔다. 그는 여러 감정이 교차하는 표정으로 짓더니 두 눈을 감고서 무릎을 꿇으며 아들을 안았다.

"미안하다."

그들은 몇 분간이나 그렇게 있었다.

돌아오는 길.

"태산아, 야구는 잘 돼 가니?"

소년은 힘이 넘치는 목소리로 입을 열었다.

"아빠, 아무리 바쁘더라도 십 년이 지나면 나의 경기를 보러

미국까지 와야 할 거에요."

아버지는 기어 봉을 잡은 손을 옮겨서 소년의 손을 꽉 움켜잡았다.

"엄마랑 누나랑 셋이서 함께요."

그는 알 수 없는 미소를 지으며 핸들을 두 손으로 잡았다. 그 후로 일 년간 아들은 아버지를 볼 수 없었다.

태산은 늘 하던 대로 일어나자마자 스트레칭을 했고 스스로 정한 아침 운동의 할당량을 채웠다. 그 후 쌀을 씻어서 밥솥에 넣고 밥이 뜸이 들기 시작하자 두 여인을 깨웠다. 엄마는 아침을 차렸으며 세 사람은 테이블에 앉아서 식사를 했다. 누나는 실밥 하나 터져 나오지 않은 깔끔한 교복으로 갈아입고 먼저 집을 나섰다. 태산이 가방을 메고 현관으로 나갔는데 어머니가 따라나와 소년을 끌어안으며 키스를 했다.

"다녀올게."

학교에 도착한 소년은 자신의 자리에 앉았고 수업 시작 전 선생님이 들어오더니 전학생이 있다고 말하면서 자신이 들어온 문을 쳐다보았다.

"지은아, 들어와."

교사의 말에 한 소녀가 교실로 천천히 걸어 들어왔다. 소녀는 흰색바탕의 파란색 물방울무늬가 새겨진 원피스를 입고 있었다. 교실에 그녀의 발자국소리가 퍼졌고, 그녀가 교탁 앞에 도착하자, 선명한 광채를 발하는 눈동자로 아이들을 바라보며 입을 열었다.

"저는 이지은이라고 합니다. S시에서 살다가 아버지가 D시로 발령을 받게 되면서 전학을 오게 되었습니다. 잘 부탁드립니다."

그녀의 맑은 목소리가 전라의 모습으로 태산의 심장을 두드렸다.

"지은이는 태산이 옆에 앉도록 해."

소녀가 소년 쪽으로 걸어와 책상 옆에 가방을 걸고서 자리에 앉았다.

"안녕."

그들은 동시에 말했고 그것이 우스운지 두 사람 다 웃음이 터져버렸다. 선생님이 교실 밖으로 나가자 아이들이 그녀 주위로 모여들었다. 경상도 사투리를 쓰지 않는 것 하나만으로도 아이들은 그녀에게 큰 관심을 가졌다.

수업이 시작되자 선생님이 분필로 칠판에다가 큰 글씨로 자기소개라는 글자를 적었다.

"오늘은 학기 첫날이라 처음 보는 아이들도 있을 테니까 자기소개를 해보자."

그녀의 지시에 따라 아이들은 앉은 순서대로 자리에서 일어나 자기소개를 시작했으며 태산은 자신의 차례를 기다렸다. 마침내 그의 이름이 불렸고 그는 자신감 있게 의자를 박차고 일어섰다.

"저는 강태산이라고 합니다. 저의 목표는 위대한 메이저리거가 되는 것입니다. 저는 이 꿈을 위하여 단 하루도 쉬지 않고 매일 매일을 훈련에 매진하고 있습니다. 제가 레드삭스의 간판

타자가 되면 여기서 원하는 사람들에게 가장 좋은 자리의 티켓을 드리겠습니다. 저는 거짓말을 하지 않습니다. 그 증거로 야구 선수가 되어야겠다고 다짐한 순간부터 단 한 번도 자신과의 약속을 어긴 적이 없습니다. 저는 밤하늘의 별처럼, 모두의 기억 속에 남을 플레이어가 될 것입니다."

아이들의 박수소리가 교실을 채웠고 지은이가 맑은 눈동자로 태산을 응시하며 미소를 지었다.

"멋지다. 야구선수가 꿈이라니."

학교의 모든 수업이 끝나자 두 사람은 교문 밖으로 나왔다. 매끈한 표면의 은색 독일제 승용차에 탄 여인이 우아한 분위기를 풍기며 지은을 불렀다. 그녀는 차에서 내린 후 지은의 가방을 받아들고 태산을 보았다.

"저기 잘 생긴 아이는 지은이 친구니?"

"네, 엄마."

"친구는 집이 어디야? 가는 길에 태워다 줄게."

그녀의 목소리는 부드러웠지만 마치 아이스크림 속에 든 단단한 아몬드처럼 그 끝에서는 무시할 수 없는 힘이 느껴졌다.

"감사하지만 자전거를 타고 왔고 또 리틀 야구단 연습도 있어서요."

그들은 작별인사를 하고 헤어졌다. 저녁, 태산은 유니폼이 땀과 모래로 범벅이 된 채 집에 들어왔다.

"다녀왔습니다."

태산이 거실로 오니 어머니가 한 여인과 이야기를 나누고 있었는데, 그 여인은 오후에 보았던 지은의 어머니였다. 그녀와 소년이 서로의 얼굴을 보게 되자 소년만큼이나 그녀도 놀란 기색이었다. 태산은 두 사람의 반응을 보고 의아한 표정을 짓고 있는 어머니에게 설명을 했다.

"잘 됐네. 오늘 옆집으로 이사 오셨어."

친밀도는 거리와 비례하는 법이다. 태산과 지은이 옆집에 살게 되면서 자연스럽게 둘도 없는 사이가 되었다.

소년은 교실 청소를 마무리하고 밖으로 뛰쳐나갔다. 하늘색 티셔츠를 입은 개구쟁이는 복도를 가로지르며 아이들 사이를 요리조리 피해 갔다. 소년은 자전거 거치대 앞에서 멈춰 섰고 은색 자전거에 묶여 있는 자물쇠를 능숙하게 풀었다. 그의 등 뒤에서 친구의 목소리가 들렸다.

"태산아, 같이 갈래?"

그는 친구의 제안을 단칼에 거절하며 자전거에 올랐다. 멀리 가진 못했을 거다. 소년은 힘차게 페달을 돌리며 교문을 나섰다. 무언가를 찾듯이 주위를 두리번거리며 나아갔다. 신호등에 붉은 빛이 켜졌고 자전거는 횡단보도 앞에 멈춰 섰다. 그는 초조함을 나타내듯 검지손가락으로 자전거 핸들을 계속해서 두드렸다. 신호등의 색이 바뀜과 동시에 자전거 페달은 돌아갔고 머지않아 소년의 눈에 한 무리의 소녀들이 포착되었다. 태산은 소녀들에게 다가서며 지은의 이름을 크게 불렀다. 소녀들은 일제히 고개를 돌려서 소년을 보았고 그들은 동시에 웃음을 터트렸다. 지은이는 소녀들 사이에서도 돋보이는 눈동자를 빛내며 친구들에게 양해를 구한 뒤 태산에게로 왔다. 그는 자전거의 뒷부분을 툭툭 치면서 그녀를 보았다.

"뒤에 타. 내가 태워줄게."

소녀는 원피스의 치맛자락을 들고 옆으로 앉았다. 그녀가 자리를 앉자 자전거는 나아가기 시작했다. 두 사람은 웃으면서 학교에서 있었던 일들을 이야기했고 선선한 봄바람도 그 이야기가 궁금했는지 그들 곁으로 다가와 부드러운 실크 소재의 이불처럼 두 사람을 감싸 안았다.

바람은 그들과 함께 추억을 달렸다. 소녀는 양팔로 소년을 감싸 안으며 그의 등에 기댔다. 태산에 목에 맺힌 땀방울이 바닥으로 떨어져 빗방울처럼 지면에 퍼졌고 소녀는 그것을 보았다.

"안 힘들어?"

"안 힘들어. 운동선수가 이 정도로 힘들면 안 되지."

소녀의 얼굴에 미소가 떠올랐다.

그런 그들의 눈앞에 가파른 언덕길이 보였다.

"저기선 걸어가야 되겠는데?"

"아니야, 날 믿어 봐."

그는 핸들을 꽉 쥐면서 페달을 빠르게 돌리기 시작했다. 자전거가 언덕으로 올라서게 되자 속력은 눈에 띄게 줄어들었고 태산의 거친 숨소리는 마치 자전거의 엔진소리처럼 퍼져나갔다. 자전거는 마침내 언덕을 뛰어넘어 목적지 앞에 도착했다. 소년은 거친 숨을 토해내며 멈춰 섰고 소녀는 자전거에서 내렸다.

지은이가 대문 앞으로 가서 벨을 누른 뒤 돌아서서 태산에게 다가오라는 손짓을 했다. 소년은 소녀에게로 다가갔다. 소녀가 가방에서 하얀 손수건을 꺼내어 그것으로 소년의 얼굴을 세심하게 닦아주었다. 소년의 심장이 강하게 꿈틀거렸는데 그것은 분명 소녀의 손끝에도 전달될 만큼의 떨림이었다. 소녀는 아주 잠시뿐이었지만 움찔거렸고 그것은 소년에게도 전달되었다.

"데려다줘서 고마워."

사람의 인생에는 전환점이 있기 마련이다. 그 사건은 태산이 초등학교 6학년을 앞둔 겨울에 일어났다. 아버지가 들어오지 않은 날을 계산하는 것을 포기했으며 이제 그런 것은 신경 쓰지 않을 정도로 의젓해졌다. 그러나 어머니는 왠지 기운이 없어 보일 때가 많았고 소년은 그것을 견디기가 힘들었다. 태산은 지은에게 이러한 걱정거리들을 털어놓으며 조금이라도 근심을 덜어냈다.

어느 날, 태산은 어머니에게 바다로 여행을 가자고 제안했다. 세 사람은 차를 타고 겨울바다를 향하여 나아갔다. 어머니가 운전대를 잡았고 태산과 누나가 뒷좌석에 앉았다. 누나는 학업에 매진하여 좋은 결과를 냈고 다른 지방의 외국어 고등학교로 진학하게 되었다. 그녀가 학업에 전념하고 나서부터 동생과 어울리는 시간이 줄어들었으며 이번 학기가 시작되면 기숙사에 들어가기 때문에 이 여행이 참 뜻 깊다고 여겼다. 누나는 태산의 손을 잡고 간만에 많은 이야기를 했다.

차 안에는 어머니가 좋아하는 마츠다 세이코의 〈푸른 산호초〉
가 흘러나왔고 그녀는 그 노래를 따라 부르고 있었다.

あゝ私の恋は南の風に乗って走るわ
아아, 내 사랑은 남풍을 타고 달려요
あゝ青い風切って走れあの島へ
아아, 푸른 바람을 가르며 달려라, 저 섬으로

자동차가 고속도로에 진입했을 때, 예보에는 없던 눈이 내리
기 시작했다. 태산은 창문을 내리고 손을 뻗어서 눈송이가 손바
닥에 내려앉아 녹는 광경을 응시하며 그 보드라운 촉감을 느꼈
다. 누나의 피부같이 하이얀 눈은 계속해서 쏟아져 대지를 하얗
게 물들여 나갔다. 어머니는 라디오로 일기예보를 틀었고 아나
운서는 오늘밤 폭설이 내린다는 소식을 전했다. 그녀는 고속도
로를 빠져나오면서 다행이라고 말하며 다시 노래를 틀었다. 눈
은 꽤 많이 내리는 것 같았으나 아스팔트 위에서 쌓이지 못하고
축축하게 적시기만 하였다.

도로 위에 어둠이 깔리기 시작할 무렵, 차선을 넘어 폭주하는
트럭의 라이트가 소년의 연약한 눈동자를 때렸다.

태산은 병원에서 깨어나고 몇 달 뒤 사건을 자세히 듣게 되었
다. 사고 당시 누나는 즉사했으며 어머니는 일주일을 더 살다가
죽었다. 소년은 한 달이 지나서야 눈을 뜰 수 있었다. 사고를 낸

사람은 음주운전이라는 이유로 5년형을 받았지만 다 복역하지도 않고 교도소를 나왔다. 정신적인 이유로 일찍 나오게 된 것이다. 그는 그로부터 1년 후에 자살했는데 죄책감 때문이 아니라 원래 술과 도박에 빠져 사는 사람이라서 빚에 허덕이게 되자 스스로 목숨을 끊은 것이다. 그는 소년의 가족을 박살내버렸고 그의 목숨보다 소중한 두 여인을 앗아갔다. 그는 합당한 대가를 치르지 않았다. 아니, 합당한 대가란 존재하지 않는다.

합당한 대가란 무엇인가? 그의 목숨? 소년에게 있어서 그의 목숨 따위는 아무짝에도 쓸모가 없다. 그가 죽든지 살든지 그것에 대해서 태산은 아무런 관심이 없었다. 소년은 어머니와 누나가 왜 이런 일을 당해야만 했는지 누가 좀 알려주었으면 좋겠다고 생각했다. 소년은 매일 밤 자신의 베개를 눈물로 적시며 생각했다. '그가 나에게서 빼앗아간 것은 그 무엇으로도 보상받을 수 없다. 그래, 죄의 대가나 합당한 처벌은 존재하지 않는다.'

2

태산이 의식을 되찾고서 어느덧 여섯 달이 지나갔는데, 회복력이 좋아서 대부분의 상처는 회복됐지만, 정신적인 상처는 아물 기미가 보이지 않았고, 하루 종일 한 마디도 하지 않은 채 보낼 때가 많았으며, 대부분의 시간을 멍하니 허공만을 바라보면서 보냈다.

그를 더 자극하게 하는 것은 그의 아버지가 의식을 되찾은 날로부터 지금까지 단 한 번도 병원을 찾지 않았다는 점이었다.

산책이라도 해보라는 간호사의 계속된 권유에 기계적으로 병원 앞의 벤치에 앉았다. 한여름의 햇살이 그를 강하게 비추자 잠시 앉아 있었는데도 이마에 땀이 맺혔다. 손등으로 땀을 닦는 그에게로 간호사가 자신을 부르는 목소리가 들렸다. 그녀는 무슨 일이라도 생긴 것처럼 급하게 달려오더니 병실에 아버지가 와 있다며 빨리 가보라고 재촉했다. 벤치에서 일어나 병실로 향했는데 가슴에 무거운 돌을 올린 듯 답답함이 느껴져 숨을 쉬기가 어려웠다. 병실을 들어서니 창가에 낯익은 남자의 익숙한 담배냄새가 방안을 가득 채우고 있었다. 잠시 병실을 비웠을 뿐이었는데도 불청객의 냄새가 방안을 지배했다.

그는 창틀에 담배를 비벼 끄고 뒤로 돌아서서 태산을 향하여 천천히 발걸음을 옮겼다. 그가 다가올수록 태산은 호흡이 점점 거칠어졌으며, 안개 같은 불안감이 자신에게 스미는 느낌을 받았다. 그가 태산 앞에 서자 소년은 자신의 호흡을 제어하지 못하고 바닥에 주저앉아 버렸다. 그러자 간호사가 태산에게로 달려와 진정시키기 위하여 노력했다. 그는 한동안 태산을 바라보다가 병실을 나가버렸고, 잠시 후 태산은 간호사의 손목을 움켜쥐고 자리에서 일어섰다. 그는 숨을 고르며 양손으로 침대를 짚고는 창밖을 노려보았다. 어느 정도 진정이 되자, 간호사에게 괜찮다고 말하며 병실을 나와 화장실로 향했다. 태산은 수도꼭지에서 흐르는 차가운 물로 얼굴을 적시고 고개를 들어 거울에 비친 자신의 모습을 보았다. 화장실에 처음 들어섰을 때는 맡을 수 없었던 담배냄새가 느껴졌다. 화장실을 나서려고 했을 때, 구석 칸의 누군가가 무척이나 큰소리로 계속해서 토를 하는 소리가 들려왔다. 병실로 돌아와서 침대에 누운 뒤 멍하니 천장을 바라보았다.

소년은 몸이 다 나은 후에도 마음의 병 때문에 1년 더 입원하게 된다. 태산은 모든 것에 무관심해졌고 정신병동으로 짐을 옮기는 것에도 아무런 관심이 없었다. 창마다 처진 차가운 쇠창살마저도 그의 관심을 끌지는 못했다.

하루 종일 잠만 자거나 맹목적으로 천장을 바라보며 시간을 보냈다. 그런 그에게 귀여운 얼굴을 한 간호사 한 명이 관심을 보였다.

"태산아, 내 이름은 손예지야. 편하게 예지 누나라고 불러."

그녀는 동료로부터 소년의 사정을 듣고 동정심을 느꼈으며 계속 관심을 쏟았다. 손수 만든 도시락을 주기도 하고 자신의 책을 빌려주기도 하였지만 태산은 마음의 문을 닫아버렸기에 그녀의 호의를 그저 무시할 뿐이었다. 도시락은 열어보지도 않았으며 책은 건드리지도 않았지만, 예지는 그런 태도에 굴하지 않고 계속해서 호의를 표했다. 근무가 있는 날이면 늘 책과 도시락을 그에게 가져다주었지만, 그는 예지의 말에 답조차도 하지 않았다. 그렇게 세 달이 흘렀다.

예지는 가벼운 발걸음으로 마트를 향했다. 식재료를 사는데 태산의 얼굴이 떠올랐다. 그녀는 미소를 지으며 장보기를 마무리했다. 예지는 자신의 자취방으로 돌아왔는데 방은 말끔히 정리되어 있어서 주인의 성격이 어떤지 한눈에 알 수 있게 해주었다. 들어오자마자 환기를 시키려 창문을 열었고, 숨을 크게 들이쉬며 신선한 공기를 마셨다. 부엌으로 가서 손을 깨끗이 씻고 식재료를 꺼내 요리 준비에 들어갔다. 채소를 도마 위에 올린 후 광이 나는 식칼로 그것을 반듯이 썰어서 옆에 정리했고 완성된 김밥을 정성스레 도시락에 담았다. 옷을 갈아입고 책상 위에 놓인 책을 챙겨서 집 밖을 나섰다. 그녀는 태산을 생각하며 지하철에 올랐고 이어폰을 꼽고 노래를 듣다 보니 어느새 그의 병실 앞에 도착해 있었다. 태산은 언제나처럼 누워서 멍하니 천장을 바라보고 있었고, 예지도 언제나처럼 그의 침대 옆 테이블에 도시락과 책을 올려놓았다.

"약 꼭 챙겨 먹어야 돼."

그녀는 등을 돌려서 병실을 나가려 했다.

"예지 누나."

태산이 그녀를 부른 것은 처음이었기에 예지가 놀라 뒤를 돌아보니 태산이 도시락을 열어서 내용물을 보고 있었다.

"직접 만든 거야?"

그녀는 고개를 끄덕이며 미소 지었고 소년은 고개를 들어서 예지와 눈을 맞추었다.

"지금 시간 있어?"

"어, 잠깐 있어."

태산은 미소를 지어 보였다. 처음 보는 소년의 미소에 그녀의 마음은 초콜릿 아이스크림처럼 부드럽고도 달콤하게 녹았다. 예지는 태산의 옆에 앉아서 그와 함께 이야기를 나누며 도시락을 먹었다.

태산은 삶의 이유를 잃어버렸다고 생각했다. 그래서 어느 순간부터는 자살을 생각하게 되었다. 통제할 수 없는 잡념들이 그의 머리를 휘저어대었고 그 끝은 항상 심한 우울감이었다. 그는 새로운 삶의 이유를 찾기도 싫었으며 그냥 모든 것이 귀찮아졌다. 두 여인은 왜 나만 홀로 놔두고 세상을 떠나야만 했는가? 나의 아버지는 친부가 아닌 것인가, 이 세상에서 내가 존재하는 이유가 무엇일까, 그는 이러한 잡념의 꼬리들을 떨쳐버리지 못했다. 왜 그곳에서 두 여인과 함께 죽지 못했는지 그것이 의문이었다. 태산은 멍하니 천장을 바라보다가 아무 이유 없이 눈물을 흘리기도 하고, 갑작스럽게 참을 수 없는 슬픔의 파도가 덮쳐서 오열하며 쓰러져 버릴 때도 있었다. 이 고통을 감내하기에 그는 어렸고 아직 성숙하지 못했다.

그가 통곡하며 슬피 울고 있었을 때 한 간호사가 달래며 울지 말라고 말했다. 그의 가슴속은 분노로 들끓었는데, 그녀의 울지 말라고 하는 말이 폭력적으로 느껴졌기 때문이다. 태산은 이렇게 생각했다.

'눈물을 흘리는 자에게 그것을 멈추라고 하지 마라. 우는 자에게 울지 말라고 하는 것은 폭력이며, 그것은 눈물을 흘리는 자를 위한 행위가 아님이 분명하다. 그것은 우는 자를 지켜보는 자,

그 자신이 불편한 감정을 견디기 힘들어서 하는 행동일 뿐이다. 왜 타인이 그 사람이 토해내려는 슬픔을 억제하려 한단 말인가.'

훗날 그는 딸이 울고 있을 때마다 아무 말 없이 그녀를 안아주었고 끝까지 울게 두었다.

태산은 예지의 행동에 아무런 관심이 없었으나, 냉대에도 계속된 그녀의 일관된 호의는, 그의 마음을 가로막던 두꺼운 빙벽들을 서서히 녹게 했다. 그는 그녀의 추천으로 독서를 하게 되었고 퇴원하게 되는 날까지 손에 잡히는 것들을 미친 듯이 읽어대었다. 책을 읽는 동안에는 우울한 잡념들이 떠오르지 않았으며, 그 세계 속으로 빠져드는 재미는 다른 것으로 대체 불가능한 것이었다. 예지는 그런 태산에게 계속해서 책을 빌려주었고, 그는 그런 그녀가 고마웠다. 문학이 보여주는 간접경험은 때론 직접경험을 뛰어넘는 감동을 주었으며, 병실 안에 갇혀 살았지만 문학을 통해 수많은 세상을 경험했다. 나갈 수 없는 답답하고도 감옥 같았던 병실, 그는 그곳에서 문학을 접했고, 다른 세계로 뻗어 나갈 수 있는 통로를 얻게 되었다. 그는 독서야말로 인간의 지평을 넓혀주는 가장 좋은 수단이라고 생각했다.

"태산아, 외출 나갈 생각 없어?"

그는 그녀를 보았다.

"외출?"

"보호자가 동의만 하면 바깥공기를 마실 수 있어."

태산은 고개를 가로저었고 그 모습을 본 예지의 눈에서 씁쓸함이 묻어 나왔다. 예지는 태산의 아버지에게 연락을 시도했으나 그는 연락을 받지 않았다.

　태산은 하루 종일 책을 읽었으며 머릿속에는 그 내용들로 가득했고 밥을 먹을 때조차도 책을 덮지 않았다. 유일하게 책을 덮는 시간은 예지와 대화하는 시간뿐이었다.

　"원래 책을 좋아했어?"

　그는 기지개를 펴며 답했다.

　"아니, 관심도 없었어."

　"근데 갑자기 빠져버렸네?"

　그는 피식 웃으며 그녀를 보았다.

　"그러게."

　예지는 태산의 손 위에 자신의 손을 포갰다.

　"네가 너무 우울해 보여서 걱정했었어."

　"이제 괜찮아. 더 이상 걱정하지 않아도 돼."

　예지는 태산보다 12살이 더 많았지만 그는 그녀를 친구처럼 대했고 예지도 그런 거리낌 없는 사이가 좋았다. 만약 그 시절에 태산과 예지가 만나지 못했더라면, 그의 인생은 전혀 다른 방향으로 흘러갔을지도 모르고 뒷이야기는 없었을지도 모른다. 그녀는 그의 비어 있는 부분을 어느 정도 채워주었고, 상처에 바르는 불투명한 연고처럼 그를 치유했다. 당시 태산은 항상 예지에게 고마움을 느꼈다.

　어느덧 그가 정신병동에 머무르게 된 지 1년이 지났고 퇴원해야 될 시점이 다가왔다. 그는 아버지로부터 하나의 상자를 택배로 받았는데 안에는 옷 한 벌과 작은 메모가 있었다. 메모에는 약도가 그려져 있었고 하나의 열쇠가 붙어 있었다.

"니가 살게 될 방이다. 혹시 더 필요한 게 있으면 비서에게 연락해라."

태산은 약도를 머릿속에 넣고 메모를 찌그려 쓰레기통에 던졌다. 옷을 갈아입고 거울을 바라보니 키가 좀 큰 거 같았다. 예전엔 컸던 옷이 지금은 좀 작아 보였다. 병원 정문을 나서서 뒤로 돌아 1년 반 동안 머물렀던 건물을 보았다. 그의 의사와는 관계없이 너무 오래 머물었던 장소였지만 막상 떠나려고 하니 여러 감정이 교차했다. 바닥에 침을 뱉은 뒤 등을 돌려 나아가기 시작했다. 머릿속에 집어넣은 약도에 의지하여 별로 힘들이지 않고 집을 찾았다.

약도가 가리키는 집은 건물을 둘러싼 푸른 유리가 오묘한 느낌을 주는 인상적인 오피스텔이었다. 그는 문을 열고서 방안으로 들어갔는데 안에는 새것 같은 냄새로 가득했다. 그곳에는 사람 냄새가 1mg조차 존재하지 않았다. 오피스텔은 거실과 방 하나로 이루어진 구조였는데, 거실에는 TV와 소파가 있었고 방에는 침대와 책상 그리고 책장이 있었다. 책장에는 야구서적과 소설책으로 가득했으며, 방구석에 자리한 플라스틱 박스에는 그가 좋아하는 회사의 야구 장비들로 가득 채워져 있었다. 태산은 비서의 꼼꼼하고 세심한 성격에 세삼 놀랐다. 그런 그의 시선 속으로 야구배트가 들어왔고 팔을 뻗어서 그것을 들어올렸다. 배트를 움켜쥐자 딱딱한 촉감이 손에 감기며 짜릿한 타격감이 기억의 저편에서부터 올라왔다. 그 자리에 서서 몇 분간이나 감상에 젖은 눈길로 배트를 바라보았다.

태산은 자세를 취하고 사정없이 배트를 돌렸는데 이때껏 못 휘두른 한이 쌓였는지 그 자리에서 한 시간 넘게 허공을 갈랐다. 가쁜 숨을 몰아쉬며 배트를 놓았을 때 적은 운동량이었지만 오랜만이라서 그런지 많은 땀이 흘렀다. 그는 침대 위에 누워서 떨리는 손을 보며 자신이 지금 흥분했다는 것을 깨달았다. 배트는 변함이 없었지만, 육체는 손의 감각을 비롯한 많은 것들이 달라져 있었다.

그는 몸을 뒤척이며 잠에서 깨어났는데 등은 땀으로 범벅이 되어 있었다. 종종 그때의 일을 꿈으로 꿀 때마다 참기 힘든 고통이 전신에 퍼졌다. 샤워를 하고 핸드폰을 확인하니 저녁을 같이 먹자는 예지의 메시지가 도착해 있었다. 답장을 하고 나서 인적이 드문 코스를 30분 정도 달렸다. 집으로 돌아오니 비서로부터 연락을 달라는 메시지가 와 있어서 그에게 연락을 했다. 비서는 아버지가 참석하는 파티에 오는 것이 어떻겠냐고 제안했지만, 앞으로 그런 일로 전화하지 말라고 하면서 전화를 끊었다.

태산은 집 근처의 타격장으로 가서 지칠 때까지 배트를 휘둘렀고 해가 떨어질 때가 되어서야 집으로 돌아왔다. 샤워를 하고 나서 옷을 갈아입고 예지의 집으로 향했다. 그녀는 환한 미소로 그를 맞아주었으며, 자취방 안에서 맛있는 냄새가 다트처럼 날아와 그의 침샘을 물풍선처럼 터트렸다. 예지는 일주일에 한 번은 태산을 집으로 초대했고 그들은 같이 영화관이나 수족관을 가는 등 많은 시간을 공유했다.

무더운 날씨가 여름의 절정을 알리며, 서 있기만 해도 땀이 흐르는 날이었다. 두 사람은 번화가에서 함께 중화요리를 먹고 그녀의 집에서 TV를 보고 있었다. 예지는 하얀 슬립 끈 나시에 허벅지를 절반도 가리지 못하는 반바지를 입고서 태산의 허벅지에 머리를 기댔다. 코미디 프로그램을 보던 중 웃기는 장면이 나왔는데, 몸이 흔들리다 보니 태산의 페니스가 예지의 머리에 닿았고, 그의 의도와는 상관없이 페니스에 피가 몰리며 그것이 팽창했다. 예지는 그것을 느꼈는지 누워 있던 자세를 고쳐서 바닥에 앉았고 미소를 지으며 태산을 보았다. 그녀의 눈길을 받자 그의 얼굴은 귀여운 난로처럼 빨갛게 달아올랐다.

집으로 돌아와 샤워를 하면서 살짝 부풀어 있는 자신의 페니스를 보며 조금 전의 일을 회상했다. 너무 흥분했던 탓인지 그녀가 자신의 바지를 내리기 전까지의 일은 잘 기억나지 않았는데, 어찌 됐건 그녀는 그의 바지를 내리고는 팽창해서 움찔거리던 페니스를 혓바닥으로 감쌌으며, 그는 그 감각에 전율하며 허리를 떨었다. 자신을 올려다보는 예지의 눈빛은 너무나 강렬해서 눈을 감지 않아도 생생하게 떠올릴 수가 있었다. 겨울이 되기 전까지 그는 몇 차례 더 그녀의 입안에 사정했다.

겨울, 태산은 이때까지 연락 없이 그녀의 집을 방문한 적이 없었지만, 그날은 러닝을 하다 보니 그녀의 집 근처까지 가게 되었고 그녀의 미소를 떠올리며 현관문을 터치했다. 예지는 문을 열었는데 이전까지 환하게 맞아주던 것과는 다른 살짝 당황한 듯한 표정으로 그를 맞았다. 그녀는 일단 들어오라고 말하면서 그를 방 안으로 들였고 두 잔의 머그컵에 커피를 담아 왔다. 그녀와 이야기를 나누는데 시선이 자꾸만 시계로 향하는 것을 본 태산은 그녀에게 무슨 약속이라도 있냐고 물어보았다. 예지는 얼버무리려 했지만 태산이 추궁하자 입을 열었다.

"남자친구가 오기로 했어."

그녀는 머그컵에 든 커피를 조금 마셨다.

"동생이라고 말해야 되겠지? 너는 내 동생이나 마찬가지니까."

태산은 사고의 흐름이 통하는 길목을 차단당한 듯 순간적으로 어떠한 생각도 하지 못했다. 그의 가슴속에서 새까만 것이 튀어올랐다. 방안으로 들어설 때, 눈동자는 영롱한 사슴의 것을 연상시켰으나, 그녀의 말을 들은 후에는 시체 냄새를 쫓는 하이에나처럼 죽어 있었다.

"나를 여자친구라고 생각한 거야?"

그는 뒤돌아서지도 않고 현관문 앞에 선 채 몇 초 동안 자신의 운동화만을 쳐다보았다. 태산은 돌아서서 촉촉하게 젖은 눈동자로 그녀를 보았다. 그녀는 타이르는 목소리로 말했다.

"우리가 연인이 되기엔 니가 너무 어려."

태산은 어금니를 꽉 깨물더니 신발을 신은 채로 그녀에게로 다가갔고, 손바닥으로 그녀의 뺨을 후려갈겼다. 그녀는 태산의 예상치 못한 행동에 당황했는지 다리에 힘이 풀려 바닥에 주저

앉아 버렸다.

태산은 집으로 돌아와 불도 켜지 않고 소파 위에 드러누웠다. '이상하다. 왜 시간이 지나도 눈이 어둠에 적응하지 못하고 아무 것도 볼 수 없는 거지?' 그는 빛을 원했지만 형광등에서 나오는 빛을 원하지는 않았다. 무언가에 홀린 듯 옥상으로 올라갔는데 옥상의 문을 열자마자 밤하늘 두 개의 별이 너무나 눈부신 빛을 쏘아대며 그를 맞이했다.

3

태산이 등교하게 된 첫날이었다. 아직 추위가 가시지 않아서 그런지 사람들이 입을 열 때마다 하얀 입김이 하늘로 떠올랐다. 그는 교정을 걸으며 앞으로 2년간 보게 될 풍경들을 눈동자에 새겼다. 첫날은 그저 그렇게 끝났고 집으로 돌아와서 옷을 갈아 입은 뒤 레드삭스 모자를 눌러쓰고 배트가 삐져나온 보스턴백을 들고서 집 밖으로 나갔다. 몇 시간 후 전신이 땀으로 흠뻑 젖게 된 저녁이 되어서야 돌아왔다.

다음날 태산은 조금 늦게 등교했다. 교실 문을 열자 제일 뒷자 리가 비어 있어서 그곳에 가방을 걸며 자리에 앉았다. 창밖을 바라보고 있는데 누군가가 그의 등을 쳤다. 고개를 돌리니 거기 에는 노란색으로 물들인 머리에 왁스를 떡으로 발라 머리를 삐 죽 세운 남자가 있었다. 그의 주위로 껄렁해 보이는 몇몇 아이들이 몰려들어 분위기를 잡았다. 그들은 왜 제일 뒷자리에 앉았냐며 시비를 걸어왔고 노란 머리가 그의 멱살을 잡으며 욕을 했지만 태산은 아무런 저항도 대꾸도 하지 않았다. 노란 머리는 수업의 시작을 알리는 종소리가 울리자 자신의 책상에 엎드려 잠을 청했고 교사가 교실로 들어와 책을 펴며 수업을 시작했다. 마침 종이 울리고 교사가 교실 밖으로 나가자 태산은 자리에서 일어나 노란 머리 쪽으로 향했다. 고개를 좌우로 천천히 돌리며 목 근육을 풀더니, 가볍게 의자를 머리 위로 들어올려서 숙면을 취하는 노란 머리를 수차례 사정없이 찍어버렸다.

교실은 누구의 숨소리조차 들리지 않는, 침묵의 파도에 휩쓸렸고 태산은 의자를 내팽개치면서 바닥에 침을 뱉은 후 가방을 챙겨서 교실을 나섰다. 그가 운동을 마치고 집으로 돌아오자 핸드폰이 울렸다. 전화를 받으니 비서였고 그는 자신이 다 해결했으니 걱정 안 해도 된다고 말했다. 자신의 아버지가 힘 있는 존재가 아니었다면 어땠을까? 운명은 전혀 다른 방향으로 놓여 있을 것이다.

며칠 뒤, 태산은 학교를 향해서 걸었는데 학교 근처로 오게 되자 자신을 바라보는 시선들이 느껴졌다. 그 시선 속에는 불편한 감정들이 내포되어 있었으며 약간의 공포 같은 것도 섞여 있었다.

태산이 교실로 들어서자 실내가 쥐 죽은 듯이 조용해졌다. 자리에 앉아서 편안히 창밖을 보았다. 수업이 끝나고 쉬는 시간이 날갯짓을 하며 날아왔을 때, 말랐지만 탄탄한 근육을 지닌 귀여운 낙타를 닮은 남자가 그에게로 왔다.

"잠시 이야기 좀 하자."

태산은 그를 따라서 옥상으로 향했다. 그는 자신의 이름을 정인이라고 말했다. 정인은 태산의 이야기를 전해 들었다며 자신의 무리로 들어오라는 제안을 했다. 태산은 잠시 생각하더니 고개를 끄덕이며 그의 손을 잡았고 정인은 웃으며 담배를 건넸다.

태산은 정인과 어울리며 술과 담배를 배웠고 종종 일탈에 빠지곤 했다. (그 중에는 오토바이 훔치기 같은 위법행위도 있었다.) 태산은 짧은 연애를 반복했는데 그건 그들 무리의 특성이었다. 한 번씩 지은의 얼굴이 떠오르긴 했으나 허공으로 내뱉는 담배연기와 함께 옅어져 갔다.

태산과 정인의 무리는 횡단보도 옆에서 바이크를 세워놓고 담배를 태웠는데, 그들에게서 풍기는 분위기나 피지컬은 영락없는 고등학생이었다. 태산은 건너편의 카페를 계속 응시했다. 그곳에는 지은이 친구들과 커피를 마시고 있었다.

"아는 애야?"

"옛날에."

담배꽁초가 바닥과 충돌하면서 불꽃이 튀었고 바이크는 굉음을 내며 창공을 비상하는 매와 같이 도로를 질주해 나갔다.

태산은 왜 지은을 지나쳐 버렸을까? 그는 너무나 친했던 지은에게서 가까이할 수 없는 거리감을 느꼈다. 그 거리감은 무엇일까? 그건 아마 더 이상의 상처를 받고 싶지 않았던 태산의 방어

기제였을 것이다. 사랑하는 사람으로부터 더 이상의 상처를 받고 싶지 않은 사춘기 특유의 타인에 대한 두려움, 그것이 베를린 장벽이 되어 두 사람 사이를 가로막았다. 의지만 있다면 언제든지 허물 수 있는 벽이었지만, 그 나이대의 아이들이 그렇듯 그도 그러지 못했다.

운명의 갈림길은 스스로 깨닫지 못하는 순간에 오는 법이다. 그들은 다리에 깁스를 할 때에도 바이크를 타는 걸 멈추지 않았고, 3개월 후에 그들 중 한 명이 교통사고로 죽을 때까지 정신을 차리지 못했다. 그 사건 이후로 태산은 그들과 어울리는 것에 회의감을 느끼게 되고 이별할 마음을 먹게 된다.

그는 그들과 진정한 우정을 나누었다기보다는 단지 혼자인 것이 참을 수 없었던 것뿐이다. 요즘 아이들은 외로움을 해소하는 방법으로 게임을 하거나 SNS를 한다. 본질은 SNS나 게임이 아니다. 부모는 본질을 보지 못하면서 자식을 통제하려 하고 거기에서부터 갈등이 시작된다.

태산은 잠에서 깨어났다. 어젯밤에 급체에 시달렸으며 토를 하고 밤잠을 설치다가 잠이 들었다. 오늘은 컨디션이 너무 안 좋아서 운동을 쉬어야겠다고 생각하며 근처의 공원까지 산책을 했다. 벤치에 앉아 있는 그의 시선 속으로 야구를 하는 아이들의 모습이 날아와 박혔다. 따스한 햇살이 그의 손등에 자리를 잡았고 선선한 바람이 불어와 머리카락을 살랑살랑 흔들어댔다.

"참, 야구하기 좋은 날씨네."라고 중얼거리며 기지개를 폈다.

한 아이가 그에게로 와서 말을 걸었다.

"형, 한 명이 조금 늦게 온다는데, 그때까지만 도와줄 수 있어요?"

태산은 고개를 끄덕이며 자리에서 일어나 소년을 따라갔다. 아이들의 실력은 미흡했지만, 그들은 즐기며 야구를 하였고 태산은 그 모습을 보며 자신이 처음으로 야구를 했던 순간을 떠올리다가, 장면의 끝자락에 걸려 있던 그 남자의 모습이 떠올라 회상의 흐름을, 마치 작은 물길에 큰 바위를 가져다놓는 것처럼 끊어버렸다.

태산이 타석으로 들어서려는데 늦는다던 아이가 도착했고, 그는 다시 벤치에 앉아 그들을 바라보았다. 그는 담배연기를 허공으로 뱉으며 배트를 돌리는 시늉을 하였다.

태산과 정인은 바이크를 타고 드라이브를 했다. 두 사람은 잠시 멈춰 서서 담배를 꼬나물고 이야기를 나누었다. 태산은 정인의 이야기를 들으며 강가 옆 공터에서 공을 던지는 남자를 응시했다.

"앞으로 무엇을 할지가 고민이야. 제빵도 해보고 싶긴 한데."

태산은 그의 이야기를 듣고 있었지만 시선은 공터의 투수를 향해 있었다. 투수는 포수가 요구하는 코스로 정확히 공을 던졌으며 투구 폼은 군더더기 없이 깔끔했다.

"하고 싶은 걸 해야지. 한 번뿐인 인생인데."

그 말을 들은 정인은 멋쩍게 웃으며 핸들을 만지작거렸다. 투수가 던지는 공은 멀리서 보았는데도 볼 끝이 살아서 위로 떠오

르는 것 같았고, 미트를 때리는 소리는 괴성처럼 들려서 야구를
아는 사람이라면 바라보지 않을 수가 없었다. 태산은 집으로 돌
아와서 샤워를 했는데, 물이 몸을 적시는 내내 공터에서 공을
던지는 남자를 떠올렸다. 타석으로 들어서서 그를 상대하고 싶
었다.

주말 오후, 그는 배트가 삐져나온 보스턴백을 걸치고 레드삭
스의 모자를 눌러쓴 채 강가를 찾았다. 거기에는 데자뷰처럼 투
수와 포수가 똑같은 자세로 연습을 하고 있었고 포수 옆으로 다
가갔다. 태산은 갑자기 눈의 초점이 잘 맞지 않아서 얼굴을 흔들
어 흐릿한 초점을 명확히 하며 투수를 보았다. 투수는 키가 크고
이목구비가 뚜렷했으며, 가까이에서 보니 투구폼은 면도날로 깎
아놓은 것처럼 정교했다. 왼손에서 뻗어나가는 공은 스트라이크
존에서 상승한다는 느낌을 줄 정도로 위력적이었다. 몇 구를 지
켜보는데 포수의 미트에서 공이 빠졌고 볼은 굴러서 태산의 발
앞에서 멈추었다. 태산은 공을 잡고 투수에게 던졌다. 투수는 빠
르게 송구된 공을 잡고 약간 놀란 듯한 표정을 지었다.

"태일아, 미안."

포수는 투수를 태일이라고 불렀다.

태산은 포수에게 그들의 나이를 물어 보았는데, 그들은 그와
같은 년도에 첫울음을 터트린 사람들이었다. 태산은 포수에게
자신이 타석에 한 번 서 봐도 되겠냐고 물어보았는데, 포수는
길거리에 부랑자를 바라보는 심드렁한 표정을 지으며 태일이라
는 투수에게 의견을 물어보았다. 투수는 고개를 끄덕였고 태산

은 보스턴백에서 배트를 꺼내고는 타석으로 들어섰다. 포수가 태산의 나무배트를 보더니 콧방귀를 뀌면서 웃었다.

"야구부는 아닌가 봐."

중학리그까지는 알루미늄 배트를 사용하기 때문에 포수가 그런 반응을 한 것이지만, 태산은 연습을 할 때에는 나무배트를 사용했다. 태일은 그의 송구 실력에 놀라긴 했어도 그래 보았자 취미로 야구하는 아이일 거라 생각해서 볼을 전력으로 던지지는 않았다. 태일의 손끝에서 볼이 뻗어 나왔고 태산은 볼을 끝까지 보면서 배트를 가볍게 돌렸다. 공터에 강렬한 타격음이 울렸고, 타자는 배트가 공에 닿는 순간에 홈런인 걸 알았기 때문에 뒤도 돌아보지 않고 짐을 챙겨서 그곳을 떠났다. 포수는 멍하니 그가 강 건너편으로 쏜 탄환을 바라보고 있었고, 태일은 멀어져 가는 태산을 보며 이게 무슨 상황인가 하는 표정을 지었다. 13세 이하 리틀 야구 국가대표로도 뽑혔던 자신의 볼을(비록 전력은 아니었다고 해도 그는 나무배트였다) 가볍게 홈런으로 만든 그가 누구인지 알고 싶어졌다. 포수는 태일에게 자신들과 나이가 같다고 말한 것을 전했다. 투수에게는 이 정도 실력을 지닌 알지도 못하는 동년배의 존재가 충격적으로 다가왔다. 비록 한 타석뿐이었지만 운이 좋았다기엔 타자의 타격 스킬은 결함이 없어보였다.

2주 뒤, 태산은 바이크를 끌고서 다시 그곳을 찾았다. 태일은 포수와 앉아서 이야기를 나누고 있었고 태산은 보스턴백을 내려놓고는 배트를 뽑아서 그들에게로 걸어갔다. 그들은 그를 알아보고 자리에서 일어났다. 태산이 태일에게 말했다.

"2차전 시작하자."

태일은 입술을 깨물며 마운드로 사용하는 곳까지 갔다. 태산은 가볍게 스트레칭을 하며 몇 차례 배트를 휘둘러보았다. 태일은 진지한 표정으로 공을 뿌렸고 태산은 시원하게 볼을 후려갈겼다.

"중견수와 좌익수를 가르는 3루타."

그는 태일을 향해 그렇게 외치고서 자신의 바이크를 향해 걸었다. 태일은 글러브를 내팽개치고 황급히 달려와 그의 손목을 잡았다.

"진짜 중학교 2학년이야?"

태산이 답하지 않자 태일은 한 번 더 입을 열었다.

"어디 야구부야? 이제까지 어디 있었던 거야?"

"야구부 아이다."

태산은 그의 손길을 뿌리치고서 바이크에 올랐다.

"그럼 우리학교로 와, 같이 야구하자."

태산은 순간적으로 몸에 전류가 흐르는 듯한 느낌을 받았으며 무의식적으로 바이크의 시동을 껐다.

"제대로 한 번 시작해 봐. 넌 재능이 있어 그건 내가 보장할게."

그는 바이크의 뒷자리로 눈길을 주었다.

"일단 타. 배 고픈데 밥이라도 먹으면서 이야기하자."

태일은 바이크에 올랐고 그들은 근처의 음식점을 향하여 질주했다. 포수는 하염없이 멀어져 가는 검정바이크를 바라보았다.

그들은 패밀리 레스토랑의 주차장에 바이크를 세우고, 구석진 창가에 자리를 잡았다. 레스토랑은 밝은 조명과 깔끔한 유니폼을 입은 종업원이 있었고 Queen의 〈Too much love will kill you〉가 흘러나오고 있었다.

I'm far away from home.

난 집을 떠나 멀리 왔어요.

And I've been facing this alone for much too long.

그리고 너무도 오랫동안 세상을 혼자 맞서 왔어요.

종업원이 그들의 테이블로 오자 태산은 샐러드와 크림 스파게티를 주문했고, 태일은 퓨전 돈가스를 시켰다. 태일은 자신이 K 중학교에 다니고 있으며 자신과 같이 학교를 다닌다면 전국제패는 일도 아닐 거라고 말했다.

주문한 음식이 테이블 위에 놓여졌고 태산은 포크로 크림 스파게티를 돌돌 말아 입안에 넣은 후 면을 잘게 씹었다. 주방장의 솜씨가 뛰어난 듯 크림의 점성이 알맞게 면발에 베어서 사르르 녹는 듯한 식감을 주었다.

"생각해 볼게."

그는 얼마 전부터 자신이 다시 야구를 할 때가 다가왔음을 본능적으로 느끼고 있었고 운명처럼 태일과 조우했다. 태산은 태일의 먹는 모습을 보며 웃음을 터트렸는데 태일은 누가 쫓아오기라도 한다는 듯, 돈가스를 말 그대로 흡입했다. 태산은 값을 치르고 그곳을 빠져나와 태일과 작별인사를 나누었다. 그는 바이크에 오르며 한창 야구에 빠져 살았던 시기를 떠올렸다. 가슴속의 엉킨 실타래가 어느 정도 풀려나가는 느낌을 받았다. '그래 나는 야구 없이는 못살아.'

두 사람은 주말마다 함께 훈련을 했는데 왜 이제야 만났는가 싶을 정도로 호흡이 잘 맞았다. 그들은 짧았던 몇 번의 만남 이후, 서로의 가장 친한 친구가 되었다. 만약 태산이 태일을 만나지 못했더라도 다시 야구를 시작했을 거라는 것은 틀림없었을 것이다. 그의 마음 한편에는 항상 야구를 위한 자리가 비어 있었기에 언젠가는 그것을 채우기 위하여 행동했을 것이다. 그럼에도 태산에게 있어서 태일의 의미는 컸다. 태일에게 있어서도 태산의 의미는 그와 같았다.

가을이 오자 태산은 태일이 속한 K중학교로 전학을 갔다. 두 사람은 비틀즈의 음악처럼 일주일에 8일을 함께했으며 가족보다도 가까운 사이가 되었다. 태일이 태산의 오피스텔에서 함께 잠을 잘 때 태산은 그에게 자신의 과거 이야기를 했다. 태일은 그 이야기를 경청하고는 많은 생각이 떠오른다는 표정을 지으며 입을 열었다.

"너도 많이 힘들었구나."

그들은 모두 아픈 과거를 가졌으며, 그 점이 그들에게 큰 동질감을 선사했다. 아픈 과거와 야구에 대한 천부적 재능, 그것들은 두 사람을 가까워지지 않을 수 없게 만들었다.

새벽, 두 사람은 운동장을 달렸다. 쌀쌀한 가을바람이 두 사람에게로 다가왔고 그들은 연어처럼 그것을 거스르며 트랙을 돌았다. 수십 분을 돌다보니 차가운 바람 속에서도 땀으로 흠뻑 젖게 되었는데 처음엔 분명 가볍게 몸을 푸는 것이 목적이었으나, 경쟁이 붙어버려서 누구 하나 먼저 멈추지 않고 계속해서 달렸다.

"힘들어 보이는데 먼저 멈추지?"

"네가 더 힘들어 보이는데?"

날이 완전히 밝게 되자 그들의 속력은 걷는 것과 별 차이가 없게 되었다.

"이제 그만하자."

"그럴까?"

그들은 서로 눈치를 보면서 먼저 멈추려 하지 않았는데 그렇게 2바퀴를 더 돌고 나서야 누가 먼저랄 것도 없이 바닥에 쓰러져버렸다. 태일은 가쁜 숨을 몰아쉬며 구토를 하였고 그 모습을 보자 태산도 참았던 위액을 바닥에 흩뿌렸다. 그들은 트랙 위에 퍼져서 한참이나 휴식을 취했다.

오후, 두 사람은 포수 한 명을 불러서 대결을 펼쳤다. 태산은 태일의 볼을 받아쳐서 플라이볼을 만들었다.

"플라이 아웃."

태일은 모자를 고쳐 쓰며 태산을 보았다.

"참 극단적인 배드볼히터다."

"심판의 판결을 기다리면서 1루로 걸어 나가는 건 성격에 안 맞아. 남의 손에 운명을 맡기는 건 겁쟁이들이나 하는 짓이야."

두 사람은 해가 떨어져서야 훈련을 멈추었고 스포츠 음료를 마시며 벤치에 앉아서 땀을 식혔다.

"메이저리그는 어느 정도일까?"

"글쎄."

태일은 먼 곳을 응시했고 쥐고 있던 공을 그곳으로 던지며 공이 시야에서 사라질 때까지 바라보았다. 태산과 태일은 메이저리그라는 하나의 목적지를 향하여, 함께 돛대에 깃발을 걸며 나아가기 시작했다. 지금 그들이 탄 배는 작은 돛단배에 불과했지만 그런 것은 중요하지 않았다.

중학교 3학년이 되었다. 두 사람의 기량은 절정으로 치달았고 상대하는 팀마다 박살을 내버려서 K중은 연습시합을 하려는 팀조차도 구하기 어려웠다. 팀은 일 년에 한 번뿐인 5월의 중학 전국대회에서 압도적인 기량을 뽐내며 우승했다. 태산은 2홈런과 6타점을 올리며 상대투수들의 숨통을 끊었고, 태일은 9회까지 20개의 삼진을 기록하며 상대 타선에게 에러를 제외하고는 출루를 허락하지 않았다. 경기를 끝나자 외야에서 중견수를 보고 있던 태산이 달려와 태일을 부둥켜안으며 승리의 기쁨을 만끽했다. 태산은 모자를 높이 던지며 하늘을 보았는데, 푸른 하늘은 구름 한 점 없이 너무나 맑아서 계속해서 보고 있으면 그 속으로 빨려 들어갈 것 같은 느낌을 주었다.

태일은 태산의 오피스텔을 찾았고 그들은 소파에 누워서 TV를 보며 이야기를 나누었다. 태일은 컵에든 레몬에이드를 마신 후 입을 열었다.

"이대로 가면 고교 때는 적수가 없어서 6회 연속 우승할지도 모르겠는데."

태산은 피식 웃으며 머리카락을 쓸어내렸다.

"그 전에 리그에서 쫓겨날 거야."

두 사람은 눈을 마주치며 웃음을 터트렸는데, 그 소리가 꽤나 시끄러웠는지 옆집에서 벽을 치며 조용하라고 말했다. 그러자 두 사람은 소리를 죽여서 웃었고 조금 뒤에는 웃음에 취한 듯 몸을 비틀거리기까지 하였다.

"내일 뭐할 생각이야?"

태산이 레몬에이드로 목을 축이며 태일에게 물었다.

"여자친구랑 데이트하기로 했어."

다음날 태산은 점심시간이 훌쩍 지나가버린 후에야 잠에서 깨어났다. 태일은 먼저 가버린 듯 집에는 아무도 없었고, 그는 샤워를 한 후 간단하게 토스트를 구워 끼니를 해결했다. 옷장을 열어서 검은색 긴팔 티셔츠와 베이지색 반바지를 꺼내 갈아입고 신발장에서 스니커즈를 꺼내 신었는데, 이상하게도 끈이 잘 묶이지 않았다. 단단하게 묶었는데도 끈이 자꾸만 풀어져서 그것을 세 번이나 묶고 현관문을 나섰다.

태산은 살 것이 있어서 번화가의 스포츠 용품점을 찾았다. 사장은 웃는 얼굴로 태산을 반겼고 그도 미소를 띄우며 인사했다.

"볼 때마다 키가 자라는 것 같아."

그는 태산을 아래위로 훑어보며 말했다.

"이제 180은 되겠구나."

태산은 새로 들어온 배트를 만지작거렸다.

"178cm에요."

사장은 태산에게 다른 배트를 건네주었다.

"이것도 새로 들어온 거란다."

그는 건네받은 배트를 수차례 휘둘러본 후 흡족한 표정을 지었다.

"마음껏 고르렴. 우리 MVP 님은 싸게 드릴 테니까."

태산은 어느새 러닝화를 고르고 있었다.

"나중에 꼭 비행기 티켓이랑 야구장 티켓을 보내드릴 게요. 그 날이 오면 그린몬스터 앞에서 같이 사진이나 찍어요."

사장은 눈에 무엇이 들어간 듯 고개를 숙이고 눈꺼풀을 비볐다.

"정말 고맙다."

태산은 어렸을 때부터 이 가게의 단골이었고 사장과는 옆집 아저씨처럼 친밀한 관계였다. 사장은 태산의 가족이 사고를 당했다는 소식을 듣고 자신의 일처럼 안타까워했다. 지금의 태산은 어딘지 모르게 어두운 분위기가 배어나오지만, 어린 시절의 태산은 활발하면서 살가웠으며, 긍정적인 기운을 내뿜는 소년이었다. 그는 보스턴백에 새로 산 러닝화와 배트를 넣고 가게를 나왔다. 사장의 눈동자에 홀로 문을 나서는 중학생 태산의 모습과 어린 시절 어머니의 손을 잡고 문밖을 나서는 모습이 오버랩되었다.

"잘 이겨냈어. 나이도 어린데."

그는 눈물을 닦으며 멀어져 가는 태산의 뒷모습을 바라보았다. 태산은 보스턴백을 들고서 거리로 나왔다. 번화가는 주말이라서 그런지 사람들이 많아 붐볐고 시간이 지날수록 거리는 더욱 혼잡해져 갔다. 그는 딱히 약속이 있는 것도 아니고 시간도 여유로워서 근처의 카페로 들어갔다. 2층의 창가 자리에 앉아서 레몬에이드를 마시며 가방에서 『타격의 과학』을 꺼내 테이블 위에다 펼치려는데, 구석자리에 어딘지 모르게 익숙한 분위기를 풍기는 여인이 자꾸만 시선을 끌었다. 책을 읽으려 했지만 눈길은 계속해서 그녀를 향했다. 마침내 그녀와 시선이 맞닿자, 그는 반가운 표정을 지으며 그녀에게로 걸어갔다.

"오랜만이네."

지은의 눈동자가 심하게 흔들렸다. 그녀는 한 마디의 말조차 하지 못하고 그저 자신 앞에 서 있는 태산을 바라보기만 하였다.

"태산아, 여긴 웬일이야?"

태산은 익숙한 목소리에 고개를 돌렸는데 그곳에는 태일이 서 있었다.

"지은이랑 원래 알던 사이였어?"

태일의 목소리는 두 사람의 표정과는 대조적으로, 흙탕물 위로 날아가는 하이얀 백조의 날개와도 같이 순결해보였다.

변주곡

1

지은의 어머니는 지은이 어렸을 적에 침대에 앉아서 그녀가 잠들 때까지 로맨스 소설을 읽어주곤 하였다. 지은이는 그 이야기들에 **빠져들었으며** 고대 그리스 사람들이 올림포스 신화를 삶의 지표로 생각했듯이 그 이야기들을 인생의 표지판으로 삼았다. 어머니는 항상 딸에게 진정으로 너를 사랑해주는 남자를 만나라고 말했으며 사랑을 위해서라면 자신의 모든 것을 바칠 수 있는 그런 남자를 만나라고 말했다. 소녀는 어머니의 말을 새겨들었다. 자신이 사랑하는 남자와 결혼했지만 그것이 행복을 가져다주지는 못했으며 연인 관계에서는 좀 더 사랑하는 쪽이 약자라고 말했다.

소녀는 초등학교 4학년 때 경상도에 위치한 D시로 전학을 갔다. 고위 공무원이던 아버지가 발령을 그쪽으로 받았기 때문이다. 그녀는 그곳에서 태산을 만났다.

"저는 강태산이라고 합니다. 꿈은 위대한 메이저 리거가 되는 것입니다. 이 꿈을 이루기 위하여 저는 단 하루도 쉬지 않고…."

얼마 지나지 않아서 소년과 소녀는 서로에게 빠져들었다. 그들은 옆집에 거주했고 소년이 야구하는 시간만 제외하면 대부분의 시간을 함께했다. 소녀는 소년에게 여러 로맨스 소설들을 추천해주었는데 태산은 그런 것들에 영 흥미가 없었지만 그녀를 생각해서 끝까지 읽을 수밖에 없었다. 그는 여자를 위해서 희생하고 목숨마저 바치는 유형의 인물들에게서 어떠한 공감도 얻지 못했지만 이것이 여성들의 판타지라는 건 알 수 있었다.

다른 사람들은 두 사람의 관계를 풋사랑이라고 생각했겠지만 그들은 진지하게 미래를 약속했고 사랑의 맹세를 나누었다. 하지만 그들의 진실했던 푸른 약속들은 유리파편처럼 깨지게 되었다. 어머니와 함께 저녁을 먹고 있었을 때 태산의 사고 소식을 들었다. 소녀는 달려서라도 가고 싶었지만 그러기엔 너무 먼 거리였다. 할 수 있는 것이라고는 이불을 뒤집어쓰고 우는 것밖에 없었다.

소녀가 태산이 입원한 병원을 찾았을 때는 그가 의식을 찾은 지 얼마 되지 않았을 때였다. 그녀가 병실로 들어왔을 때 그는 침대에 누워서 초점 없는 잿빛의 눈으로 계속해서 천장을 바라보고 있었다.

"태산아."

지은의 목소리는 수많은 감정들이 묻어 있었으나 그 중에 어떤 것도 그에게 도달하지는 못했다. 소년은 고개를 돌리지도 입을 열지도 않고 아무 반응 없이 같은 자세로 천장을 바라볼 뿐이었다. 몇 번이나 불러보았음에도 소년은 여전히 어떠한 반응도 없었다. 소녀는 소년에게로 다가가서 비에 젖은 참새의 날개처럼 야윈 그의 손을 잡았다.

"놔라."

처음 겪는 태산의 차가운 태도에 지은이는 어찌할 바를 모르고 가만히 서 있었다. 결국 집으로 돌아올 수밖에 없었고 자신의 방에서 이불을 덮으며 밤새도록 눈물을 흘렸다. 지은의 크고 깊은 눈이 눈물들에 가려져 불투명해졌으며, 힘찬 생기마저 어딘가로 날아가 버린 듯, 찾기 힘들었다. 소녀에게 있어서 소년과의 시간들은 잊을 수 없는 추억이었지만, 붉은 낙엽이 말라비틀어지고, 그 위로 흰 눈이 소복이 쌓인 뒤, 아직 다 녹지 않은 백설들을 뚫고서 푸른 새싹들이 꿈틀거리며 고개를 내밀자, 소녀의 상처도 어느 정도 아물게 되었다.

그녀는 홀로 중학교에 입학하게 되었는데, 정신을 차려보니 겨울이 되어 있었다. 학교에서 집으로 돌아오는 길에 새로 생긴 베이커리를 보았다.

'내일 한 번 들러 봐야겠다.'

집에 도착해서 방안에 가방을 놔두고 거실로 나오니, 어머니가 그곳에서 산 소보로를 테이블 위에 올려놓았다. 소보로 빵은 모녀의 입맛에 딱 들어맞았고 그녀는 일주일마다 그 집을 찾는 단골이 되었다. 지은이 베이커리를 찾을 때마다 수십 개씩 빵을 사 가는 남학생이 있었다. 그는 항상 야구 유니폼을 입고 있었는데 유니폼에는 K중학교라는 글자가 적혀 있었다. 그는 중학생이라기엔 키가 무척이나 크고 이목구비가 뚜렷해서 누가 보아도 고등학생처럼 보였다.

　그날은 낡은 달력을 버리고 새로운 달력을 거는 날이었다. 지은이는 부드러운 감색 코트를 입고서 베이커리를 찾았다. 오늘도 키가 큰 남학생이 K중의 유니폼을 입고서 많은 빵을 고르고 있었다.
　"왜 그렇게 많이 사 가는 거에요?"
　"이 정도로 사 가도 부원들이 다 먹기에는 조금 모자라요."
　"K중학교 다니세요?"
　"네."
　계산을 마치고 베이커리를 나와서 갈림길이 나올 때까지 두 사람은 많은 이야기를 나누었다. 그들은 나이가 같았으며 그는 자신의 이름을 신태일이라고 했다. 두 사람은 마주칠 때마다 인사를 했고 시간이 좀 더 흐르게 되자 서로 연락을 주고받는 사이가 되었다.
　그녀는 운명을 믿었다. 친절하고도 적극적인 태일의 태도에 그녀는 그와의 인연을 범상치 않게 여기게 되었다. 두 사람은 일주일에 한 번 이상 밥을 같이 먹는 사이가 되었으며, 결국, 그들은 태일의 고백으로 연인 사이가 되었다. 그녀는 태일의 경기가 있을 때 야구장을 찾아서 그를 응원해주었다. 태일은 세심한 배려가 몸에 배어 있는 남자였다. 기념일이란 기념일은 모조리 챙겨주었으며 그 중에는 존재하는지조차 몰랐던 것도 많았다. 그녀가 감기 기운이 있다고 하면 약을 사서 집 앞에서 그녀를 기다기까지 했다. 이러한 점들이 점점 마음의 문을 열게 했고 두 사람 사이를 가깝게 해주었다.

그렇게 1년이 지났을 무렵에 지은이는 어머니와 몇 달간 아일랜드를 다녀왔다. 그녀가 귀국했을 때는 태일이 전국대회를 우승하고 얼마 되지 않았을 시기였다. 두 사람은 번화가에서 데이트를 했고 그에게 축하선물로 글러브를 주었다.

"경기장을 찾지 못해서 너무 미안했어."

그녀는 핸드백에서 글러브를 꺼내며 말을 이었다.

"이건 별거 아니지만 우승 축하선물이야."

그는 정말로 기쁜지 표정을 통제하지 못했다.

"정말 고마워. 다 떨어져 나간다 해도 꿰매서 영원히 간직할 거야."

"아니야, 그러지 마."

지은이는 웃으며 말했고 그는 그녀의 말을 경청하면서도 글러브에서 눈을 떼지 못했다. 태일은 잠시 화장실을 갔고 그녀는 핸드폰을 만지작거리며 테이블 위에 있는 커피를 한 모금 마셨다. 그러던 와중에 자꾸 누군가가 자신을 바라보는 것 같은 느낌이 들었다.

그쪽을 향해서 눈동자를 돌렸는데, 가슴 깊은 곳에 묻어두었던 강렬한 눈빛과 조우했고, 그 짧은 시간에 파편처럼 부수어졌던 추억들이 눈앞을 스치어갔다. 그는 자리에서 일어나 그녀 쪽으로 다가왔고 그와의 거리가 좁혀질수록 지은의 눈동자가 심하게 흔들렸다.

"오랜만이다. 지은아."

그는 손을 내밀었지만, 그녀는 손이 심하게 떨려왔기 때문에 그의 손을 쉽사리 잡지 못했다.

지은과 태일은 카페를 빠져나와서 영화관으로 향했다.

"태산이랑 아는 사이라니 놀라운데?"

그들은 예매율 1위를 달리고 있는 마블의 히어로 영화를 선택했고 팝콘과 콜라를 샀다. 두 사람이 좌석에 앉는 것과 동시에 상영이 시작되었다. 태일은 히어로 영화를(특히 DC보다 마블을) 좋아했기 때문에 스크린 속으로 푹 빠져 들어갔다.

팝콘이 반쯤 사라지자 관객들이 자리에서 일어났다. 태일은 싱글벙글 하며 입을 열었다.

"어땠어?"

"괜찮았어."

그녀는 거짓말을 했다. 지은의 머리 속에는 영화의 내용이 없었다. 눈은 스크린을 응시하고 있었지만 눈동자에 비친 것은 태산의 얼굴뿐이었다. 그와 헤어지고 자신의 집 앞에 서서 태산이 살았던 옆집을 바라보았다. 추억에 젖은 눈빛으로 그것을 한참이나 응시하다가, 자신의 행동을 자각하게 되자 고개를 흔들며 집으로 들어갔다.

자리에 앉아서 아까 보았던 태산의 모습을 떠올려보았다. 그는 키가 많이 자랐으며 성숙해졌고, 남자가 된 것 같았다. 그리고 소년 시절에는 찾아볼 수 없었던 어두운 그림자가 묻어 있었다. 그녀는 책을 펴고 영어공부를 하려고 원서로 된 『제인 에어』를 펼치며 펜을 들었지만 몇 문장을 보지도 않고 책을 덮었다. 글자는 머릿속으로 날아와 박히지 않고 바닥으로 떨어졌기에 공부를 지속할 수 없었다. 책을 책장에 꽂고 어린 시절, 태산과 함께 했던 추억들이 담긴 앨범을 뽑아서 조심스럽게 열어보았다.

지은과 태일은 자주 가는 카페에서 커피를 마시고 있었다. 태일은 기쁨이 흘러넘친다는 듯한 격양된 어조로 이야기를 했다.

"양키스에서 초청을 받다니 이건 기적이야!"

그는 커피를 마시려다가 뜨거움에 놀란 듯 잔을 테이블에 다시 올렸다.

"아무리 생각해 봐도 있을 수가 없는 일이야."

"축하해."

그녀는 미소를 지으며 말을 이었다.

"정말 대단해. 벌써 목표에 가까워져 가는구나."

"이 정도로 이렇게 기뻐하면 안 되는데, 너무 기뻐서 어찌 할 바를 모르겠어."

태일은 목이 마른지 조금 식은 커피를 벌컥벌컥 들이켰다.

"한 가지 아쉬운 점이 있다면 태산이가 초청을 거절한 거야."

지은의 눈동자가 팽창했다.

"왜 거절한 건데?"

"태산이는 레드삭스에서도 초청을 받았어. MVP를 받아서 그런지 나보다도 더 많은 구단들이 관심을 가지나 봐. 원래 레드삭스의 팬이니까 어쩔 수 없긴 하지만 같이 뉴욕으로 간다면 좋았을 텐데."

그녀는 무언가를 생각하며 커피를 한 모금 마셨다.

"잘하고 와. 미래의 양키스 1선발."

2

그녀는 태산의 연락을 기다렸지만 그에게서는 한 통의 전화도 오지 않았다. 그런 그에게서 지금 연락이 왔다. 그녀는 떨리는 가슴을 부여잡으며 전화를 받았다.

지은이 태일을 사랑하지 않은 것은 아니다. 그저 태산과 정리되지 못한 감정이 존재했고 태일이 채워주지 못한 부분이 있을 뿐이었다.

초등학교 이후 고등학생이 되어서야 받은 연락은 단순한 전화가 아닌 다른 의미로 다가왔다.

전날, 그녀는 태일에게 전화를 걸었다.

"컨디션은 어때?"

"최고야. 내일 멋진 피칭을 보여줄게."

"응, 열심히 응원할게."

"고마워."

그녀는 핸드폰을 놓고 잠자리에 들었다.

다음날, 지은이가 친구와 함께 태일의 경기를 보기 위하여 야구장을 찾았다. 지역 명문인 K고의 경기는 관중들이 꽤나 많았다. 그라운드에서 몸을 풀던 태일이 그녀를 향해 손을 흔들었고 그녀도 태일을 향해서 손을 흔들었다. 옆에 있던 친구가 그녀를 부러운 눈길로 쳐다보며 나도 저런 남자친구가 있었으면 좋겠다고 투덜거렸다. 지은이 경기장을 둘러보았는데 익숙한 얼굴의 남자가 눈에 들어왔다. 멀리 떨어진 위치였지만 틀림없이 태산이었다. 경기가 시작되고 마운드에 오른 태일은, 들어서는 타자들을 압도하며 덕아웃으로 보내버렸다. 경기는 무난하게 K고의 승리로 끝날 것 같았다. 4회 초가 끝날 무렵 태산은 자리에서 일어나 어디론가로 향했는데 그녀는 그 모습을 보고 자리에서 일어났다.

"어디 가?"

"화장실 가려고."

그녀는 친구를 쳐다보지도 않고 시선을 고정한 채 그의 뒤를 따라갔다. 태산은 화장실로 들어갔고 그녀는 화장실의 입구가 잘 보이는 편의점 앞에서 그를 기다렸다. 잠시 후 태산이 화장실을 나와서 편의점으로 들어왔다. 그녀는 그에게 말을 걸고 싶었지만, 심장이 통제를 벗어나 그것을 진정시키기에도 벅찼기에 발이 떨어지지 않았다. 그가 시선을 의식했는지 고개를 돌려서 지은을 보았다. 그는 당당한 걸음걸이로 다가와서 그녀에게 손을 내밀었다. 그녀는 그의 손을 잡았는데 그들은 인사의 의미가 끝나버렸음에도 잡은 손을 놓지 않으려 했다. 두 사람은 헤어지며 번호를 교환했고 그녀가 자리로 돌아와서 경기를 보는데 친구가 냄새를 맡더니 그녀의 얼굴을 응시했다.

"담배냄새가 나."

그녀는 아까까지 냄새를 맡지 못했는데, 친구가 그것에 대해서 언급하자 자신의 손에서 담배냄새가 나는 것을 느꼈다. 지은이 기억하는 태산은 담배를 피울 만한 아이가 아니었는데…. 기억 속의 그와 돌아온 그가 괴리감을 불러 일으켰다. 그녀는 아까 잡았던 손을 코에다 가져가서 냄새를 맡았다. 담배냄새는 그와 그녀가 함께하지 못한 시간을 상징하는 것처럼 진하게 풍겨왔다.

K고는 가볍게 4강에 진출했으며 별 어려움 없이 추계대회를 제패했다. 태일은 춘계리그에 이어서 2연속 MVP를 수상했다.

"축하해."

"고마워. 니가 응원을 와준 덕분에 좀 더 잘할 수 있었어."

그녀는 핸드폰을 내려놓고 그것을 한참 동안이나 응시했다. 방금 전화벨이 울렸을 때, 그녀는 왠지 태산으로부터 연락이 왔을 것 같다는 기분이 들었지만, 전화는 태일로부터 온 것이었다.

지은의 핸드폰이 다시 한 번 울렸고 그녀는 번호를 확인했다. 태산이었다. 빠르게 뛰는 심장을 추스르며 전화를 받았다.

"여보세요?"

"안 자나?"

"응, 아직 안 자고 있었어."

"내일 너희 집에 갈게. 시간 괜찮지?"

"응, 그럼 그렇게 알고 있을게."

다음날 태양이 머리 위로 떠올라 정오를 알리는 시간에 태산은 그녀의 집을 바라보며 담배를 물었다. 담배꽁초를 버리고 현관문의 벨을 누르자 지은이 기쁜 표정으로 태산을 맞았다. 그녀의 어머니는 태산을 환하게 맞아주었고 그는 미소를 지었다.

"정말 오랜만이다. 태산아."

그녀는 태산의 손을 양손으로 잡고 그를 쳐다보았다.

"키도 정말 많이 크고 이제는 누가 봐도 어엿한 남자네."

그는 어머니의 손을 당겨서 와락 끌어안았고, 그녀에게서 풍기는 성숙한 여인의 향기를 맡았다.

"많이 보고 싶었어요. 어머니는 제가 이렇게 자라는 동안에도 전혀 늙지를 않으셨네요."

어머니는 흐뭇한 미소를 띠며 그의 등을 토닥거렸다. 세 사람은 어머니가 점심을 차린 테이블에 앉아서 식사를 시작했다. 태산은 감탄사를 연발했고 어머니는 쑥스러운지 웃으며 손사래를 쳤다.

"너무 맛있다. 어머니가 해주신 밥은 비교대상이 없네요."

지은이 스크램블 에그가 든 접시를 그쪽으로 밀었다.

"이거 먹어 봐. 내가 한 거야."

그는 피식 웃으며 젓가락으로 그것을 집어 입안에 넣었고 그녀는 아무 말도 하지 않은 채 그를 응시했다.

"맛있긴 한데 어머니한테는 많이 모자라네."

어머니는 웃었고 그녀는 씁쓸한 미소를 지었다. 식사가 끝나자 지은과 태산은 그녀의 방으로 들어갔다.

"니 방에 들어온 게 얼마 만인지."

그는 방을 둘러보며 말을 이었다.

"예전하고 많이 달라졌네. 침대 시트며 책상, 근데 저 소설들은 그대로네."

"당연히 달라져야지. 초등학생의 방과 여고생의 방이 같을 순 없잖아?"

그는 예전처럼 그녀의 침대에 누워서 기지개를 폈다.

"여고생이라. 시간 참 빠르네."

그녀는 책상에 앉아서 서랍을 열어 그 안에 든 목걸이를 꺼냈다.

"이거 기억나?"

그는 고개를 돌려서 그녀를 보았다.

"기억 안 날 리가 없지. 외할머니가 준 선물인데. 근데 요즘은 안 걸고 다니나 보네."

"아무것도 모를 때야 하고 다녔지만 고등학생이 이렇게 비싼 목걸이를 어떻게 걸고 다니겠어."

태산은 코웃음을 쳤다.

"그건 그렇네."

그녀는 목걸이를 만지작거리면서 추억에 푹 빠져버린 듯한 눈길로 그것을 계속 쳐다보았다.

"태산아, 기억나? 목걸이가 사라져버려서 내가 울고 있으니까 니가 왜 울고 있냐고 물었지? 목걸이가 사라졌다니까 니가 꼭 찾아와준다고 말하면서 그러니까 너무 슬퍼하지 말고 기다리고 있으라 했잖아."

그는 그때의 일을 떠올려보았다. 태산은 분노로 가득 차서 범인을 수색하였고 얼마 지나지 않아서 그를 잡았다. 그의 이름은 덕수였는데, 숨어서 비열하게 낄낄거리는 그의 손에 목걸이가 걸려 있었다. 태산은 주먹을 쥐고서 그의 면상을 갈겨버렸고, 다음날 덕수는 팬더가 되어서 태산과 함께 지은의 앞에 나타났다. 도둑은 그녀에게 사과하면서 목걸이를 돌려주었고 소녀는 비열한 도둑을 용서했다. 하지만 태산은 덕수의 뒤통수를 후려치며 빨리 꺼지라고 말했다.

그는 추억 속에서 빠져나와 그녀를 보았다.

"이거는 기억나?"

그녀는 어느새 앨범을 펼쳐들고 사진을 가리켰다.

"당연히 기억나지. 물놀이 갔을 때잖아."

그녀는 또 하나의 사진을 가리켰다.

"너 생일 때 찍은 사진인데 기억나?"

"그래 그날 비가 너무 많이 와서 배달부가 다 흘러내리는 케이크를 배달했고, 엄마는 항의하며 돌려보내려고 했지만, 내가 괜찮다고 해서 거기다가 초를 꽂았어."

그녀는 하나의 사진을 뽑았다.

"이거는…."

"그만하면 됐어."

그는 일어서서 그녀를 끌어안았다.

"우리는 현재를 사는 거지, 과거를 사는 게 아니잖아? 과거는 과거일 뿐이고 다시 되돌아갈 수 없어. 너무 얽매이지 마."

그때 지은의 어머니가 과일이 담긴 접시를 들고서 방문을 열었으나 두 사람의 모습을 보고는 문을 닫으려 했다.

"괜찮아요. 어머니."

그는 어머니가 들고 있는 접시를 받아서 책상에 올려놓고 침대에 앉아서 과일을 먹었다.

"태산아. 우리만이라도 과거로 돌아가는 건 안 될까? 그 시절은 너도 무척이나 행복했잖아."

태산은 포크를 내려놓고는 그녀의 머리카락을 귀 뒤로 넘겼다.

"아파. 과거를 떠올릴 때마다 메스로 심장을 도려내는 것 같은 고통이 찾아와. 이제, 더 아프고 싶지 않아."

두 사람이 그녀의 방을 나서자 어느새 집으로 돌아온 지은의 아버지가 소파에서 일어나 태산을 반겼다.

"오랜만이다, 태산아."

"오랜만이네요, 아저씨."

아저씨는 태산의 손을 잡았다.

"아버님은 잘 계시지? 언제 한 번 식사라도 같이 해야 하는데."

"잘 모르겠네요. 안 본 지가 너무 오래 돼서."

"그래? 그래도 뭐 태산이가 유일한 아들이니 결국에 기업을 물려받는 건 변함없잖니."

태산은 그와 잡은 손을 약간 힘을 주어서 풀었다.

"물려받을 생각도 없고 설사 상속받는다 해도 경영에는 관심 없어요. 경영은 그쪽에서 경력을 쌓은 전문 경영인이 해야죠. 단지 창업자의 핏줄이라는 이유만으로, 능력도 없는데 경영권을 휘두르는 건 북한이랑 다를 바 없잖아요? 물론 능력이 있다면 아무 문제가 없지만, 저는 야구밖에 몰라서요."

"허허, 그래도 운동선수보다야….."

"다음에 올게요."

태산은 그가 말을 마치기도 전에 현관문으로 향했고 두 여인에게 작별인사를 했다. 지은이 태산을 마중 나갔고 현관문이 닫히자 지은의 아버지는 혀를 찼다.

"참, 태산이가 왜 저렇게 됐을까? 그렇게 좋은 집안에 태어나서 가만히 있어도 가져갈 수 있는 게 우리 같은 사람하고는 차원이 다른데… 저렇게 비틀어질 이유가 뭐가 있지?"

어머니는 그의 말을 더 듣고 싶지 않은지 방으로 들어가 버렸다. 그들은 각방을 쓴 지 꽤 오래된 부부였다.

가을은 끝나가고 있었으며, 바람은 옷을 지나쳐 뼛속으로 스며들기 시작했다. 지은과 태일은 지은의 집을 향하고 있었는데, 그의 손에는 두 사람이 자주 가는 베이커리의 빵이 담긴 종이가방이 들려 있었다. 처음으로 그녀의 집을 방문하는 그의 얼굴은 긴장감으로 역력했다. 그녀는 그것을 눈치 채고 긴장하지 말라고 하면서 그의 손을 잡았다.

"어차피 엄마밖에 없으니까 걱정하지 마. 엄마는 고지식한 사람이 아니니까. 아무 문제 없어."

그들이 현관문을 열고서 집으로 들어갔을 때, 아버지가 거실에 놓인 소파에 앉아서 TV를 보고 있었다. 어머니는 태일을 반갑게 맞아주었고 아버지는 태일을 뜯어보았다. 그는 태일을 소파에 앉히고 TV를 껐다.

"이름이 태일이라고. 그래 부모님은 뭐 하시는가?"

"부모님은 안 계십니다. 고아원에서 자랐습니다."

그는 태일에게 몇 가지 질문을 더하더니 헛기침을 하면서 방으로 들어가 버렸다.

"태일이는 키도 크고 얼굴도 잘생겼네. 야구도 잘한다면서?"

아버지와는 대조적으로 어머니는 태일을 살갑게 대해주었다. 그럼에도 신태일은 그곳에 앉아 있기가 너무 힘들었다. 한 번씩 방에서 나와 자신을 힐끗 쳐다보는 아버지의 따가운 시선이 불청객을 보는 듯했기 때문이다. 결국 태일은 급한 약속이 떠올랐다면서 자리에서 일어났다.

"조금 아쉽다. 조금만 더 있다가 밥이라도 먹고 가지."

"죄송합니다. 다음에 다시 올게요."

그녀는 떠나가는 태일의 뒷모습을 바라보았다. 태일이 집 밖으로 나가자 아버지가 방에서 나와 못마땅한 표정으로 딸을 보았다.

"왜 근본도 없는 새끼랑 만나는 거냐?"

"태일이는 좋은 아이에요."

"저런 환경에서 자란 아이와 만나면 안 돼. 근묵자흑이라고 했다. 천박한 자들과 어울리면 천한 냄새가 몸에 배게 돼. 나는 저런 놈이나 만나라고 국가를 위해 밤낮없이 일하면서 널 키운 게 아니야."

"네, 아버지."

그녀는 아버지와 갈등하기 싫어서 마음에도 없는 소리를 했다. 지은이는 한 번도 아버지와 다툰 적이 없었는데 그건 어머니로부터 배운 태도였다. 아버지는 자신의 고집만큼 많이 요구하지는 않았기에 복종적인 태도를 보이면 더 이상의 갈등은 없었다.

며칠 뒤 그녀는 번화가의 큰 은행 앞에서 태일을 기다렸다. 그렇게 태일을 기다리는 지은에게 새미정장 차림의 남자가 말을 걸었다. 그는 지은에게 시간을 물었고 그녀가 시간을 말해주자 사실은 관심이 있어서 말을 건 거라면서 전화번호를 물어봤다. 그녀는 남자의 요구를 거절했다. 종종 이런 상황을 겪곤 하지만, 사실 그녀가 지닌 외모에 비해서 빈도가 적었는데, 그 이유는 남자들은 너무 예쁜 여자에게 접근할 엄두를 내지 못하기 때문이었다. 멀리서 태일이 이 광경을 보고서 뛰어왔다.

"번호 물어봤어?"

그녀는 고개를 끄덕였다.

"이거 참, 혼자 못 놔두겠다."

그녀는 미소를 지으며 그의 손을 잡고 새로 생긴 패밀리 레스토랑으로 향했다.

"여기 인테리어가 마음에 든다."

"니가 좋아해서 다행이야."

주문한 음식이 테이블 위에 올려졌고 두 사람이 수저를 들려고 했을 때, 익숙한 중저음의 목소리가 그들을 불렀다. 태산과 유라가 손을 잡고서 그들이 앉은 테이블로 오고 있었다.

"너희들도 여기 왔냐? 아, 이쪽은 내 여자친구 한유라."

지은의 크고 깊은 눈과 유라의 맑은 눈동자가 마주쳤다. 유라의 피부는 그 누구보다 새하얗고 잡티 한 점 없이 반들거렸다. 언니를 닮았네. 태산과 유라는 다른 테이블에 앉아서 음식을 주문했다. 지은이는 음식을 먹으며 태일과 이야기를 나누면서도 두 사람이 무엇을 하는지 티 나지 않게 보곤 하였다. 그들은 맞은편에 앉아서 뚫어져라 서로를 바라보며 한 손을 잡고 이야기를 했다. 유라를 바라보는 태산의 눈빛은, 초콜릿 아이스크림처럼 부드러우면서도 벽난로같이 뜨거웠다. 지은의 가슴속에서 검붉은 감정이 피어올랐는데, 그녀 스스로도 자신이 느끼는 감정에 적지 않게 놀랐고 받아들이기가 힘들었다. 질투라는 것은 그녀가 살면서 처음으로 느껴본 자신을 하강시키는 감정이었다.

그녀는 화장실로 향했고 거울에 비친 자신의 모습을 응시했다. 그녀의 눈에는 유라보다 자신의 외모가 더 빼어나 보였다. 친구들이 부러워하는 큰 눈과 예쁘게 솟은 코, 그런 생각을 하고 있었을 때, 유라가 화장실로 들어왔다. 유라는 키가 크고 혼혈이 의심될 정도로 피부가 희었다. 그녀가 미소 지으며 지은에게 인사했고 지은도 미소로 답했다.

유라는 거울 앞에 서서 자신의 용모를 점검하며 머리카락을 가다듬었다.

"태산이랑은 어떻게 알게 됐어?"

"같은 반이라서 자연스럽게 친해졌어."

유라는 연분홍빛 입술에 립밤을 바르면서 그녀를 쳐다보았다.

"그럼 너는 어떻게 알게 됐어?"

"초등학교 때부터 옆집에 살면서 자주 놀았어."

그들은 이런저런 이야기를 하다가 지은이 먼저 화장실에서 나왔다. 지은이 테이블로 돌아오자 태일이 미소를 지으며 그녀를 바라보았고 그녀도 그를 향해 미소를 건넸다. 태일은 지은이 음식을 남기고 화장실을 가자 자신도 음식을 다 먹지 않고 남겼다. 그녀는 그의 이런 자상함이 좋았는데 이러한 점들은 여자로 하여금 배려 받고 있다는 느낌을 주었기 때문이다. 그녀는 태산이 앉은 자리를 보았는데, 그는 떠나고 없었다. 계산대를 보니 태산은 먼저 계산을 마치고 유라가 오기를 기다리는 중이었다. 유라가 화장실에서 나왔고 태산과 함께 가게 밖으로 나갔다. 그녀는 포크를 내려놓고 핸드백을 챙겼다.

"우리도 가자."

3

어린 지은이 자신의 집을 나와서 옆에 있는 태산의 집으로 들

어갔다. 태산의 집에는 그의 어머니밖에 없었는데 아들은 리틀
야구단의 회식날이라 늦을 거라고 말했다. 왜 그런지는 모르겠
지만 그의 어머니는 지은을 무척이나 아꼈고 그렇기에 지은도
그녀를 좋아했다. 그녀는 지은에게 마트에 가서 장을 볼 건데
같이 가지 않겠냐고 제안했고 소녀는 흔쾌히 수락했다. 마트로
향하는 차 안에서 두 사람의 얼굴에는 웃음꽃이 활짝 피어 시들
기미가 보이지 않았다. 그들은 냉동만두를 판매하는 중년의 여
직원 앞을 지나갔는데, 직원은 두 사람을 유심히 보더니 입을
열었다.

"딸이 아주 엄마를 빼다박았네요. 눈이 크고 속눈썹이 긴 게
그냥 똑같네."

두 사람은 미소를 지었다.

"웃는 게 더 이쁜 것도 아주 판박이야."

소녀는 그 말을 듣고서 그녀의 얼굴을 보았는데, 이제까지 그
런 생각을 하지 않았다는 게 신기할 정도로 자신과 닮았다는 걸
깨달았다. 그들은 집으로 돌아와 함께 요리를 하며 저녁식사를
준비했다. 맛있는 냄새가 집안을 가득 채우게 되자 태산의 당당
한 발자국소리가 들렸다.

그는 더러워진 유니폼을 벗어서 세탁기에 집어넣고 샤워를 한
후 테이블에 앉았다.

"태산아, 회식하고 왔는데 또 먹으려고?"

"엄마하고 지은이가 해준 요린데 안 먹을 수가 없잖아."

그녀는 눈을 떴다. 침대에서 일어나 커튼을 젖히자 눈부시게 투명한 햇살이 눈동자의 표면을 비추었다. 그녀는 눈꺼풀을 내리며 창문을 열었고 시원한 바람이 방안으로 불어와 커튼을 휘날리게 했다. 샤워를 하고 청바지에 트렌치코트를 입었다. 날씨는 아직 그렇게까지 춥지는 않았지만, 저녁이 되면 제법 쌀쌀해져서 든든하게 입었다. 그녀는 K고의 야구장을 찾았는데 그곳에서 K고와 J대의 연습경기가 있었기 때문이었다. 그녀는 관중석에 앉아서 그라운드에서 몸을 풀고 있는 K고의 선수들을 바라보았다.

"여기 간판투수가 초고교급이라던데."

"나도 기사 보긴 봤는데 그래봤자 1학년이잖아."

"뭐 어찌 됐건 무슨 사고가 생기지 않는 이상 대학으로 올 일은 없는 놈이네."

J대의 야구점퍼를 입은 두 사람이 이런저런 이야기를 하더니 일어나서 관중석을 떠났다.

경기가 시작되었고 마운드에 오른 태일의 투구가 시작되었다. 그의 볼이 윈손을 벗어나 미트에 꽂히자 J대의 덕아웃은 찬물을 끼얹은 듯 냉랭해졌다. 선두타자는 얼빠진 표정으로 스윙 한 번 해보지도 못하고 삼진을 당했다.

툭. 누군가 지은의 옆자리에 검은 보스턴백을 던졌다.

"이러다가 정말 내년에는 100마일을 던지겠는데."

검은 가죽 재킷을 입은 태산이 이온음료로 목을 적시며 그녀의 옆에 앉았다. 태일은 상대 타자들이 대학선수라는 걸 잊었다는 듯, 계속해서 볼을 스트라이크 존에 박아 넣었고 타자들은 속수무책으로 삼진을 당했다.

"다음 대회에선 꼭 만나고 싶다."

"신생팀이 8강이면 무척이나 잘한 거야."

"그런 식으로 자기 합리화를 하는 타입이 아니라서."

"다음엔 반드시 좋은 결과가 있을 거야."

태산은 무언가를 생각하다가 고개를 끄덕였다. 투수의 위력적인 피칭은 2회에도 계속되었고 삼진 2개를 추가했다.

"누가 대학생이고 누가 고등학생인지 구분이 안 되네."

"태일이가 컨디션이 무척 좋은가 봐."

태산은 자리에서 일어나 출구 쪽으로 몸을 돌렸다.

"어디 가는 거야?"

"담배."

5분 후 태산은 담배냄새를 풍기며 자리로 돌아왔다. 5회가 끝나자 J대의 감독은 심각한 표정을 지었으며, 선수들이나 코치들도 할 말을 잃고 어떤 행동도 하지 않은 채 멍하니 마운드만 바라보았다.

"더 볼 것도 없겠다. 5회까지 피안타가 한 개뿐이니."

그는 뒤도 돌아보지 않고 경기장 밖으로 나갔다. 태일은 단 하나의 실점도 하지 않고 경기를 승리로 이끌었다. 경기가 끝나자 태일은 지은과 경기장 앞 벤치에 앉아서 이야기를 나누었다.

"태산이는 먼저 갔나 보네?"

"응, 5회가 끝나니까 더 볼 것도 없다면서 가버렸어."

"아쉽네. 최고의 피칭이라 끝까지 봐줬으면 했는데."

"다음에도 기회가 있잖아."

태일은 손에 든 캔을 휴지통으로 던지며 말했다.

"그렇지. 다음에 제대로 보여줘야지."

크리스마스, 지은이 기다리던 그날이 다가왔다. 일기예보에선 기상캐스터가 화이트 크리스마스가 될 예정이라며 호들갑을 떨었고, 잔뜩 들뜬 그녀의 목소리는 마치 내일 무슨 일이 생길 것만 같은 기대감을 심어주었다. 지은이는 태일과 전화통화를 끝내고 침대에 누웠는데 푹신한 이불은 잠이 든 아기를 안은 어미의 품처럼 따듯했으며, 내일 있을 일들에 대한 기대감에 젖은 채 눈을 감았다.

그녀는 일어나자마자 커튼을 젖히고 창문을 열었다. 밖은 어젯밤 호들갑을 떨던 여인의 말과는 대조적으로, 눈의 흔적 같은 것은 찾아볼 수 없었다. 그저 어제와 같은 광경이었다.

"분명 화이트 크리스마스라고 했는데."

기상캐스터의 호들갑이 떠올랐지만, 아쉬움을 뒤로한 채 창문을 닫았다. 그녀는 어머니와 테이블에 앉아서 아침식사를 했다.

"오늘 태일이랑 데이트하니?"

"네, 오늘 만나기로 했어요."

어머니는 웃으며 재밌게 놀다 오라고 말했다.

그녀는 택시를 타고서 약속장소인 번화가로 향했다. 택시에서 차창너머로 보이는 풍경은 성탄절임을 알 수 있는 것들로 가득

했다. 산타 복장을 한 남자가 아이들에게 여러 가지 색의 풍선을 나누어주었고, 구세군은 종을 치며 사람들에게 모금을 유도했으며, 건물마다 제각기의 캐럴들이 흘러나와서 평소라면 건조한 소음밖에 들리지 않는 도로를 장식했다.

백화점 앞에는 크리스마스를 상징하는 커다랗고 화려한 트리가 있었다. 은빛 장식물들과 금빛 조명이 어우러져 환하게 빛나고 있는 트리는, 해가 지지 않았음에도 불구하고 스포트라이트를 비춘 듯 시선을 떼기 힘들게 했다. 사람들은 가던 길을 멈추고 그 자리에서서 넋을 잃고 그것을 바라보았으며, 그 중에는 그 광경을 간직하려 사진을 찍는 사람도 있었다. 그녀는 트리 앞에 서 있는 멋진 남자를 보았는데, 그는 키가 크고 이목구비가 또렷해서 몇몇 여자들은 트리를 보는 척하며 힐끔거리며 그를 쳐다보았다. 그녀는 태일에게로 다가갔다.

"왜 이렇게 일찍 왔어?"

"혹시나 눈이 와서 버스가 느리게 갈까 봐 일찍 왔어."

두 사람은 영화관을 찾았는데 그곳 또한 사람들로 북적거렸다. 그들은 좌석에 앉아서 어서 광고가 끝나고 상영이 시작되기를 기다렸다. 영화는 크리스마스를 배경으로 하는 뻔한 로맨스물이었지만, 크리스마스만의 분위기가 영화에 배어들자 그 평범한 영화는 일시적으로 명작에 반열에 올랐다. 그날 그 영화를 본 관객들은 흡족한 표정을 지으며 상영관을 뒤로했지만, 그날 이후의 관객들은 이전의 관객이 느낀 감동을 맛볼 수 없었다. 그 영화는 25일에 지남과 동시에 가치를 상실해 버리는 크리스마스 케이크와도 같았다. 두 사람은 그곳을 나와 따듯한 칼날이 포근한 얼음판을 녹여가는 실내 스케이트장을 찾았다. 지은이는 어릴 때 종종 엄마의 손을 잡고 스케이트를 탄 적이 있었지만 태일은 이곳에 온 것 자체가 처음이었다.

"잘 탈 수 있으려나."

"금방 적응할 거야. 태일이는 운동신경이 워낙 좋으니까."

그녀는 앞장섰고 빙판 위에서 그에게 손을 내밀었다. 태일은 그녀의 손을 잡고 빙판 위로 발을 내디뎠으나 익숙지 않은 지면에 적응하지 못한 그의 하체가 미끄러지며 엉덩방아를 찍었다. 이런 일이 몇 차례 더 일어나자 눈동자가 이글거리기 시작했다.

"지은아, 잠시만 나 혼자서 연습 좀 할게."

그녀는 혼자 빙판 위를 신나게 거닐면서도 그에게서 시선을 떼지 못했다. 태일은 두려움이 없는 사람처럼 넘어지는 것을 개의치 않고 저러다 다치는 게 아닌가 싶을 정도로 수차례 넘어졌다. 그렇게 수십 분이 흐르자 그녀가 태일에게로 다가갔다.

"괜찮아? 그러다 다치겠어."

"아니야. 지은아 미안한데 내가 먼저 부르기 전까지 혼자 연습하게 해줄래?"

그녀는 고개를 끄덕이고 빙판이 보이는 스케이트장의 카페에 앉아서 카푸치노를 마시며 그를 보았다. 시간이 좀 더 흐르자, 그는 이제 넘어지지 않고 스케이트를 타게 되었고, 누구도 처음 스케이트를 타는 사람이라고는 생각지도 못할 정도의 실력을 가지게 되었다. 마침내 태일은 그녀를 바라보며 자신에게 오라는 손짓을 했다. 이번에는 그가 빙판 위에 서서 그녀에게 손을 내밀었다. 그녀는 미소 지으며 그의 손을 잡았고 두 사람은 함께 빙판 위를 거닐었다.

"누가 이렇게 잘 타는 사람을 보고 오늘이 스케이트를 처음 타는 날이란 걸 믿겠어."

그녀는 그를 잡은 손에 힘을 주며 말을 이었다.

"몇 번 더 오면 니가 나보다 잘 타겠다."

그들은 그 시간을 충분히 즐기고 나서 그곳을 나왔다. 스케이트를 오래 타서 그런지 허기짐을 느끼고 몇 번 간 적 있는 패밀리 레스토랑을 찾았다. 식사를 하면서 어둠이 깔린 거리를 보았다. 3층에서 내려다보이는 거리는 어둠에 굴하지 않겠다는 크리스마스의 조명들이 정오와 같은 활기를 불어넣고 있었고, 사람들은 집에 갈 생각을 하지 않고 1년에 하루밖에 없는 시간을 즐기고 있었다. 그녀는 시간을 확인한 후 그와의 식사를 마무리했다. 지은과 태일은 식당을 나와서 거리를 걸었다. 그녀는 그에게 처음 만난 곳에 있던 트리 앞에서 사진을 찍자고 말하며 그곳으로 걸어갔다.

저녁의 트리는 아침과는 달랐다. 트리 꼭대기의 원형 장식물은 보름달처럼 당당히 그 자태를 뽐내고 있었고, 그 밑으로 달린 장식물과 조명은 은하수같이 반짝거리며 행인들의 시선을 사로잡았다. 두 사람은 트리를 배경으로 사진을 여러 장 찍었다. 지은은 사진을 바라보며 미소를 지었고 옆에서 웃고 있는 태일에게로 고개를 돌렸다. 그의 턱선은 면도날로 깎은 듯이 반듯했다.

"고개 좀 숙여줄래?"

태일이 의문스러운 표정으로 고개를 숙이자 그녀는 그의 입술에 입을 맞추었다. 트리 앞에서 두 사람이 키스를 나누는 광경은, 영화의 한 장면처럼 멋스러웠다. 짧고도 부드러웠던 키스가 끝나자 그들은 서로의 눈을 바라보았다.

그녀는 집으로 돌아오자마자 욕실로 가서 샤워를 했다. 냉수로 나체를 적시자 정신이 어느 정도 돌아왔다. 그녀는 태일과 키스를 한 후 가시덤불이 땅 밑에서 올라와 자신의 얼굴까지 뒤덮는 듯한 느낌을 받았다. 지은이는 태일과 입을 맞추면서도 태산의 얼굴을 떠올렸는데, 그것은 무의식적으로 떠올라 제어할 수 없는 쓰나미처럼 그녀를 덮쳐왔다. 그녀는 죄책감에서 벗어나지 못하였고 두 손으로 얼굴을 덮어 흐르는 눈물을 가리려했지만, 그녀의 눈은 마른 샘물처럼 메말라 있었다. 욕실에는 샤워기에서 떨어지는 물소리만이 들렸다.

자신의 방으로 돌아와서 책상에 앉았고 깊은 고민에 빠진 눈빛으로 허공을 응시했다. 태일을 사랑했지만 한 가지 문제가 있었다. 그것은 태산을 더 사랑한다는 것이었다. 어쩌면 태일을 사랑하지 않은 것일지도 모른다. 그녀는 핸드폰을 책상 위에 올려놓고 그것을 계속해서 만지작거렸다. 눈을 감고 있다가 무언가를 결심한 듯 눈꺼풀을 올렸다. 핸드폰을 들고 누군가에게 전화를 걸었다.

"웬일이야?"

"혹시… 지금 볼 수 있을까?"

"하루 종일 밖에 있다가 와서 피곤하긴 한데 꼭 봐야겠다면 갈게."

"응, 꼭 만나고 싶어."

"알겠다. 조금만 기다려라."

수십 분이 흐르자 지은의 핸드폰에 태산의 메시지가 도착했다.

"집 앞 공원이다."

그녀는 외투를 걸치고 공원으로 향했다. 집에서 공원까지는 걸어서 5분 거리였기에 금방 도착할 수 있었다. 공원으로 들어서는데 고장 난 가로등 밑의 벤치에서 타오르는 붉은 점을 보았다. 붉은 점을 향하여 걸어갔고 그의 옆에 앉았다. 그의 옆머리는 짧았고 앞머리는 조금 길었다. 코는 단단한 빙산처럼 높고도 차가웠으며, 눈은 쌍꺼풀이 없었지만 진한 쌍꺼풀을 가진 눈보다도 강한 눈빛을 뿜어대고 있었다. 태산은 넓은 어깨와는 조금 어울리지 않는 작은 입술을 열었다.

"왜? 급한 일이라도 생겼나."

그녀는 시선을 내리깔고서 한참동안 말을 하지 않았다. 그러다가 숨을 깊게 들이쉬고 들이신 숨을 내신 뒤 조심스럽게 입을 열었다.

"니가 자꾸 생각나. 밥을 먹을 때도, 공부를 하고 있을 때도, 심지어는 태일이와 함께일 때도."

그는 오른쪽 주머니에 든 담배케이스를 꺼내고 그것을 열어 담배를 물고 불을 붙인 뒤 허공으로 연기를 뱉었다.

"니가 태일이한테 가지는 감정은 뭔데?"

지은의 얼굴이 상기되면서 목소리가 커졌다.

"태일이를 사랑해. 다만…."

"다만?"

그녀의 수정같이 매끈한 눈동자가 깜빡거렸다.

"너를 더 사랑해."

그는 담배꽁초를 바닥에 처박고 발을 들어서 벌레를 죽이듯 파멸로 향하는 불꽃을 으깼다.

침묵.

공원에는 그들의 숨소리만이 들렸다.

"우리의 관계를 예전처럼 돌리고 싶어. 힘든 일이란 건 알아. 어리광을 부리고 있다는 것도 알지만…."

태산은 저음의 목소리를 더 낮게 깔아서 말했다.

"힘든 일이다. 시간여행 영화도 아니고 과거로 돌아갈 순 없지."

그녀는 아무 말도 할 수 없었고 태산은 자리에서 일어나 어둠 속으로 사라져갔는데, 그녀는 그의 뒷모습을 그저 바라볼 수밖에 없었다. 어둠 속에서 바이크의 엔진음이 들려왔고 엔진소리는 점점 미약해져 갔다. 끼익. 바퀴가 바닥과 강하게 마찰하는 소리가 들리더니 엔진소리가 점점 더 크게 들렸다. 검은 바이크가 그녀 앞에 멈춰 서더니, 그는 헬멧을 바닥에 내팽개치고 힘이 느껴지는 걸음걸이로 다가와 그녀 앞에 섰다. 그녀는 자리에서 일어났는데 얼굴에는 눈물이 흐르고 있었다. 태산은 터질 것 같은 눈빛을 쏘아대며, 그녀를 부수어버릴 정도로 강하게 끌어안았다. 그녀의 눈에서 계속해서 눈물이 흘렀고 태산은 그것을 응시했다. 그와 그녀의 얼굴이 맞닿았고 그는 마치 잃어버린 여의주를 찾은 용처럼 그것을 강렬하게 탐했다. 그의 타액은 끓는 것처럼 뜨거워서 자칫하면 데어버릴 것만 같았다.

그들은 입술을 떼어내고 거친 숨을 토해냈다.

"그래 다른 건 신경 쓰지 말자. 우리 두 사람만 좋다면 다른 게 무슨 상관이겠어."

그는 끓어오르는 열정을 주체할 수 없다는 듯이 다시 한 번 그녀의 입술을 탐했다. 그녀는 그 순간에 어떠한 생각도 할 수 없었다. 키스가 끝난 후 두 사람은 아쉬움을 뒤로 한 채 작별인사를 했다. 지은이는 태산에게 먼저 가라고 말했지만 그는 그녀가 들어가는 모습을 보고 간다며 그녀를 배웅했다. 그녀가 시야에서 사라지자 태산은 뒤로 돌아섰는데, 바이크에서 나오는 라이트가 그의 눈을 때렸다. 그의 눈에 비친 라이트는 마치 태일이의 두 눈을 연상시켰고, 터벅터벅 바이크로 걸어가서 라이트를 꺼버린 후 하늘을 올려다보았다.

4

크리스마스트리가 사라진 자리에 눈이 쌓이던 날, 지은과 태일은 자주 가는 카페에서 테이블을 가운데 두고 마주 앉아 있었다. 그들은 2층 창가 자리에 앉았는데 창밖으로 보이는 거리는 그날의 흔적들이 사라져 있었다. 태일은 그녀의 목에 걸린 목걸이를 보았다.

"지은아, 하고 싶다던 이야기가 어떤 거야?"

그녀는 고개를 숙인 채 테이블 위에 놓여진 커피잔을 바라보았다.

"많이 생각해 봤어. 그리고 니가 오해하지 말아줬으면 좋겠어."

"오해하지 않고 제대로 들을게."

그녀는 커피를 두 모금쯤 마시더니 시선을 올려서 태일의 눈을 보았다.

"우리 이제 그만 만나자."

그 말을 들은 그의 눈동자는 마치 미풍에 흔들리는 연약한 나뭇가지를 연상시켰다.

"이유를 물어봐도 될까?"

"태산이를 사랑해. 처음에는 부정해보려고도 했지만 그건 불가능했어."

그의 심장에 낙뢰가 떨어져 박힌 듯 일순간 제 기능을 다하지 못했다.

"언제부터 그랬는지 물어봐도 될까?"

"미안해."

태일은 창밖으로 시선을 돌리며 떨리는 손을 감추려고 그것을 테이블 밑으로 내렸다. 그는 이를 힘껏 깨물며 자신을 제어하려 했다.

"아니야, 내가 미안하지. 니가 고민해서 내린 결정이니 그 선택을 존중할게."

"고마워."

태일은 뼛속까지 스며드는 바람을 거스르며 근처에 있는 타격연습장으로 걸어갔다. 바람은 그가 감당할 수 없을 정도로 차가웠다. 타격장 앞 자판기에서 음료를 뽑았는데 그의 옆으로 K고 야구부에 속한 친구가 다가왔다. 친구와 인사를 나누고 외투를 벗어서 의자에 걸쳤다. 태일은 머신에 동전을 넣고 배트를 돌렸다. 시선은 머신에 꽂혀 움직이지 않았으며 볼이 튀어나오자, 옆 칸에서 타격연습을 하던 친구가 놀랄 정도로 그 어느 때보다 강하게 볼을 후려쳤다.

한 시간 가량이 흐르자 그는 거친 숨을 토해내며 의자에 앉았다.

"이야 무섭게 휘두르던데?"

"그래?"

그는 이마에 맺힌 땀을 닦으며 말을 이었다.

"내 타격실력은 어느 정도인 거 같냐?"

"니가 타격에 집중한다면 적수가 없을 거다."

"나도 타자나 할 걸 그랬나."

집에 도착한 지은이 태산에게 전화를 걸었다.

"어디야?"

"이제 출발하려고."

"응. 기다릴게."

수십 분 후 누군가가 초인종을 누르는 소리가 들려왔고, 그녀가 읽던 책을 제자리에 꽂고서 대문을 열자 그의 발자국소리가 가까워졌다. 그리고 현관으로 가서 문을 열자 검은 가죽 재킷에 청바지를 입은 태산이 들어왔다. 그는 그녀의 집이 익숙하다는 듯이 부엌으로 가서 물 한 잔을 들이켰다.

"갑자기 왜 스케이트가 타고 싶은 거야?"

"겨울이잖아. 너랑도 오랜만에 타보고 싶었구."

그녀는 태산의 손을 잡고 집 밖을 나와 그의 블랙 바이크 위에 올랐다. 그는 헬멧을 착용하며 고개를 뒤로 돌렸다.

"꽉 잡아라."

엔진음이 퍼지고 바이크는 창공을 질주하는 독수리처럼 도로를 향해 나아갔다. 그래서인지 생각보다 일찍 스케이트장에 도착했고 링크에 들어가기 전 두 사람은 장비를 착용했다.

"정말 오랜만이다. 너랑 같이 타는 건 초등학교 이후로 처음인 것 같네."

"그래 실컷 타자."

그들은 능숙하게 빙판 위를 거닐며 이야기를 나누었다.

"어때? 초등학교 때보다 많이 늘었지?"

태산은 코웃음을 치며 답했다.

"장족의 발전이네."

그들은 스케이트날로 커다란 원과 자그마한 원을 수없이 그었고 때로는 깨끗한 평행선도 그었다.

검은 바이크가 그녀의 집 앞에 멈춰 섰고 그들은 그녀의 집으로 들어갔다. 두 사람이 현관문을 열자마자 침샘을 자극하는 냄새가 코 안을 파고들었다. 어머니는 언제나처럼 태산을 반갑게 맞았고 세 사람은 따듯한 음식들이 올려진 테이블에 앉았다.

어머니가 반찬을 집어서 그의 밥 위에 올려주었다.

"자주 와, 태산아. 이렇게 셋이서 먹으니까 얼마나 좋니."

그는 그녀에게 보답하려는 듯이 생선의 뼈를 발라 그녀의 밥 위에 올렸다.

"앞으로 자주 오도록 할게요. 이렇게 어머니가 해주시는 맛있는 식사를 먹기 위해서라도요."

차가운 창문 안으로 보이는 따듯한 식탁은 이글루 속에서 피우는 장작불과도 같은 묘한 느낌을 주었다. 식사가 끝나자 태산은 소매를 걷어 올리고 빈 접시들을 싱크대로 옮겼다.

"태산아 놔둬, 내가 할게."

"아니요, 오늘은 쉬세요. 제가 할게요."

그는 싱크대를 가로막은 어머니를 뒤에서 끌어안으며 손을 잡아 행동을 멈추게 했다. 그는 어머니를 부엌에서 몰아내고 혼자서 설거지를 하였다. 초등학교 때 어머니와 누나를 쉬게 하고 자신이 설거지를 하던 것을 떠올리며 마츠다 세이코의 〈맨발의 계절〉을 흥얼거렸다.

夢の中のこととわかっていても
꿈속의 일이란 걸 알고 있으면서도
思い切りこたえる私です

108

있는 힘껏 대답하는 내가 있어요.

태산은 마지막 접시를 닦으며 설거지를 마무리하고 지은의 방
으로 갔다. 그녀는 책을 보며 열심히 공부를 하고 있었다.

"열심이네."

"응, 열심히 해야지. 이제 학년도 올라가니까."

그는 허리를 숙이고 그녀를 끌어안았으며 귀에다가 입을 맞추
었다. 그녀는 펜을 내려놓고 눈을 감았다.

"갈 거야?"

"이제 가야지."

"또 운동할 거지?"

"매일매일 하는 걸 빼먹을 수는 없지."

그녀는 그의 손을 잡았다.

"자고 가. 아버지는 오히려 좋아하실 걸?"

태산은 알 수 없는 표정을 지으며 방을 나왔고 그녀는 그를
배웅했다. 지은이는 대문 앞에 서서 멀어져 가는 바이크를 바라보
았다. 차가운 바람이 그녀의 얼굴을 세차게 때려왔지만, 얼굴을
찡그리기는커녕 기분이 좋다는 듯 옅은 미소를 띠었다. 분명 한풍
임에도 따뜻한 느낌을 주는 봄바람 같은 묘한 바람이었다.

얼어붙은 벌레의 시체뿐인 대지 위에 강한 생명력을 품은 새
싹들이 꿈틀거리기 시작했다. 지은의 어머니는 베란다의 문을
열고서 봄향기가 묻은 미풍을 쐬었다. 그녀는 소파에 앉아 책을

읽고 있는 지은을 보았다.

"날씨 참 좋다."

"이제 꽃샘추위도 다 끝났나 봐요."

"날씨가 너무 좋아서 나들이 가고 싶어지네."

그녀는 페이지를 넘기고 있는 딸의 옆자리에 앉았다.

"2주간 엄마 없이도 잘 있을 수 있지?"

"엄마. 나도 이제 어린애가 아니에요."

그녀는 지은의 머리카락을 귀 뒤로 넘겼다.

"부모에게 자식은 언제까지나 어린아이야."

지은의 외할아버지는 몇 년 전부터 투병 중이었다. 간병인을 두고는 있었지만 외할아버지는 항상 가족이 옆에 있어야 마음이 놓인다고 말했고, 외할머니가 그의 옆을 지켰다. 지은의 어머니는 1년에 한 번이나마 자신이 아버지의 옆을 지키고 어머니를 오빠가 살고 있는 영국으로 가게 하였다. 지은의 아버지는 워커홀릭이었기에 직장이 있는 P시에서 2주에 한 번 정도만 집으로 돌아왔다. 그녀의 어머니는 연애시절, 남편의 그런 일에 대한 미칠 듯한 열정에 반했지만, 결혼을 하자마자 그것이 치명적인 단점이란 걸 깨닫고 자신이 내린 결정을 후회했다.

"오늘 태산이 경기 있다고 했지?"

"네, 춘계대회 첫 경기에요."

어머니는 자신의 몫까지 응원해달라고 말했다. 딸은 어머니를 껴안으며 봄에 어울리는 산뜻한 목소리로 "사랑해요 엄마."라고 말했다.

그녀는 친구와 시합이 열리는 경기장을 찾았다. 그녀가 모르던 사이에 S고는 전국에서 손꼽히는 팀이 되어 있었다. 경기는 시종일관 압도적이었고, 태산은 선두에서 승리의 깃발을 들고서 질주했다. S고는 아무런 어려움 없이 다음 라운드에 진출했다. 경기장은 그녀의 집에서 멀지 않았기에 두 사람은 함께 집으로 돌아갔다.

"밥부터 먹자."

"너무 놀라지 마. 내가 차린 밥상이 환상적으로 맛있어도."

"어머니의 요리는 항상 맛있었지."

"내가 만든 것도 맛있어."

그녀는 가지고 놀던 장난감을 빼앗긴 어린아이 같은 표정을 지었다. 그는 그런 그녀가 귀여운지 머리를 쓰다듬었다. 그들은 식탁에 앉아서 저녁식사를 함께했다. 두 사람은 함께 양치질을 끝내고 지은의 방으로 갔다. 태산은 방문이 닫히자 문을 잠가버리고 입고 있던 상의를 벗어던졌다. 그의 육체는 군살 하나 없이 탄탄한 근육들로 장식되어 있었으며, 흔히 생각하는 헬스만 하는 남자들처럼 우락부락하지 않고 슬림했다. 어깨는 그의 자신만만한 태도처럼 좌우로 넓게 벌어져 있었지만, 전신에는 교통사고의 흔적인 수없이 많은 상처들이 존재하고 있었다. 그는 그녀를 침대에 가뿐히 넘어뜨리고 위로 올라갔다. 그녀의 귀에 자신의 입술을 밀착시켜 부드럽게 빨았다. 그녀는 눈을 질끈 감고 몸을 비틀면서 앵두 같은 입술을 꽉 닫았지만, 신음소리가 그 사이를 비집고 튀어나와 그에게 전달되었다. 그는 그녀의 목 폴라 티셔츠를 벗겨내고 입을 목에 가져갔다. 그녀의 목에는 지난 날의 흔적들이 희미하게 남아 있었다. 그녀는 목을 움츠리면서 고개를 흔들었다.

"안 돼, 이제. 목폴라 티셔츠나 목도리도 못 입는단 말이야."

그는 행동을 멈추고 시선을 잠시 다른 곳으로 돌린 뒤 호흡을 가다듬었다. 그 후 터질 것 같은 눈으로 그녀를 바라보며

"너무 예뻐."

끓어오르는 열정을 감당할 수 없다는 듯 그녀에게 격정적인 키스를 퍼부었다.

그녀는 힘이 풀려버린 눈으로 천장을 응시했다. 이불은 그녀의 하체만을 가렸기에 상체는 알몸으로 드러나 있었다. 보기 좋게 마른 그녀의 몸에 적절히 솟아오른 가슴은 그녀를 돋보이게 하였고, 트러블 하나 없는 속살은 구름 한 점 없는 하늘보다도 맑아 보였다. 태산은 목에 흐르는 땀을 닦으며 널브러진 옷을 껴입었다.

"자고 가면 안 돼? 하루 정도는 푹 쉬어."

그는 고개를 저었다. 다치는 게 아닌 이상 연습은 매일 해야 하는 거다. 노력이란 게 무엇인지 모르는 놈들은 계속 놀다가 하루만 전력으로 달리면 자기가 노력한 줄 알지만, 진짜 노력이란 습관이다. '얼마나 흔들리지 않고 그 습관을 이어가느냐'에서 승패가 갈리기에 하루를 쉬는 건 단지 하루만 쉬는 것이 아니다.

그는 외투를 걸치고 무언가를 감싼 휴지뭉치를 변기에 넣고

물을 내렸다. 사랑의 '흔적은 물과 함께 시야에서 사라져갔다.

1,000m만 본다면 그들은 자신이 마라토너보다 더 잘 달렸다고 여길 수도 있겠지. 그것이 그들의 가장 큰 착각이야. 그는 물병을 들고서 그녀의 방에 갔는데, 불은 꺼져 있었으며 그녀는 잠든 듯 고른 숨소리를 내었다. 조용히 빠져나오려는데 지은이 눈을 비비며 일어났다.

"가는 거야?"

"어."

그녀는 이불로 자신의 몸을 가린 채 흩어진 옷들을 하나하나 주워 입었다. 그녀에게 계속 자라고 말했지만 그녀는 태산을 현관까지 배웅했다. 그의 뒷모습이 보이지 않게 되었을 때, 현관문을 닫고서 욕실로 갔고 옷을 벗은 후 목욕을 하였는데, 욕조 안에 가득 찬 뜨거운 물은 아까 자신을 휘감던 타오를 것만 같은 그의 육체를 떠올리게 했다. 그녀는 눈을 감고 다리를 꼬면서 짧은 신음을 토해냈는데, 자신의 행동이 부끄러웠는지 뺨을 붉히고 수줍은 표정을 지으며 물 속에 얼굴을 빠트려 버렸다.

오전, W여고의 교실에서는 수업이 진행 중이었는데, 지은이는 칠판 앞에서 열정적으로 수업을 하고 있는 선생에게 정신을 집중했다. 수업을 듣는 그녀의 눈동자는 눈발이 몰아치는 한겨울에도 흔들림 없는 소나무처럼 아무런 미동도 없었다. 쉬는 시간에도 쉬지 않고 수업시간에 공부했던 것을 철저하게 복습했다. 다음 시간 또한 흔들리지 않고 집중했으며 점심시간이 되자

친구와 함께 식당으로 향했다. 그녀는 친구와 나란히 앉아 식사를 시작했다.

"지은이는 요즘 들어 공부를 더 열심히 하는 거 같아."

"응, 내년이 수능이니까 슬슬 페이스를 올려야지."

그녀는 젓가락으로 샐러드에 묻은 드레싱을 고르게 발랐다.

"목표로 하는 대학은 있어?"

그녀는 쓴웃음을 지었다.

"아버지는 여자에게 있어서 최고의 직업은 약사라면서 내가 그걸 하길 원하지만, 나는 딱히 하고 싶은 생각이 없어."

"그렇구나."

"약사가 하기 싫으면 공무원이나 하라고 하는데, 또 본인처럼 고시는 하지 말래. 여자가 고시해서 뭐 하냐면서 선생이나 7급 공무원을 하라는 거야."

"굉장히 보수적이시구나."

"어쩔 수 없지, 옛날 사람이니까. 사실 내가 이과를 선택한 것도 아버지의 뜻에 따른 거야."

그들은 식사를 마치고 교실로 돌아왔다. 그녀는 창가로 가서 창문을 열었다. 봄바람이 불어와 그녀의 가슴까지 오는 머리카락을 나풀거리게 하였고, 마치 좋은 일이 생길 것 같은 기분을 들게 했다. 그녀는 옆자리에 앉은 친구를 보았다.

"이길 것 같아. 왠지 그런 기분이 들어."

"오늘 남자친구 경기 있는 날이라고 했지?"

그녀는 고개를 끄덕이고는 다시 돌아서서 갓난아기의 날숨 같은 바람을 쐬었다. 학교가 끝나자 그녀는 교문 앞에서 자신을 기다리던 어머니의 차를 타고 학원으로 향했다. 그녀의 스케줄은 나무가 빽빽이 심어져 있는 숲과도 같이 답답해보였다. 6시에 기상을 하고 새벽 1시나 되어서야 잠자리에 드는 생활패턴, 그래도 주말은 숨을 돌릴 수 있었다.

학원의 수업시간, 그녀는 진동하는 핸드폰을 잡고 선생님에게 양해를 구하고 강의실 밖으로 나갔다. 지은은 기쁨이 넘쳐나는 얼굴로 전화를 받았다.

"어떻게 됐어?"

"당연히 이겼지."

"정말?"

그녀는 마치 자신의 일인 것처럼 기뻐하며 소리를 질렀다.

"이제야 4강에 가네. 작년에는 8강에서 떨어지고 많이 아쉬웠는데."

"축하해, 정말. 4강부터는 꼭 경기장에서 응원할게. 근데 4강 상대는 누구야?"

"A고. K고랑은 결승에서 붙게 될 거야."

그녀가 강의실로 돌아와서 다시 자리를 잡고 칠판을 보았다.

"남자친구야?"

"응."

"부럽다."

그녀는 기쁨을 제어하며 볼펜을 쥐고 못 다한 필기를 시작했다.

태산이 소속되어 있는 S고의 4강 경기 당일, 지은은 친구와 D역에서 기차를 기다리고 있었다. 그녀는 태산에게 전화를 걸었고 태산은 수신음이 열 번이 울리고 나서야 전화를 받았다.

"어."

"컨디션은 좋아?"

"똑같지 뭐."

"그래도 다행이다. 경기가 주말이라 응원하러 갈 수 있어서."

"그러게."

통화는 별다른 내용 없이 끝이 났고 저 멀리서부터 대지가 진동하며 기차가 다가왔다. 기차가 다가오며 불러일으키는 바람은 출렁이는 파도처럼 거세게 그녀를 덮쳤다. 머리카락이 물살을 이겨내지 못하며 휘날렸다. 친구와 함께 기차에 올랐는데 4강 경기는 B역에서 한 시간쯤은 달려야 도착하는 장소에 있었다.

열차 안, 막 출발했을 무렵부터 술에 취한 듯 보이는 중년의 남자가 큰 목소리로 노래를 불렀다. 사람들이 그에게 시선을 보냈지만 그는 신경 쓰지 않고 계속 목 놓아 열창했다. 친구가 지은을 보며 말했다.

"꼴불견이네. 기차 안에서 저러고."

"저런 사람은 늘 있잖아."

몇 분 후, 코레일 직원들이 다가와서 조용히 해달라고 요청했지만 달라진 것은 아무것도 없었다. 결국 직원들에게 끌려가다시피 남자는 자리에서 일어나 어디론가로 갔다.

"왜 저러는 걸까?"

"신경 쓰지 마. 어딜 가나 저런 사람은 꼭 있으니까."

그녀는 그 남자가 무엇을 하든지 별로 신경이 쓰이지 않았다. 그녀가 지금 생각하는 것은 요근래 갑작스럽게 차가워진 태산의 태도였다. 태산은 답장도 느려졌을뿐더러 먼저 전화를 걸지 않았다. 통화를 할 때도 단답에 아무런 감정이 느껴지지 않는 목소리, 그것은 온도가 없는 것이지만 받아들이는 입장에서는 너무도 차가웠다.

기차는 목적지에 도착했고, 두 사람은 열차에서 내려 택시를 잡았다. 택시기사는 룸미러로 뒷좌석에 앉은 두 사람을 보았다.

"어디로 모실까요?"

"○○야구장이요."

"오… 춘계리그 보러 가시나?"

"네."

택시기사는 자신도 왕년에 실업팀의 야구선수였다고 말하면서 끝나지 않을 것 같은 과거의 이야기를 길게 늘어뜨려 놓았다. 그는 손님의 건조한 리액션 따위는 안중에도 없다는 듯이 열정적으로 지껄였다. 창밖으로 야구장이 보였다.

"저기 은행 앞에서 내려주세요."

그는 이야기를 더 못해서 아쉽다는 듯이 입맛을 다시며 지은이 내민 돈을 받았다. 그녀는 잔돈을 받지 않고 친구와 함께 야구장으로 들어갔다. 그들은 타석이 잘 보이는 자리에 앉았다. 경기는 이미 진행 중이었다.

태산이 수도승과도 같은 경건한 표정으로 타석에 들어섰다.

절제된 동작으로 근육을 풀었고, 그러한 표정과 동작들은, 보는 이로 하여금 손에 든 배트를 예리한 검으로 착각하게 만들었다.

"저 사람이 남자친구야?"

그녀는 태산에게서 시선을 떼지 못한 채 고개만 끄덕였다. 태산은 고독한 기운을 내뿜으며 타격자세를 취했고, 경기장 안의 사람들은 숨을 죽이고 그를 쳐다보았다. 투수가 어떻게 공을 던졌는지는 기억나지 않는다. 다만 태산이 배트 끝으로 공 끝을 겨누고 날아오는 볼을 베어냈다는 사실만이 떠올랐다. 볼은 컴퍼스를 대고 그은 듯한 호를 그리며 담장을 넘겼다. 보통의 고교 선수들은 양손을 치켜들면서 환호성을 지르며 베이스를 도는 것과는 대조적으로 태산은 약간 고개를 숙이고는 빠르지도 느리지도 않게 담담한 표정으로 베이스를 돌았다. 그 모습은 기쁨으로 가득한 표정으로 환호하는 덕아웃의 동료들과는 상반된 것이었다.

5

S고는 결승에 진출했다. 태일이 속한 K고도 2연속 챔피언답게 결승에 도달했다. 스포츠신문에는 그간 보기 힘들었던 고교야구 특집기사가 실렸고, 태산과 태일은 스포트라이트를 받았다. 지은이는 신문을 들고서 태산에게 전화를 걸었다.

"여보세요?"

"어."

"결승 진출한 소감이 어때?"

"딱히 긴장되거나 설레거나 하지는 않는다."

"생각했던 것보다 너무 담담한데?"

"내가 원래 그렇잖아. 사실 4강에 진출했을 때부터 결승은 K
고랑 할 줄 알았다. 그런데 지은아."

"응?"

"아니. 결승 끝나고 이야기하자."

결승 하루 전, 그녀는 일어나서 밥을 먹고 학원으로 갈 준비를
했다. 그런 그녀의 핸드폰이 울렸다. 그녀는 전화를 받았는데 통
화가 길어져 갈수록 표정은 어두워졌다. 전화를 끊고서 얼마 동
안 멍하니 초점 없는 눈동자로 허공을 보더니 갑자기 왈칵 눈물
을 쏟았다. 눈물을 닦으며 외투를 걸치고 빠르게 집을 나와서
택시에 올랐다.

"○○병원으로 가주세요."

병원까지 가는 길은 꾀 멀었지만 그녀의 눈에는 창밖의 풍경
들이 하나도 들어오지 않았다. 택시에서 내려 병실까지 걸어간
시간은 찰나와 같았다. 그녀는 병실의 문을 두 번 두드리고서
열었다. 병실 안은 야구부 유니폼을 입은 사람들이 한가득 있었
는데, 그 사이로 환자복을 입은 태일이 침대에 두 다리를 뻗고
앉아 있었다. 그녀는 태일과 시선이 마주쳤고, 태일은 사람들에
게 자리 좀 비켜달라고 말했다. 사람들이 빠져나가자 그녀는 천
천히 그에게로 다가갔다. 그는 양발에 딱딱하고도 무거운 깁스
를 하고 있었다. 지은이가 한 손으로 깁스를 만졌는데 그것은

철가루처럼 거칠어서 살아 있다는 느낌을 주지 못했다.

"왜… 이렇게… 됐어?"

태일은 씁쓸한 미소를 지으며 깁스 위에 올려진 그녀의 손을 보았다.

"새벽까지 훈련을 했어. 훈련이 끝나고 친구와 편의점에 들러서 음료수를 하나 사려고 했지. 음료수를 사서 나오는데 한 아이가 울면서 도로를 질주하고 있더라. 그런데 저 멀리서 빛줄기 하나가 굉음을 내면서 아이를 덮치려 하길래, 나도 모르게 손에 든 음료수를 던지며 아이를 향해 달려갔지. 나는 아이를 밀쳐내고 빛줄기와 충돌했어."

그녀는 아무 말도 하지 않고 태일을 안았다. 만약 태일이 훈련을 조금 일찍 끝냈다면, 만약 그 아이의 부모가 부부싸움을 하지 않았다면, 운전자가 술을 마시지 않았거나 대리운전기사를 불렀다면….

잠시 후, 그녀는 병실을 나와서 태산에게 전화를 걸었다. 그녀는 태산에게 자초지종을 설명했다.

"어, 알고 있었다. 그게 지금 최고의 뉴스잖아. 자신의 몸을 던져서 아이를 구한 고교 특급 유망주라는 제목으로."

"안 올 거야?"

"결승 끝나고 바로 갈게."

그녀는 전화를 끊고 병실로 돌아왔다.

"밥 먹어야지?"

"괜찮아, 지금은 생각 없어."

"빨리 나으려면 꼬박꼬박 챙겨 먹어야지."

그녀는 근처의 식당에서 밥을 사 왔다.

"병원밥보다 맛있을 거야."

태일은 먹고 싶지 않았지만 그녀의 호의를 무시할 수 없어서 숟가락을 들었다. 그 모습을 보니 슬픔의 기운이 올라와 그녀를 감쌌다.

"미안해."

지은의 깊은 눈동자에 이슬이 맺혔고 태일은 아무 말 없이 그것을 닦아주었다.

집으로 돌아오는 택시 안에서 그녀의 머릿속에는 수많은 생각들이 스쳐갔다. 집 앞에 다다랐을 때 하늘에서는 비가 내리기 시작했다. 그녀는 멍하니 대문 앞에 서서 내리는 비를 아무런 저항 없이 맞았다. 비는 그녀의 눈물처럼 투명했고 그녀의 눈물은 비처럼 투명했다. 그녀가 한참이나 그렇게 서 있자 장을 보고 돌아온 어머니가 놀란 표정을 지으며 집안으로 데리고 들어갔다. 그녀는 돌아오자마자 욕실로 향했고 차갑게 식은 몸을 뜨거운 물로 데웠다. 수증기가 욕실 안을 가득 채우게 되자 수건으로 물기를 닦고서 방안으로 들어와 컴퓨터를 켰다. 인터넷에서는 태일의 뉴스로 뜨거웠고 수많은 댓글들이 달려 있었다. 왠지 모를 답답함이 느껴져 창문을 여니 비가 그쳐 있었다.

집 앞의 검은 바이크가 세워져 있었고, 태산은 그녀를 응시하며 담배를 피우고 있었다. 그녀는 옷장에서 외투를 꺼내 입으며 급히 밖으로 나왔다.

"왜 그러고 있어. 언제부터 기다린 거야?"

"별로 안 기다렸다. 얼마 안 가서 니가 창문을 열 거라 생각했거든."

그는 헬멧을 쓰고서 뒷자리를 가리켰다.

"타라, 이야기 좀 하자."

검은 바이크는 근처의 공원으로 들어갔고, 두 사람은 큰 나무 아래에 있어서 하나도 젖지 않은, 벤치에 앉았다. 태산은 붉은 담배 케이스 안에서 담배를 꺼내어 불을 붙였다. 가로등은 마치 수백 마리의 반딧불이가 모여 있는 듯이 눈이 부시지 않은 빛을 뿜어냈다. 그는 허공에 연기를 뱉으며 그녀를 보았다.

"태일이는 어떤데?"

그녀는 고개를 푹 숙이고 한숨을 쉬었다.

"의사 선생님 말로는 다시 그라운드에 서려면 2년은 걸릴 거래."

그는 쓴웃음을 지으며 연신 담배를 빨았다.

"참 불쌍한 놈이야. 혼자서 여기까지 왔는데…."

담배꽁초를 바닥에 던지고 새로운 담배를 물었다.

"태일이 좀 도와줘라."

"그럴 거야. 내가 곁에서 챙겨줄 거야."

"계속 태일이 옆에 있어라."

"뭐?"

"말 그대로 이제 태일이 옆에 있어라."

그녀의 눈동자가 살짝 떨려왔다.

"무슨 소리야. 왜 그런 소리를 하는 거야."

그녀는 그의 눈을 바라보았지만 태산은 허공만을 응시했다.

"이럴 수밖에 없잖아? 더는 태일이한테 미안한 감정을 느끼고 싶지 않다."

"왜 이렇게 이기적이야. 왜 혼자서 다 결정하는 거야."

근처에서 고양이 울음소리가 들렸다. 태산은 깊게 숨을 들이마시고 바닥에 침을 뱉었다.

"우리에게는 더 이상 선택의 권한이 없어. 더 이상 태일이를 아프게 하지 말자."

"됐어. 오늘은 더 이상 이야기하고 싶지 않아. 다음에 다시 이야기하자."

그녀는 더는 이야기를 하기 싫다는 듯이 자리에서 일어났고 태산은 새로운 담배를 꺼내 물었다.

"얼마 전에 유라가 응급실에 실려갔다."

그는 고개를 숙이고 말을 이었다.

"수면제를 한 움큼이나 집어삼켜서 위험한 상태까지 간 거지. 나랑 헤어질 바에야 죽는 게 낫다면서."

계절에 어울리지 않는 차가운 바람이 불었다.

"우리가 인생에서 진정으로 선택할 수 있는 건 몇 개 없어. 태어난 것부터가 내 의지하고는 아무런 관계가 없잖아."

태산은 지은의 손을 강하게 움켜잡았다.

"잘 있어라."

태산의 손은 그녀의 손으로부터 멀어져 갔다. 그는 단 한 번도 뒤를 돌아보지 않고 바이크 위에 올랐다. 바이크는 굉음을 내며 (마치 폭발해 버릴 것 같은 소리였다.) 공원에서 사라져 갔다. 그녀는 기대했다. 저번처럼 자신에게로 돌아오지 않을까 하고, 하지만 한 시간이 지나버렸음에도 그녀는 혼자였다.

다시 한 번 고양이가 울음을 터트렸다. 아까의 고양이인가? 알 수 없다. 이 고양이가 그 고양이인지, 아니면 다른 고양이인지 그녀가 알 수 있는 건 홀로 벤치 위에 앉아 있다는 사실, 그것뿐이었다.

그들은 운명이 자신들에게 장난을 친다고 여겼지만, 운명은 그저 거기에 놓여 있었을 뿐이다. 공원의 고양이가 우는 것처럼 말이다.

그녀는 태일의 병실을 찾았다. 예전보다 기운이 없어 보이는 태일에게 말을 걸어 기운을 차리게 하고 싶었다. 두 사람은 함께 식사를 하면서 창밖에서 불어오는 미풍을 맞았다. 태일이 숟가락을 들다가 무언가 생각난 듯한 표정을 지었다.

"오늘 결승이지?"

"응."

"틀어줄래?"

그녀는 TV를 틀었고 채널을 돌렸다. 한참이나 채널을 돌렸지만 결승 중계를 하고 있는 채널은 나오지 않았다. 태일은 그녀가 쥐고 있던 리모컨을 살며시 뺏어서 중계방송을 틀었다.

"괜찮아, 지은아. K고가 진다고 해도 크게 낙심하지 않아."

결승은 시시하게 판가름 났다. K고는 단지 투수 한 명이 빠졌을 뿐인데 전혀 다른 팀이 되어 있었고, 태일의 빈자리는 메울 수 없었다. S고는 K고를 손쉽게 제압하고 트로피를 들어올렸다. 경기 내용이 원사이드해서 그런지 긴장감은 흐르지 않았으며, 태산은 최고의 활약을 하며 우승과 MVP라는 타이틀을 차지했지만, 화면으로 보이는 얼굴은 그다지 기뻐 보이지 않았다.

태일은 TV를 끄고 창밖으로 시선을 던졌다. 그녀도 아무 말도 없이 그와 같은 곳에 시선을 두었다. 얼마쯤 시간이 흘렀을까, 아무런 표정이 없었던 태일의 얼굴에 미묘한 변화가 생겨났다.

잠시 후 병실의 문을 열고 태산이 들어왔다. 태산의 손에는 마트의 로고가 박힌 비닐봉지가 들려 있었다. 태산은 그 속에서 PT로 된 매실음료를 하나 꺼내서 냉장고 안에 넣었다. 비닐봉지에서 두 번째 매실음료를 꺼냈다. 세 번째 매실음료를 꺼냈다. 그는 그렇게 6개의 PT를 냉장고 안에 넣었다.

두 사람은 그 모습을 보고 웃음이 터져버렸고, 태산은 고개를 돌려서 두 사람을 보았다.

"왜, 니가 제일 좋아하는 음료수 실컷 먹으라고 많이 사 온 건데."

태산은 그렇게 말하다가 스스로 생각해도 웃긴지 그들과 함께 웃었다.

"왜 이렇게 빨리 왔어? 우승도 했는데 회식도 하고 충분히 즐기지."

태일이 말했다.

"어차피 너 없는 K고를 이겨봐야 이긴 것 같지도 않아서 빨리 왔다."

태산은 침대 옆에 접혀진 휠체어를 폈다.

"바깥바람 좀 쐬자. 병실에만 있으면 없는 병도 생긴다."

태산은 태일에게 대답할 시간조차 주지 않고 태일을 들어올려서 휠체어에 앉게 했다. 태산은 태일이 탄 휠체어를 뒤에서 밀며 병원 밖으로 향했다. 세 사람은 나무 밑 그늘에 앉아서 잔잔히 물결치는 수풀을 보았다. 겨울이라 해가 저물어가는 시간임에도, 하늘에는 태양이 그 자리를 지키고 있었다. 바람에 흔들리는 초록빛의 단풍잎은 보는 사람으로 하여금 편안한 기분이 들게 하였고, 태일은 자신의 무릎 위로 떨어진 단풍잎 하나를 만지작거렸다.

"고맙다, 태산아."

"뭐가."

"수술비도 다 내주고 병원에서 독실도 쓰게 해줘서."

태산은 기지개를 펴며 잔디 위에 누웠다.

"그냥 중견기업 하나가 특급 유망주를 후원한다고 생각해라. 너는 충분히 그런 걸 받을 자격이 있고 그것에 대해 신경 쓰지 않아도 된다."

그녀가 화장실을 간다면서 자리를 피했다. 태산은 태일의 얼굴에서 미안함과 감사함이 교차하는 것을 보았다. 태산은 태일이 그런 감정을 느끼는 것이 싫었다.

"나중에 메이저리그로 가서 큰돈을 만지면 두 배로 갚아라. 그렇게 미안해하거나 고마워하지도 마라. 이건 너를 위해서가 아니라 나를 위해서 일종의 투자를 한 거다."

태일은 고개를 끄덕였다.

"아직 우리의 인생은 시작도 안 했으니까 좌절하지도 말고 지금은 그냥 재활만 생각해라."

태산은 일어서 양손을 주머니에 찌르며 허공을 응시했다.

"니가 없는 고교리그는 의미가 없다. 뭐 의사는 2년 걸린다고 해도 니라면 더 빨리할 수 있을 테니까."

태산은 주머니에서 한 손을 빼내어 태일에게 내밀었다.

"믿는다."

태일은 그의 손을 강하게 잡았다.

"그래."

태산은 미소를 지으며 다음에 보자는 말을 남기고 주차장을 향해 걸었는데 태일이 그의 등을 향해 외쳤다.

"고맙다! 강태산, 정말 고맙다."

태산은 뒤로 손을 들며 거기에 답했다. 그의 뒷모습이 점차 멀어져감과 동시에, 지은이 다가와 휠체어에 달린 손잡이를 잡았다. 휠체어가 움직이기 시작했고 태일은 입을 열었다.

"남자로서 내가 인정하는 남자에게 인정받는 것보다 더 큰 성취는 없어."

그들이 병실로 돌아왔을 때, 방안의 공기는 조금 가벼워져 있었다. 그녀는 이제야 진정으로 봄이 오는 것 같다고 생각했다.

love me do

1

　S고가 춘계리그를 우승하고서 1주일가량이 흘렀다. 한유라는 이른 아침부터 일어나서 분주하게 자신을 꾸몄다. 태산은 진하게 화장하는 것을 싫어했다. 그는 이런 말을 종종 하곤 했다.

　"진한 립스틱으로 본연의 입술색을 가리지 마."

　그녀는 화장을 끝내고 옷장 앞에 달린 거울을 바라보며 어떤 옷을 입을지 한참을 생각했다. 한 번쯤은 화려하거나 노출이 있는 옷을 입어 볼까라는 생각도 했지만, 청순하게 생긴 사람은 거기에 맞춰 옷을 입을 때 가장 빛난다고 한 태산의 말이 생각나, 하얀색 계통의 원피스를 입고 거울 앞에 섰다. 그녀의 치맛자락은 길지도 짧지도 않았기에 '좀 더 짧은 것이 좋으려나'라는 생각이 들기도 했지만, 자그마한 하늘색 핸드백을 어깨에 걸치고 집 밖을 나섰다. 유라는 택시를 기다리며 어젯밤에 태산과 나눈 전화통화를 떠올렸다.

"내일 바다나 갈래?"

"음… 바다도 좋지만 너희 집에 한 번만 가고 싶어."

"우리 집엔 딱히 놀게 없는데."

"옛날부터 한 번 가고 싶었는데 네가 한 번도 초대를 안 해줬으니까."

"그래, 그럼 내일은 우리 집에서 보자."

태산은 예전부터 자신의 집으로 누군가가 오는 것을 꺼렸다. 그것은 유라도 예외가 아니었기에, 그녀는 처음으로 그의 집에 가게 되었다. 유라가 탄 택시는 태산이 살고 있는 오피스텔 앞에 도착했다. 오피스텔은 은은한 푸른빛을 내는 유리들로 둘러싸인 인상적인 건물이었다. 태산은 오피스텔의 입구 앞에서 담배를 피우며 그녀를 바라보고 있었다. 유라는 정말로 반가운 표정을 지으며 그의 곁으로 갔다.

"잘 잤어?"

"어, 근데 좀 빨리 왔네. 점심때 온다더니만."

"합숙훈련한다고 얼굴을 못 봤잖아. 조금이라도 일찍 보고 싶었어."

태산은 입구 옆에 달린 도어록에 비밀번호를 누르고 유라와 함께 3층으로 올라갔다. 현관문을 열고 두 사람은 안으로 들어갔다. 태산의 집은 널찍한 거실과 하나의 방으로 이루어진 곳이었다. 집은 의외로 깔끔하게 정돈되어서 유라가 따로 정리할 것이 없었다. 남자 혼자서 사는 방이 지저분할 거라는 그녀의 생각과는 달리 태산의 방은 깔끔했다

"이렇게 정리정돈을 잘하는지 몰랐어."

"평소보다 깨끗한 거다. 니가 온다고 정리 좀 했거든."

그는 소파를 가리키며 그녀에게 앉으라고 말하며 부엌에서 레몬에이드와 유리컵을 가져왔다. 그 모습을 본 유라는 웃음을 터트렸다. 성격상 맨손으로 들고 올 줄 알았는데, 아담한 접시 위에 유리잔과 음료를 담아서 오는 모습이 예상 밖이었기 때문이다.

"마셔라."

태산은 유라의 무릎 위에 머리를 올리고 다리를 쭉 펴며 소파 위에 누웠다. 유라가 채워 놓은 유리잔을 들고서 TV를 틀었다. 토크쇼의 남녀 패널들은 키 작은 여자와 키 큰 여자에 대해서 이야기를 하고 있었는데, 남자 패널들은 하나같이 키 작은 여자를 선호한다고 말했고, 그것을 본 유라는 태산에게로 시선을 돌렸다.

"태산이도 키 작은 여자를 더 선호해?"

그는 그녀를 올려다보며 고개를 저었다.

"아니. 키 작은 여자는 어린애 같아. 물론 사람에 따라서 다르긴 하지만, 너처럼 키도 크고 다리도 길어야 섹시하지. 나는 너 같은 여자가 제일이야."

그녀는 그의 답변이 마음에 들었는지 흐뭇한 표정을 지으며 벽에 걸린 시계를 보았다.

"슬슬 점심 먹을 시간이네. 내가 만들어 줄게."

유라는 카디건을 벗어서 옷걸이에 걸고 자신의 새하얀 팔을 드러냈다.

"갈수록 하얘지는 거 같다."

"이번 여름에는 좀 태워보려고."

태산은 정석을 하면서 그녀를 보았다.

"안 돼. 지금이 제일 좋아."

그녀는 그의 반응이 귀여운지 웃음기를 머금고 말했다.

"안 그럴 거야. 어차피 태우려고 해도 빨갛게 되기만 하고 타지도 않는 걸."

유라가 냉장고를 열어보니 안에는 반찬이 하나도 없고 베이컨과 샐러드, 달걀 정도뿐이었다. 좀 더 찾아보니 얼린 쇠고기와 배추가 있었다.

"사람이 밥을 먹어야지, 맨날 이런 것만 먹어."

"밥은 학교에서 질리도록 나오잖아."

"그래도…."

"괜찮아."

"앞으로 내가 일주일에 한 번씩 반찬을 만들어서 냉장고에 넣어둘게. 그래도 되지?"

"아니 어차피 간단하게 먹을 수 있는 것만 먹어서. 고맙지만 사양할게."

그녀의 예상대로 태산은 호의를 거절했다. 예상한 일이었지만 막상 거절당하니 기분이 썩 좋지는 않았다. 유라는 그런 것은 뒤로하고 음식을 만드는 것에 집중하며 제한된 재료로 요리를 만들었다.

방에는 혀를 자극하는 냄새들로 가득 차게 되었고, 그는 침을 삼키며 담배를 피우러 옥상으로 갔다. 선선한 바람을 맞으며 담배를 물었다. 하늘은 맑은 샘처럼 구름 한 점 없이 깨끗했다.

방으로 들어서니 그녀가 테이블에 앉아서 그를 기다리고 있었다. 그는 테이블에 앉아 숟가락으로 그녀가 만든 요리들을 조금씩 맛보았다. 유라는 수저를 들지도 못하고 그가 어떤 평을 내리는지 궁금하여 뚫어져라 그의 얼굴을 응시했다.

"맛있다."

"정말?"

"니가 이렇게 요리를 잘하는지 몰랐는데? 조미료를 많이 넣은 건가."

"많이 넣고 싶어도 없는 걸."

그는 그녀를 향하여 엄지손가락을 치켜들었고, 그녀는 그제야 환한 얼굴로 수저를 집었다. 그는 공깃밥을 세 번이나 비우며 감탄사를 연발했고, 그녀의 얼굴은 어느 때보다 즐거워 보였다. 유라가 설거지를 하겠다고 했지만, 태산은 그것을 막고서 자신이 설거지를 했다. 마지막 접시를 닦은 태산은 그녀와 함께 양치질을 했다. 그가 먼저 양치를 끝내고 누군가와 통화를 하고 왔을 때에도 그녀는 입을 헹구고 있었다.

"양치질 오래 하네."

"응? 다시 말해줄래?"

"아니, 별거 아니다."

"다시 한 번 말해주면 안 돼?"

"양치질 오래 한다고."

"아… 별거 아니네."

"그래 별거 아니라니까."

그녀는 웃으며 컵을 내려놓았다.

"태산아. 니 방 한 번 구경시켜 줄래?"

그는 문으로 걸어가서 손잡이를 돌렸다. 태산의 방은 많은 야구 용품들이 있었는데, 거기까지는 모두가 생각할 수 있었던 것이었고, 상상할 수 없었던 광경은 방안을 둘러싼 책상과 빽빽이 꽂혀 있는 책들이었다. 유라는 놀란 표정으로 책들을 훑어보았다.

"책 읽는 걸 좋아할 줄은 정말 몰랐어."

"독서가 취미라고 말했잖아."

그녀는 책장 앞에 서서 손가락으로 책표지들을 훑었다. 유라는 유난히 두꺼운 책을 발견하고 그것을 뽑아 들었는데 상당한 무게가 느껴졌다.

"이렇게 두꺼운 책도 읽는 거야?"

"아니, 그건 장식용."

그녀는 피식 웃었다.

"혹시나 읽고 싶은 책이 있으면 말해. 빌려줄 테니까."

유라는 한 권을 책을 골랐다.

"『세계의 끝과 하드보일드 원더랜드』 제목이 특이하네."

"내가 좋아하는 책이야."

"한 번 열심히 읽어볼게."

태산은 책 한 권을 뽑아서 그녀에게 건네주었다.

"『태엽 감는 새』? 제목은 한 번 들어본 것 같은데."

"꼭 읽어 봐, 그 작가의 책 중에 제일 좋아해."

유라는 두 권의 책을 그의 책상 위에다가 조심스럽게 올려놓았다. 태산은 커튼을 젖히지 않은 채 침대 옆의 창문을 열었다. 그는 침대에 누워서 자신의 옆, 빈 공간을 툭툭 쳤다.

"이리 와."

유라는 쑥스러운지 아랫입술을 깨물며 귀를 붉게 물들였다. 그녀가 침대에 앉자 커튼 사이로 들어오는 선명한 햇살이 유라의 팔을 비추었고, 그녀의 팔은 눈부실 정도로 투명하게 빛났다. 태산은 멍하니 투명한 빛을 발하는 그녀를 응시했다.

"부끄러워, 그렇게 쳐다보면."

그는 닿지 않을 거 같은 그녀의 살에 손을 갖다 대었는데, 손가락 끝으로 느껴지는 그녀의 살결은 오븐에 구운 마시멜로처럼 보드라웠다. 그는 상체를 일으키며 그녀의 가녀린 팔에 키스했고, 유라는 그의 입술이 자신의 몸에 닿을 때마다 움찔거렸다. 그는 원피스를 잡아당기며 그녀의 눈을 보았다.

"벗어."

그녀는 조심스럽게 흰색 원피스를 벗었는데, 자신의 신체가 노출되는 것이 부끄러웠는지 속옷은 벗지 않은 채 양팔로 상체를 가렸다. 태산은 오른손으로 유라를 휘감고, 왼손으로는 그녀의 부끄러움을 상징하는 양손을 무너뜨리며 입술을 탐했다. 그녀는 두 눈을 감은 채 그의 격정적 키스를 받아들였다.

그녀의 입술은 이 세상 어떤 것보다도 달콤했으며(그가 즐겨 마시는 레몬에이드보다도) 비교할 대상이 없을 정도로 부드러웠다. 깨끗한 육체는 하얀 도화지 위에 붉은 물감이 퍼져나가는 것처럼 서서히 붉게 물들었다. 그녀의 바스트는 마른 몸에 비해 컸는데도 처지지 않았으며 한눈에 보아도 매우 탄력적이었다. 유라의 신체를 이루는 여러 개의 곡선들은 거장이라 불리는 자들이 섬세하게 가다듬은 멜로디와 선율보다도 아름다웠다.

그는 더 이상 참지 못하겠다는 듯이 그녀의 연분홍빛 바스트를 사정없이 빨았다. 그녀는 짧은 신음을 토해냈고, 천상의 존재들도 이 광경이 궁금했던지, 바람을 시켜 커튼 사이의 틈새를 벌리며 그들의 눈동자를 대신할 햇살이 침투할 공간을 만들었다. 그는 거칠게 자신의 상의와 하의를 벗어던졌고, 그녀의 바스트 아래로 타액을 바르며 내려가기 시작했다. 능숙하게 그녀를 가린 천 조각들을 치워버리고 핑크빛 속살에 자신의 입술을 밀착시켰다. 그는 마치 신화 속에서만 존재하는 과일을 손에 넣었다는 듯이 그것을 천천히 탐구하면서도 강하게 음미했다.

"너보다 아름다운 여자가 이 세상에 존재할까?"

유라는 참을 수 없다는 듯, 양손으로 침대 시트를 쥐어짜기 시작했다. 유라의 살결은 티끌 한 점 존재하지 않았고, 사랑의 열정으로 감수하는 어떠한 악취도 없었다. 태산은 페니스에 통증을 느꼈다. 그것은 너무 부풀어 올라서 폭발해 버릴 것만 같았다. 그는 그녀의 눈동자를 바라보며 페니스를 협곡으로 밀어 넣었다. 유라의 눈에 눈물이 맺히며 아까보다 더 큰 신음소리를 내자 태산은 양손으로 그녀의 손에 깍지를 끼우고 허리를 진동 시켰다. 꽤 오랜 시간 동안이나 침대는 그들의 사랑을 받아내며 흔들거렸다.

휴지 뭉치가 바닥으로 떨어졌다. 태산은 유라의 옆에 누워서 한 손으로 그녀의 뺨을 만지작거렸고, 그녀를 사랑스럽다는 눈 빛으로 바라보며 가볍게 입을 맞추었다. 태산이 새삼스럽게 느 낀 것이지만, 그녀의 육체는 매우 희었음에도 창백한 빛은 없고 생의 힘찬 기운을 품은 듯 보였다. 유라는 피곤에 젖은 채 잠에 빠져들었고, 태산은 널브러진 옷들을 정리하며 트레이닝복을 꺼 내 입었다. 휴지뭉치를 변기에 던지며 물을 내렸고, 옥상으로 가 서 담배를 피우려 했는데, 담배 케이스를 열어보니 속이 비어 있었다. 그는 담배를 사기 위해서 집 앞 슈퍼를 찾았다. 슈퍼의 사장은 몸에 털이 많고 인상이 험악한 중년의 남자였는데, 과거 에 집요하게 태산의 나이를 물어봐서 담배를 사지 못하고 한동 안 10분 거리의 편의점까지 가야 했다. 최근에는 더 이상 나이를 묻지 않고 순순히 담배를 건넸다.

"말보로 레드 두 갑이요."

남자는 기분 나쁠 정도로 그를 뚫어져라 쳐다보며 의미심장한 미소를 지었다.

"학생. 웬만하면 담배는 우리 집에서만 사."

태산은 영문을 모르겠다는 표정을 지었다.

"앞으로 유명해질 사람이 나쁜 소문을 만들어서야 되겠어?"

"아, 네."

"나는 야구를 참 좋아해. 그렇게 때문에 학생을 아는 거지만 나중에는 많은 사람들이 학생을 알게 될 거 아니야."

"네."

태산은 아무런 감정이 담겨 있지 않은 목소리로 대답하며 거스름돈과 담배를 받았다. 옥상으로 걸어가면서 생각했다. 확실히 과거에는 작은 인연이라도 꽤 깊은 관계를 맺었는데…. 그는 붉은 케이스를 열고서 담배 한 개비를 물었다. 깊게 연기를 들이키니 몸이 조금은 이완되었다. 시선을 하늘에 고정시키고 자신을 내려다보는 두 개의 별을 응시했다. 연기를 내뿜는데 누군가가 옥상의 문을 여는 소리가 들려왔다. 고개를 돌리니 유라가 그에게로 다가오고 있었다. 그녀는 그에 품에 안겼고 파르르 떨면서 연약한 목소리를 내었다.

"같이 있어 줘."

유라는 잠에서 깨어났다. 그녀는 주위를 두리번거렸는데 잠깐 잠든 사이에 태산이 없어져버렸다. 침대 옆을 보니 옷이 정리되어 있었는데, 그것을 급하게 껴입었다. 자신이 잠깐 잠든 사이에 자리를 비운 태산에게 서운함을 느꼈다. 당연히 집에는 아무도 없었지만, 그녀는 구석구석을 뒤져보았다. 태산은 베란다에도, 욕실에도, 그 어디에도 없었다. 말이라도 하고 가줬으면…. 유라는 컵에다가 물을 따르고 그것을 목뒤로 흘려보냈다. 가방에서 머리끈을 꺼내어 거울을 보면서 어깨까지 오는 머리카락을 깔끔히 묶었다. 어디 간 거지.

문득, 머릿속에서 태산과의 통화 중에 그가 자주 옥상으로 올라가 담배를 피운다는 사실이 떠올랐다. 그녀는 태산의 신발장에서 그의 슬리퍼를 꺼내 신었는데, 그의 사이즈는 유라의 사이즈보다 훨씬 컸기에 딸이 아빠의 신발을 신은 것처럼 우스꽝스러웠다.

계단을 밟고 올라가서 옥상의 문을 여니까 태산이 거기에 있었다. 그는 하늘을 바라보면서 담배를 피우고 있었고, 유라는 그에게로 달려가 와락 안겼다. 그가 그녀의 등을 쓰다듬으며 허공으로 연기를 토했다. 아까까지 마음속에 자리를 잡고 있던 서운한 감정이 가라앉고 포근한 충만감이 떠올라 자리를 잡았다. 유라는 태산의 탄탄한 가슴팍에 안겨 그의 어깨를 촉촉이 적셨다.

"울보야."

2

태산은 커튼 사이를 비집고 들어오는 빛줄기가 눈꺼풀을 꼬집어 잠에서 깨어났다. 그의 옆에는 유라가 새근새근 잠이 들어 있었다. 그는 그녀의 얼굴을 가리는 머리카락 몇 가닥을 귀 뒤로 넘기고 한동안 그녀를 응시했다. 태산은 그녀를 깨우지 않기 위해 조용히 방을 나와서 부엌으로 향했다. 냉장고 안에서 채소와 베이컨, 달걀을 꺼냈다. 채소를 흐르는 물에 정결히 씻어서 모아

두고 프라이팬에 기름을 두른 후 가스레인지를 켰다. 나이프로 베이컨을 잘라서 프라이팬에 올렸고, 그러자 기름 한 방울이 튀어 올라 그의 얼굴에 닿았다. 아, 태산은 흐르는 물에 자신의 얼굴을 들이밀었고 수건으로 물기를 닦아낸 후 베이컨을 뒤집었다. 베이컨이 다 구워지자 접시에 담은 달걀껍질을 깨트렸는데, 너무 세게 부셨는지 날달걀이 그의 손을 적셨다.

"아, 아프락사스….."

잠시 후, 두 개의 접시를 테이블 위에 올려놓고 유라를 깨웠다.

"유라야, 일어나. 밥 먹자."

그녀는 눈꺼풀을 비비면서 침대에서 일어났고 두 사람은 테이블에 앉았다.

"고마워."

유라는 잠이 덜 깬 듯한 얼굴로 미소 지으며 포크를 들었다. 접시가 어느 정도 비워지자 그녀가 입을 열었다.

"우리가 같이 살게 되면 얼마나 좋을까."

태산은 샐러드를 집어먹으며 아무 말도 하지 않았고, 유라는 태산을 뚫어져라 보았지만, 그는 시선을 접시에만 두었다.

"응? 어떻게 생각해?"

"아직은 아니야."

그녀는 실망했다는 듯이 고개를 숙였고, 그는 식사를 마치며 자리에서 일어났다. 유라가 부엌에서 설거지를 하자 태산은 옥상으로 올라가서 담배에 불을 붙였다. 그는 한 모금을 길게 빨면서 눈을 감았다. 주머니에 들어 있는 핸드폰이 울려서 다시 눈을 떴다. 번호를 확인하니 아버지의 비서였다.

"네, 아저씨. 웬일이세요?"

"아, 태산 군 잘 지내고 있지?"

"네, 별문제 없이 지내고 있어요."

"저번처럼 도움이 필요한 일은 없고?"

"네, 저번에 병원비 빨리 처리해주셨던 건 감사했어요."

"태산 군의 어려운 일을 처리하는 게 내 일인데 감사할 거 없어."

"그런데 웬일로 전화하셨죠?"

"아, 다른 게 아니라 이번에 우리 기업이 하는 작은 행사가 있는데…."

"전 갈 생각이 없어요."

"높은 분들도 많이 오시고 회장님도…."

"그 사람 이야기는 됐어요. 직접 나를 부르라고 시킨 것도 아니잖아요?, 신경 써 주시는 건 감사한데 이런 일로 전화하지 말아주셨으면 해요."

비서는 무엇인가 말을 하려 했지만 태산은 전화를 꺼버렸다. 신발 바닥으로 담배꽁초를 비비고 집으로 돌아왔는데, 유라는 아무것도 하지 않고 그를 기다리고 있었다.

"집은 언제 가려고?"

"하루만 더…."

"내일 학교도 가야 하잖아. 오늘도 집에 안 들어가면 어머니가 많이 걱정하실 거고, 나도 오늘은 하루 종일 운동해야 돼서 함께

할 시간도 없어."

그가 물을 한 잔 마시며 그녀를 응시하자, 유라는 핸드백을 어깨에 멨다. 그는 그녀가 택시를 타고 시야에서 멀어질 때까지 가만히 서 있었다. 집으로 돌아와 레드삭스 모자를 눌러쓰고 배트가 삐져나온 보스턴백을 들고서 집을 나섰다. 태산은 바이크 위에 올라서 학교를 향해 질주했다. 학교로 가자마자 배트를 들고 타격장으로 들어가 준비자세를 취하고, 먹이를 노리는 맹수의 눈빛으로 배팅머신을 응시하며, 날아오는 공을 면도날로 깎은 것처럼 예리한 자세로 후려쳤다. 거대한 쇠구슬이 쪼개지는 듯한 소리가 타격장을 뚫고 그라운드 위에까지 퍼지자, 그라운드에서 연습을 하고 있던 선수들은 타격음만 듣고도 누가 연습을 시작했는지 알 수 있었다.

"언제 들어도 소름 돋는 소리구만."

멀리서 투구연습을 하고 있던 준석이 중얼거렸다. 태산은 그 무엇도 신경 쓰지 않고 마치 수행 중인 수도승처럼 타격에만 정신을 집중시켰다. 전신이 땀으로 흠뻑 젖게 되었을 때, 타격장을 나왔다.

"좀 쉬면서 해라. 할 때마다 몇 시간이나 하는 거냐."

"뭘 새삼스럽게."

그는 준석의 옆을 지나쳐서 샤워장으로 갔다. 샤워헤드에서 떨어지는 시원한 물줄기를 맞으며 땀을 하수구 저 밑으로 흘려보냈다. 손바닥이 물에 닿자 통증이 올라왔다. 손바닥을 펼치니 징그러울 만큼 많은 물집과 상처들이 나 있었다. 주먹을 움켜쥐며 샤워를 마무리하고 그곳을 빠져나왔다.

갈아입은 트레이닝복은 어제 빨아서 그런지 세탁 냄새가 가시지 않았다. 보스턴백에 아까 입었던 옷을 집어넣고 학교 밖을 나와서 바이크를 세워든 골목으로 걸어갔다.

"소리 없이 와서, 소리 없이 가네."

뒤를 돌아보니 민우가 그를 향해 서 있었고, 태산은 피식 웃으며 가던 길을 걸었다. 골목으로 들어가서 바이크의 안장을 손으로 몇 번 털고 그것에 걸터앉은 후 담배를 물었다. 하늘을 올려다보니 아직 해가 지평의 끄트머리에 걸려 있어서 별이 보이지 않았다. 그는 시선을 정면으로 돌리고 조용히 연기를 뱉었다.

주변의 분위기는 고요함 그 자체였다. 자동차의 엔진소리, 새들이 지저귀는 소리, 아이들의 웃음소리와도 같은 소리들이 전혀 들리지 않았다. 그저 이따금씩 바람이 불면 나뭇가지가 흔들리는 소리만이 들렸다. 담배꽁초를 바닥에 던지고 바이크에 오르려는데 누군가 그의 이름을 불렀다. 바이크에 오르려다 말고 소리가 나는 쪽으로 고개를 돌렸다. 갈색 머리카락이 잘 어울리는 여자가 그를 바라보고 있었다.

의아했다. 태산은 그녀의 발자국소리를 들을 수 없었기 때문에. 그런데 그녀가 그의 곁에 와 있었다. 그 여인은 작년에 태산과 몇 번 데이트를 한 적이 있는 여자였고, 올해 대학에 입학한 20살이었다. '왜 그녀의 인기척조차도 느낄 수 없었지?' 그녀는 태산에게 이런저런 이야기를 했는데, 그 이야기라는 것은 처음으로 보게 된 자리에서 치근덕대는 선배의 이야기와, 초등학교에서 보고 못 봤던 절친했던 친구를 캠퍼스에서 보게 된 이야기 같은 그가 전혀 흥미를 느끼지 못하는 것들이었다.

어쨌거나 그런 이야기가 끝나고 여인은 태산에게 지금 할 게 없다면 자신의 자취방에 들르는 게 어떻겠냐고 물어보면서, 짧은 스커트가 신경 쓰이는지 치맛자락을 끌어내렸다.

두 사람은 바이크를 타고서 그녀의 자취방으로 향했다. 현관문을 열고 들어가자, 원룸이었기에 방안의 것들이 한눈에 보였다.

"TV도 없네."

그는 테이블에 앉아서 방을 둘러보았다.

"불편한 부분도 있긴 한데 핸드폰으로 다 볼 수 있으니까 괜찮아."

갈색머리의 여인은 냉장고의 문을 열고서 태산을 보았다.

"마실 게 맥주뿐인데 괜찮니?"

그는 고개를 끄덕였다. 그녀는 맥주캔 5개와 땅콩을 한가득 담은 접시를 들고서 테이블에 앉았다. 맥주캔에 서려 있는 물방울은 동이 트기 시작할 때, 풀잎 위에 맺힌 이슬처럼 차가웠다. 태산은 엄지손가락으로 물방울을 치워버리고 맥주캔을 열었다.

"대학에선 머 하는데?"

그녀는 맥주를 한 모금 마신 후 땅콩을 집었다.

"간호대 다니고 있어. 내가 생각했던 것보다 공부량이 많아서 죽을 맛이야."

태산은 고개를 끄덕이며 맥주를 들이켰다.

"땅콩도 먹어 봐. 맛있어."

그는 고개를 끄덕였으나 땅콩은 손에 대지도 않았다. 갈색머리의 여인은 맥주를 한 모금 더 홀짝이며 약간 상기된 표정으로 입을 열었다.

"얼마 전에 친구들이랑 식당에 갔는데, 식당 주인이 야구광인지 고교리그 중계방송을 틀어놓고 몰입해서 보고 있더라? 우리들 중에는 야구팬이 없어서 채널 좀 돌리면 안 되냐고 물으니까, 사장이 이건 결승이라서 꼭 봐야 한다고 말하더라고, 우리는 투덜거리면서 음식이 나오기를 기다렸지. 근데 TV를 보니까 왠지 낯이 익은 얼굴이 있는 것 같아서, 유심히 봤지. 얼마 지나지 않아서 그게 너라는 걸 알았어. 니가 유니폼을 입은 모습은 처음이라 한 번에 못 알아본 거 같아. 어쨌든 친구들한테 지금 TV에 나오는 사람하고 아는 사이라 말하니까 핸드폰만 만지던 친구들이 TV를 쳐다보는 거야. 그전까지는 관심도 없었으면서 누구냐고, 어떤 사이냐고, 질문 공세를 퍼붓는 거야. 그래서 데이트를 몇 번 한 사이라고 말해주니까 다들 부러워하는 거 있지."

그녀는 자신과 태산이 아는 사이라는 것을 대단히 자랑스럽게 여기는 듯했다. 그러나 태산은 별 감흥이 없었으며, TV에 나오는 인물과 친분이 있다고 해서 호들갑떠는 그녀들이 우스웠다. 그는 맥주를 마시며 상기되어 있는 그녀의 얼굴을 보았다. 확실히 대학에 들어가니 좀 더 예뻐졌다. (갈색으로 물들인 머리는 잘 어울렸고 조금 부족해 보였던 화장도 많이 자연스러워졌다.) 갈색머리의 여인은 한 번 더 긴 이야기를 시작하려는 듯해서 더 이상 이야기를 듣기 싫었던 그는 그녀에게로 다가가서, 그녀를 일으켜 세웠다. 여인은 재잘거리던 입을 멈추고 눈을 동그랗게 뜨며 그를 보았다.

그는 그녀에게 가벼운 키스를 하다가 잠시 떨어져서 바라보았다. 그녀는 눈을 감고 있다가 입술이 떨어지자 눈을 떴는데, 그 순간, 태산은 그녀가 깜짝 놀랄 정도로 강하게 키스했다. 그는 그녀를 침대 위로 밀었고 입고 있던 옷들을 벗었다. 침대 위에 올라타서 여인의 짧은 스커트를 벗기며(그녀는 부끄럽다는 듯이 두 손으로 자신의 눈을 가렸다.) 상의 안으로 손을 집어넣었다. 손끝으로 말랑말랑한 바스트의 감촉을 느끼며 그녀의 상의를 벗겨냈다.

핑크색 브래지어가 침대 밑으로 떨어졌다. 드러난 바스트는 작지도 크지도 않았으며, 그것의 일부분은 연한 브라운색이었다. 말랑한 유방을 주물럭거리며 키스를 퍼부었다. 달아오르는 그녀의 육체가 소리를 내기 시작했고, 그의 페니스가 팽창하자 팬티를 벗어던졌다. 태산은 그녀의 팬티를 찢어버릴 듯이 강하게 벗기면서 엎드려 누울 것을 명령했다.

허리를 잡고 엉덩이를 들어 올리게 했는데 꽤나 잘록한 허리는 페르시안 고양이처럼 요염해보였다. 단단하게 부풀어 오른 페니스를 그녀를 향하여 찔러 넣었다.

"아파, 조금만 부드럽게 해줘."

그녀는 태산을 옆으로 올려다보며 말했다.

태산은 그런 것은 개의치 않는다는 듯 미친 듯이 육체를 부볐다. 그녀의 엉덩이를 양손으로 움켜쥔 채 수십 분이 흐르자, 그의 딱딱한 가슴에 땀방울이 맺혔고 페니스는 폭발하며 투명한 열정을 뿜었다. 그녀는 양치기를 상실해 버린 양들처럼 힘이 없는 눈동자로 허공을 바라보며, 탈진한 것처럼 쓰러져 버렸다. 태산은 욕실로 가서 차가운 물줄기에 달구어진 육체를 식히며 숨을 돌렸다. 샤워를 마치고 수건으로 머리카락에 묻은 물기를 닦으며 욕실을 나왔다. 그리고 널브러진 옷들을 하나하나 입기 시작했다.

"자고 가. 내일 아침에 맛있는 거 만들어줄게."

그녀는 힘없는 목소리로 말했다.

"마음만 받을게. 나중에 보자."

"연락하면 받을 거지?"

그녀는 상체를 일으켜서 이불을 쇄골까지 들어 올리고 그를 바라보며 말을 이었다.

"저번에 연락하니까 안 받던데…."

그는 그녀의 말에 답하지 않고 한 잔의 물을 마신 후 방을 나섰다.

하늘은 어두워져 있었다. 태산은 바이크에 걸터앉아 담배를 피웠고 늘 그래왔듯이 두 개의 별을 응시했다. 강하게 담배연기를 뿜어댔지만, 그것은 얼마 나아가지 못하고 흩어져버려서 하늘까지는 닿지 못했다. 담배연기가 더는 피어오르지 않게 되자 바이크는 굉음을 내며 사라져 갔다.

강한 생명의 빛을 발하던 벚꽃이 지고 날은 점점 따사로워져 갔다. 한유라는 콧노래를 부르며 샤워를 했다. 오늘은 S고의 친선경기가 있는 날이다. 그녀는 태산을 만난다는 것에 들떠서 끊임없이 흥얼거렸다. 편한 옷으로 갈아입고 어머니와 함께 테이블에 앉았다.

"오늘 태산이 경기 있다며?"

"응, 오늘이 경기하는 날이야."

"보러갈 거니?"

"당연하지."

"요즘 태산이랑은 어때? 별문제는 없니?"

"원래 없었어. 지금도 없구."

"나도 태산이 오빠 보고 싶어."

옆에 있던 동생이 말했다.

그녀는 식사를 마치고 양치질을 한 후 자신의 방으로 들어갔다. 침대 위에는 어젯밤에 고심해서 고른 하얀 블라우스와 하늘색 스커트가 올려져 있었다. 유라는 옷을 갈아입고 화장대에 앉아서 한참 동안이나 자신을 가다듬었다. 화장대에서 일어나 핸드백을 어깨에 메고 집을 나섰다. 경기가 열리는 장소는 집으로부터 차로 30분은 가야 하는 곳이었다. 손을 들어서 택시를 잡고 그것에 올랐다. 수십 분 후에 경기장 근처에서 내렸다. 경기장을 향하여 걷고 있는 그녀에게로 한 남자가 다가왔다. 그는 머리카락을 왁스로 감았는지 바람이 불어도 흔들리기조차 않았고, 신발은 하이톱 스니커즈를 신었는데, 한눈에 보아도 높은 깔창을 깔았다는 것을 알 수 있었다. 상의는 세미정장에 하의는 면바지였다.

"혹시 이 근처에 우체국 없나요? 맨해튼으로 보석을 보내야 하는데 안 보여서요."

"저도 여기가 처음이라 잘 모르겠네요. 죄송합니다."

그는 난처한 표정을 지었다.

"음, 사실 그쪽의 스타일이 마음에 들어서 말을 걸었는데요. 번호만 주세요. 그냥 친하게 지내고 싶어서 그래요."

"죄송해요. 남자친구가 있어서요."

그는 머리를 긁적이며 애써 담담한 척했다.

"에이, 남자친구는 저도 많아요. 번호만 주세요. 그냥 친하게 지내고 싶어서 그래요."

혐오스러웠다. 하지만 유라는 그런 내색을 하지 않고 죄송하다는 말과 함께 다시 걸어갔다.

"아이 ×발 이쁘면 다야?"

그는 그 자리에 서서 유라가 들으라는 듯이 중얼거렸다. 왜 저럴까? 아니야 더 이상 이상한 것에 신경 쓰지 말자. 그녀는 귀를 닫고 가던 길을 갔다. 경기장으로 들어가서 관중석을 둘러보니 관중은 별로 없고 빈자리는 많았다. 유라는 타석이 잘 보이는 앞자리에 앉아서 그라운드 위에서 운동을 마무리하고 덕아웃으로 들어가려는 선수들을 보았다.

"왔네."

태산은 유니폼을 입은 모습으로 그녀의 옆에 앉았다.

"응, 보고 싶어서 혼났어."

그녀는 그의 거친 손을 잡았다.

"별 다른 일은 없었지?"

아까의 일이 생각났지만 그에게 말하지 않았다.

"경기하러 가볼게."

"응원 열심히 할게."

유라는 미소 지으며 그를 바라보았고 태산은 자리에서 일어났다. 그는 가려다 말고 그녀의 눈동자를 보더니, 그녀의 이마에 입을 맞췄다. 그는 그라운드로 떠났고 그녀는 그의 모습이 보이지 않을 때까지 시선을 떼지 못했다.

경기가 시작되었고 유라는 태산의 타석을 기다렸다. 1번 타자가 안타를 치고 2번 타자가 볼넷으로 출루했을 때, 태산은 당당한 걸음걸이로 타석에 들어섰다. 그는 유라가 앉아 있는 곳에 시선을 던졌고 그녀는 그를 향해 손을 흔들었다. 태산은 목 근육을 풀면서 투수를 응시했다. 투수는 땀 한 방울을 마운드 위에 떨어뜨리며 스트라이크존을 향하여 볼을 찔러 넣었다. 태산은 초구를 노렸는지 거침없이 볼을 당겨내며 이전 타자들은 만들어내지 못하는 큰 타격음을 생산했다. 볼은 맞는 순간 담장을 넘어가는 것이 확실한 큰 포물선을 그리며 관중석 상단을 때렸다. 그는 빠르지도 느리지도 않은 속도로 베이스를 돌았고, 먼저 홈베이스를 밟은 준석과 하이파이브를 했다. 덕아웃으로 들어가면서 유라를 향해 엄지손가락을 들었고, 그녀도 그를 향하여 엄지를 치켜들며 그것에 답했다. 태산의 맹활약에 힘입어 S고는 콜드게임 승리를 거두었다.

유라는 경기장 밖에서 태산을 기다렸다. 태산은 검은색 긴팔 티셔츠의 소매를 올린 채 보스턴백을 들고서 그녀에게로 다가왔다. 그가 그녀 옆에 서자 그녀의 화사한 옷차림과 그의 옷차림이 대조를 이루었다. 유라는 그의 품에 뛰어들어 와락 안겼다. 그에게서 막 샤워를 한 듯한 부드러운 바디워시의 향기가 풍겨 왔다.

"배고프다. 밥이나 먹자."

그녀는 고개를 끄덕이며 그의 얼굴을 바라보았는데, 그녀의 눈동자는 어미의 품에 안긴 새끼 고양이의 눈동자를 연상시켰다. 두 사람은 따스한 햇살 속에서 손을 잡고 걸었는데, 진한 풀 냄새가 밴 미풍이 불어와 그들에게로 파고들었고, 그의 체취와 섞여 하나가 되었다. 그녀는 그 향기를 몸속 깊은 곳까지 빨아들이며 눈을 감았다. 그들은 2층에 위치한 패밀리 레스토랑으로 갔고 창가에 있는 테이블에 자리를 잡았다. 태산은 담배를 피우고 온다며 레스토랑 밖으로 나갔다. 그는 건물 앞에서 담배를 피웠고 유라는 창가에서 그의 모습을 내려다보았다. 그녀는 미소를 띠며 그를 보았는데, 태양의 눈부신 섬광이 그만을 비추고 있는 것처럼 보였다. 그녀는 태산의 모든 것이 좋았다. 그의 강렬하면서도 차가운 눈빛과 우뚝 솟은 콧날, 넓게 벌어진 어깨, 굵고 낮게 깔리는 목소리, 그 모든 것이 좋았다. 태산은 돌아와서 유라의 옆에 앉았다. 그는 언제나처럼 샐러드를 먹었고, 그녀는 은은한 향을 풍기는 크림 스파게티를 먹었다. 유라는 스파게티를 돌돌 말아서 그의 입에도 가져갔고, 그는 그것을 맛있게 먹었다.

"우리가 결혼하면 내가 매일매일 이렇게 맛있는 음식을 차려 줄게."

그는 말없이 웃었고 유라는 포크를 내려놓으며 그의 어깨에 기댔다.

"매일 아침에 눈을 떴을 때, 처음 보는 사람이 너였으면 좋겠어. 매일 잠자리에 들어서 마지막으로 보는 사람도 너였으면 좋겠어. 항상 내 몸에서 너의 체취가 떠나지 않았으면 좋겠어. 우리를 닮은 자식을 낳아서 그 아이들이 자라나는 걸 함께 보고 싶어. 내가 떠올릴 수 있는 모든 추억 속에 니가 있었으면 좋겠어."

태산은 한 손으로 그녀를 감싸 안았다.

"나도 마찬가지야. 이제 니가 없으면 안돼."

유라는 그의 어깨를 적셨다. 평소에 애정표현도 잘 하지 않는 입에서 나온 말에, 그녀는 감격했다. 유라는 세상의 모든 사람들이 자신을 저버린다고 해도 그만 있으면 충분했다. 두 사람은 식사를 마치고 거리로 나왔다. 그들은 테이크아웃 커피점에서 카라멜 마끼아또와 레몬에이드를 사고 어둠이 내려앉고 있는 공원의 벤치 위에 앉았다. 유라는 태산의 어깨에 기대어 지치지 않고 물을 뿜어대는 분수대를 보았다.

"미국으로 갈 거지?"

태산은 담배에 불을 붙였다.

"그래."

"언제 갈 거야?"

"될 수 있는 한 빠르게."

"같이 가고 싶어."

태산은 고개를 끄덕이며 허공으로 연기를 뱉었고, 유라는 태산의 딱딱한 어깨에 입을 맞추었다. 한 남자가 두 사람에게로 다가왔다. 그는 계절과 어울리지 않는 회색 코트를 입고 검은 선글라스에 피에로 모자를 쓰고 있었다.

"머 하는 놈이고?"

태산은 그를 노려보며 담배를 바닥에 던졌다.

피에로 모자를 쓴 남자는 흰 면장갑을 낀 양 손바닥을 펼쳐 보이며, 자신이 수상한 사람이 아니라는 것을 보여주려 했지만 태산은 코웃음을 치며 경계를 풀지 않았다.

"전 수상한 사람이 아닙니다."

태산은 어이가 없다는 듯이 웃었다. 피에로 모자를 쓴 남자는 검지로 선글라스를 고쳐 썼다.

"저는 지나가는 점쟁이입니다. 길을 지나가다가 벤치에 앉아 계신 두 분을 보니, 마치 영화 속에서 튀어나온 연인을 보는 거 같아서 점이나 한 번 봐드리고자 하는 마음으로 여기까지 왔습니다."

태산의 시선은 적대적이었지만, 유라의 시선은 그와는 다르게 호기심으로 인하여 반짝거렸다.

"그래서요? 우리 둘의 점괘는 어때요?"

"음… 우선 두 분이 한 손을 맞대고…."

태산은 그에게 물러가라고 손짓했다.

"태산아, 우리 한 번만 해보면 안 돼?"

유라는 태산의 눈을 응시하며 한 번만 해보자고 말했다. 그는 마지못해 고개를 끄덕였다.

"일단 두 분이 한 손을 맞대고 저를 향해 뻗어주십시오."

태산은 탐탁지 않았지만 그녀의 애원하는 눈빛 때문에 마지못해 손을 뻗었다. 피에로 모자를 쓴 남자는 어떠한 표정의 변화도 없이 검지 두 개를 뻗어서 그들의 손에 가져다대고 무엇인가를 중얼거렸다. 태산은 어이가 없다는 듯이 웃으며 한 손으로 담배를 꺼내 물었다.

"자! 끝났습니다."

유라는 눈동자를 반짝였고 태산은 담배에 불을 붙였다.

"음… 두 분 다 유복한 가정환경에서 성장하셨군요. 남들이 부러워할 만한 그런 집안에서 말이죠. 여성분께서는 이분을 만나기 전까지 비교적 평탄한 삶을 사셨군요. 그와는 반대로 이 신사분은 우여곡절 많은 삶을 살아오셨네요. 음… 확실히 두 분의 미래는 다른 사람들과는 좀 다를 것 같습니다. 그녀를 그를 자기 자신보다도 사랑하지만, 그에게는 연인들 모두가 대체품에 불과하니까요. 사실 거기서부터 모든 문제가 발생하지요. 하하… 그렇다고 너무 걱정하진 마세요. 갈등이 없는 연인은 존재하지 않으니까요. 또 무엇보다 이런 타입의 남성에게 빠져버린 여자는 다른 보통의 남자에게서는 만족할 만한 쾌락을 얻을 수가 없지요. 위험해보이는 것, 금지된 것에 참을 수 없는 욕구를 느끼는 것이 이브로부터 시작된 인간의 본성이기도 하구요. 사실 신사분에게는 해드릴 조언이 없습니다. 조언이 필요한 사람도 아니고요. 조언을 한다 해도 듣지도 않으실 거고…. 여성분에게는 한 말씀드리겠습니다. 너무 많이 양보하지 마세요. 제한을 걸거나 무언가 요구를 하면 떠나버릴 것 같아서 그러지 못하고 계시는데, 물론 지금은 그렇습니다만 평생은 아닙니다. 시간이 지날수록 그도 그녀가 없으면 살아갈 수 없을 겁니다. 그는 부정할 테지만, 그런 때가 오면 당신이 계속 그렇게 얽매이지 않고 살겠다고 하면, 내가 먼저 떠나겠다고 말하십시오. 그렇게 말하면 이제까지는 볼 수 없었던 광경을 볼 수 있을 겁니다."

그는 마술쇼의 마술사가 퇴장하는 것처럼 한 손을 내리면서 허리를 숙였다. 그리고 뒤를 한 번도 돌아보지 않고 어디론가로 떠나버렸다. 유라는 고개를 숙이고 땅을 바라보았다.

"무슨 말일까?"

태산은 바닥에 침을 뱉으며 앞머리를 쓸어 올렸다.

"그냥 미친놈이니까 신경 쓰지 마라. 의미심장하게 말하면 알맹이가 없어도 사람들의 상상력이 빈 곳을 채우게 되니까. 무언가 있는 말처럼 들리는 거야."

그는 자리에서 일어섰다.

"가자."

그녀는 일어서서 그의 손을 잡았다.

3

태산은 현관문을 닫자마자 유라를 거칠게 끌어안으면서 키스를 퍼부었다. 그의 육체는 한겨울의 난로처럼 뜨거워서 그녀는 그 열기에 놀라 살짝 움찔했다. 두 사람이 침대까지 향하는 길에 꽃잎이 떨어지듯이 옷들이 하나하나 떨어졌고, 침대에 올라서는 순간에는 두 사람 모두 전라가 되었다. 태산의 몸은 스파르탄 전사들의 몸처럼 탄탄했고 그렇다고 해서 과하다는 느낌은 주지 않았다. 그의 육체는 그들보다 더 탄력적이면서도 슬림했다. 그는 그녀의 새하얀 피부를 느끼며 그녀와 함께 호흡했고, 유라의 청아한 목소리와 태산의 거친 숨소리가 섞이며 방안을 진동시켰다.

그는 눈을 떴다. 그의 눈앞에는 눈이 부시게 흰 유라가 전라의 모습으로 잠들어 있었다. 태산은 그저 그렇게 몇 분간이나 그녀를 지긋이 쳐다보았다. 그는 흩어진 옷들을 정리하고 흰색 티셔츠와 남색 트레이닝 반바지를 입었다. 부엌으로 가서 냉장고를 열고 샐러드와 베이컨을 꺼내 요리를 시작했다. 그는 접시에 완성된 것을 담고 유라를 깨웠다. 그녀는 새삼스럽게 자신이 전라의 모습인 것을 부끄러워하며 손과 팔로 몸을 가리고 옷을 입었다. 두 사람은 사이좋게 테이블에 앉았다.

"깨우지. 아침은 내가 차리려고 했는데."

따사로이 피부를 적셔주었던 태양이 점차 뜨거워져 갔다. 유라는 벚꽃이 피기 전부터 태산에게 여름이 되면 꼭 바다를 가자고 말했다. 태산도 유라의 성화에 못 이기는 척 하며 여름이 되면 그녀와 함께 모래사장을 걷겠다고 약속했다. 태산은 학교에서 운동을 마치고 바이크에 올랐다. 그가 집 앞에 도착해서 헬멧을 벗으니 핸드폰이 울렸다. 핸드폰을 꺼내어 확인하니 유라가 건 전화였다.

"어, 유라야."

"이제 여름이잖아."

"날씨가 좀 덥네."

"훈련을 할 만해?"

"뭐, 새삼스럽게."

"그래?"

태산은 웃었다.

"알겠다. 주말에 바다 보러 가자."

유라는 정말로 즐거운 듯한 웃음소리를 내었다. 태산은 목소리만으로도 그녀의 표정을 추측할 수 있었다. 그는 핸드폰을 주머니에 집어넣고 보스턴백에 들어 있는 땀에 젖은 체육복을 세탁기 안에 넣었다. 옥상으로 올라가서 담배를 물었다. 그렇게 하루가 끝났다.

주말, 스커트에 핑크색 블라우스를 입은 유라가 태산을 기다리고 있었다. 아직 방학이 되기 전이라 그런지 기차역은 주말임에도 꽤나 한산했다. 태산은 검은 반팔 티셔츠에 청바지를 입은 채 그녀에게로 다가왔다. 그의 손에는 언제나처럼 보스턴백이 들려 있었다. 그녀는 그의 품에 안겼다.

"정말 보고 싶었어."

"어제도 봤잖아."

"계속 같이 있고 싶어."

태산은 유라가 끌고 온 캐리어를 뺏어서 자신이 끌었다. 그들

은 함께 역사 안으로 들어갔다. 두 사람은 벤치에 앉아서 열차가
들어오기를 기다렸다.

"합숙훈련 날짜는 결정 됐어?"

"어. 다음 주부터 강원도로 간다."

"방학이 되기 전부터 가는구나."

"그래서 오늘 바다를 보러가는 거지."

그는 보스턴백에서 물병을 꺼내 목을 축였다.

"언제 한 번 경도(京都)로 여행을 가자. 아주 장기간으로 말이
야."

"경도? 거긴 왜?"

"거기가 내 마음의 고향이니까."

그녀는 그의 손을 힘주어 잡았다. 저 멀리서 기차가 다가오는
소리가 들려왔다. 그것은 축제의 시작을 알리는 서곡처럼 그들
을 들뜨게 했다. 기차는 두 사람 앞에 멈추었고 유라는 동화 속에
나오는 황금마차에 오르는 것처럼 기뻐하며 발을 내디뎠다. 태
산은 자리에 앉게 되자 핸드폰에 이어폰을 꼽았다.

"같이 들을래?"

그녀는 고개를 끄덕이며 귀에다 이어폰을 꼽았다. 이어폰에서
는 비틀즈의 〈Love me do〉가 흘러나왔고 그녀는 그의 손을 잡고
두 눈을 감았다.

Love, Love Me Do.

You Know I Love You.

I'll Always Be True.

So Please Love Me Do, Woa ho Love Me Do.

제발, 저를 사랑해 주세요.

당신을 사랑하는 제 마음, 잘 아시잖아요.

그 마음은 영원히 변치 않을 거예요.

그러니 제발, 저를 사랑해 주세요.

객실문이 열리고 키가 큰 여인이 푸드 카를 밀며 안으로 들어왔다. 태산은 이어폰을 빼며 유라를 보았다.

"머라도 먹자."

"응?"

태산은 손짓으로 키가 큰 여인을 멈춰 세우고 간식거리를 샀다. 그와 그녀는 서로의 입안으로 간식을 넣어주며 즐거운 시간을 보냈다. 그는 포만감 때문인지 하품을 했다.

"조금만 잘게."

유라는 잠이 든 태산의 얼굴을 한참동안이나 바라보다가 시선을 창밖으로 옮겼는데, 창너머로 보이는 풍경들은 감상할 틈조차 주지 않고 섬광처럼 시야의 저편으로 사라져갔다. 유라는 갑자기 불안한 감정을 느꼈다. 빠르게 스쳐가는 광경들처럼 태산과 유라의 추억들도 종국에는, 하나의 섬광처럼 무의미하게 사라져 버릴 것 같은 기분이 들었기 때문이다. 소중한 기억들이라 여기는 모든 것들도, 태양이 발하는 저 빛줄기들처럼 가볍고 무가치해지지 않을까? 이미 흘러간 시간들을 뒤로 돌아볼 때에,

그토록 가치 있던 시간들이 하나의 점이나 선으로밖에 다가오지 않을 때, (비록 그 작은 파편들이 무가치하지 않다 해도) 이제껏 걸어온 길들이 얼마나 가치 있을 것인지 확신이 서지 않았다. 그녀는 잠든 그의 손을 강하게 잡았다. 태산은 피곤한 듯 뒤척이며 눈꺼풀을 살짝 올렸다.

"무슨 일 있어?"

"아니야."

태산은 다시 잠에 빠져들었고 유라는 더는 부정적인 생각을 하지 않으려 눈을 감았다. 기차가 목적지에 도착했고 두 사람은 역 앞에서 택시를 잡았다. 택시기사는 뒷자리에 앉은 두 사람을 룸미러로 힐끗 보더니 입을 열었다.

"여행길이신가 봐요?"

"네, 바다가 보고 싶어서요."

유라가 미소 지으며 말했다.

"하… 부럽네요. 저도 젊었을 적에는 애인이랑 여름만 되면 바다로 여행을 갔는데…."

택시기사는 두 눈에 즐거웠던 추억들이 아른거리는 듯 눈꺼풀을 반쯤 내렸다. 택시가 그들이 묵을 펜션 앞에 멈춰 섰고 그와 그녀는 택시에서 내려 펜션 안으로 들어갔다. 두 사람은 프런트에서 키를 받아 예약한 방으로 걸어갔다. 문을 열자 생각했던 것보다 방이 넓었고 그래서 그런지 시원한 느낌이 들었다. 침대 위에는 산뜻한 느낌을 주는 시트와 이불이 놓여 있었고, 침대는 네 사람은 잘 수 있을 만큼이나 컸다. 태산은 바다가 훤하게 보이는 베란다의 테이블에 앉아서 불어오는 바닷바람을 쐬었다. 유라가 짐 정리를 마무리하자 방으로 돌아온 태산이 모든 옷을 벗고서 파란색 반바지를 입었다. 유라도 비키니를 입기 위해서 브래지어를 풀었는데, 태산은 그녀의 뽀얀 유방이 흔들리는 것을 보자 나사가 풀려버린 듯 그녀를 거칠게 끌어안았다. 그의 뜨겁고 우둘투둘한 손이 유라의 바스트를 사정없이 탐했다.

"안 돼… 아직 해가 중천인데…."

그녀는 힘겹게 그의 손길을 뿌리치고 하얀색 비키니를 마저 입었다. 태산은 홀로 침대에 앉아서 그런 그녀를 멍하게 바라보았다. 그는 마른 침을 삼켰는데, 목젖은 그의 욕망을 나타내듯 출렁거렸다. 그녀는 비키니만 입는 게 부끄러웠는지 하늘색의 얇은 외투를 걸쳤다.

"그건 왜 입어?"

"부끄러워. 다른 사람한테는 보여주기 싫구."

그녀는 지퍼를 올려서 드러난 맨살들을 가렸다. 그의 시선 속에 그녀가 가진 아름다운 육체의 선들이 아지랑이 피듯 눈앞에서 일렁거려, 쉽사리 발을 떼지 못하고 계속 앉아 있었으며, 아까부터 발기된 페니스에서 통증마저 느껴졌다.

"태산아, 이제 나가자."

"이러고 어떻게 가."

그가 반바지를 내리자 하늘을 향해 치솟은 페니스가 드러났다. 유라는 얼굴을 붉히며 태산의 곁으로 가서 무릎을 꿇었다. 그녀는 연분홍빛 입술로 빨갛게 달아오른 그의 페니스를 삼켰고 태산은 신음을 토하며 허리를 떨었다.

두 사람은 손을 잡고 해변으로 걸어갔다. 붉은 태양이 눈부신 햇살을 강하게 뿜어대었고 금빛 모래는 수만 개의 섬광을 받아서 황금처럼 빛났으며 푸른 바다는 여름임에도 하얀 입김을 토하며 몸서리를 쳤다. 태산과 유라는 그 광경에 시선을 빼앗기고 잠시 할 말을 잊은 듯 그저 바라보기만 하였다.

태산은 모래 위에 파라솔을 세우고 그늘에 매트를 깔았다. 해변에는 아직 초여름이라 그런지 사람이 몇 없었다. 그는 물을 마시고 있는 유라를 보았는데 어느새 머리를 묶은 모습이었다. 태산은 장난스럽게 미소 지으며 그녀를 번쩍 들어 올렸다.

"갑자기 왜 그래?"

그녀는 물병을 놓쳤고 물은 그늘 밑의 모래를 촉촉이 적셨다. 태산은 소리를 지르며 바다로 질주했으며, 유라를 바다에 던져버리며 만족스럽다는 듯이 웃었다. 그녀는 균형을 잡고 일어서서 물을 뱉었는데 발바닥으로 느껴지는 바다 밑 모래는 촉촉한 쿠키처럼 부드러웠다. 태산은 여전히 유라를 바라보며 웃고 있었다. 그 모습을 본 그녀는 그에게로 물을 쳐내며 귀여운 복수를 했다. 그는 한 손으로 물을 막으며 조금씩 그녀 쪽으로 전진해 가다가 그녀의 팔을 잡아서 물을 못 날리게 한 후, 그녀를 끌어안았다. 유라는 그의 품에 안긴 채로 그의 칠흑 같은 눈동자를 보았는데 그것은 깊이를 알 수 없을 정도로 흑색이었다. 태산도 넋을 잃고서 바다에 젖은 하얀 여인을 응시했다. 물에 젖은 그녀의 흰 피부는 그의 심장을 펌프질하게 했고 그는 그녀를 향해서 그들이 아까까지 앉아 있던 모래처럼, 표면이 달구어져 아랫부분까지 뜨거울 것 같지만 손을 넣어보면 부드러운, 그런 키스를 시작했다.

유라는 이대로 시간이 멈추었으면 하고 바랐다. 두 사람은 시간이 가는 줄도 모르고 바다를 느꼈다. 갈매기 떼가 그들을 내려다보며 날아갔고 노을은 해변에 금박을 입히며 바닷속으로 침몰해 갔다. 두 사람은 파라솔 밑의 매트에 누워서 삼켜져 가는 태양을 보았다.

"널 너무 사랑해. 이 세상 그 무엇보다도, 그 누구보다도, 심지어는 나 자신보다도. 나는 뼈에 사무치는 바람이 불어오는 한겨울에도 너를 기다리는 일이라면 맨발로 설원을 딛고 서서 언제까지라도 기다릴 수 있어."

그녀는 말을 마치고 그의 위에 올라탔다.

"내가 사랑하는 만큼 니가 사랑하지 않아도 좋아. 그것의 반, 아니 10분의 1이라도 나를 사랑해주면 돼. 그 정도면 충분해."

그녀는 그의 입술에 입을 맞추었고 그들의 입술이 떨어지자 태산은 자세를 뒤집어서 유라가 매트와 맞닿게 하고서 그녀의 귀에다 무엇인가를 속삭였다. 그러자 그녀의 눈에 물이 고였다.

"다시 해줘."

태산은 유라의 귀에 다시 한 번 무엇인가를 속삭였다.

유라의 눈물 한 방울이 매트 위에 떨어지자, 그녀는 다시 한 번 그와 입을 맞추었다.

고아의 미소

1

고아로 태어나는 것을 상상해본 적이 있는가? 쓰레기 같은 부모의 밑에서 자란 자식들은, 이런 부모라면 없는 것이 낫다는 생각을 하기도 하지만, 고아들은 자신의 부모를 찾고 싶어서 안달한다. (그들은 쓰레기 같은 부모라도 최소한 만나보고 싶어 한다.) 기억의 출발점부터 부모라는 존재가 없는 것을 경험해보지 못한 자들은 고아들이 느끼는 상실감의 크기를 알 수 없다. 그들은 부모라는 이름의 울타리가 없었기에 유아시절부터 정글 속에서 살아남아야 했다. 부모들의 사정이 어찌 됐건 그들이 자식을 버린 순간부터 고아의 가슴속에는 채울 수 없는 거대한 구멍이 생겨나게 되었으며, 고아는 기억의 끝자락까지 그 상실감을 안고 살아가야 한다.

고아의 어린 시절은 구원자를 기다리는 시간이다. 그들은 메시아를 기다리는 어수룩한 양떼들처럼, 항상 고아원의 정문을 바라보며 자신의 구원자가 나타나기를 염원한다. 하지만 그런 생각을 하는 나이가 되었을 때는 이미 입양이 되기에 너무 늦은 나이다. 그들은 부모에게 버림받고서 젖을 떼기 전까지 주어질 수 있는 최고의 선택도 받지 못했다. 그들이 할 수 있는 일이라고는 그저 고아원의 정문을 바라보는 것뿐이다.

신태일은 고아다. 그는 부모의 얼굴도 모르고 그들이 실제로 존재하는지조차 모른다. 그가 알 수 있었던 건 누군가 태어난 지 얼마 안 된 아이를 고아원 앞에 버려두고 간 것뿐이다. 누구도 그의 부모가 누군지 모르며, 그를 낳은 어미조차도 장성한 태일과 마주했을 때 그가 자신의 아이인 것을 알이 보지 못할 것이다. 태일의 어린 시절 또한 그저 고아원의 정문을 바라보는 것뿐이었다.

한 기자가 있었다. 그는 메이저 신문사의 스포츠 전문기자였다. 그는 고아였지만 좌절하지 않고 학업에 매진했고 명문대를 졸업한 후에 기자가 되었다. 그는 공동생활에 신물이 나버려서 혼자 사는 것을 편하게 여겼고, 그래서 독신으로 살아가기로 결심한다. (사실 가장 큰 이유는 자식에게 이 세상을 겪게 하고 싶지 않아서이지만.)

기자는 어린 시절부터 야구를 좋아했는데, 대학시절에도 야구

동아리에서 활동했고 기자가 되어서도 사회인 야구단에 들었다. 그는 사회에서 어느 정도 자리를 잡았지만 30대 중반이 되었을 때, 알 수 없는 공허감에 시달리기 시작했다. 그것은 야구로는 채워지지 않는 것이었다. 그것을 채우기 위하여 정신과 의사와 상담도 해보고 종교에 빠지면 해결될까 싶어서 교회도 가보았지만, 허사였다.

더 큰 문제는 일을 마치고 집에 돌아와 침대에 누워도 어느 순간부턴가 잠이 오지 않는 것이었다. 일에 지장이 있을까 봐 처방받는 수면제를 복용하고 잠이 들었어도 그것은 근본적인 해결책은 아니었다. 그는 고민에 빠졌다. 어떻게 하면 가슴 한편이 비어 있는 것 같은 느낌을 사라지게 할 수 있을지, 이것에 대해 수없이 고민해 보았지만 답은 나오지 않았다.

그날의 그는 평소와는 다른 길로(그것은 돌아가는 길일 수도 있었다.) 퇴근을 해야겠다고 생각했다. 다른 경험을 하면 좀 나아질까 하는 생각으로 외국으로 여행도 떠나보고 고급 접대부들과의 섹스도 수차례 해보았지만, 그것들은 모두 일시적인 기분 전환 밖에 되지 못했다. 그는 늘 똑같은 길로 퇴근하는 것을 바꾸어서 다른 길로 퇴근하는 것이 자신에게 큰 것은 주지 못하더라도 약간의 기분 전환은 될 것이라고 여겼기에, 일부러 돌아가는 길을 택했다. 얼마 안 가서 기대는 실망으로 바뀌었다. 고작 퇴근길을 바꾼다고 해서 기분 전환이 될 것이란 건 착각이었다.

그런 그의 차 앞으로 축구공 하나가 튀어나왔고 그 공을 줍기 위하여 소년 한 명이 달려왔다. 소년은 같이 어울리는 아이들에 비해 키가 크고 성숙해 보였다. 그가 왜 그랬는지 자신도 명확히 알지는 못해도, 근처에 주차를 하고 소년이 들어간 초등학교로 발걸음을 옮겼다. 조례대 옆의 돌계단에 앉아서 축구를 하는 아이들을 보았다. 키가 큰 소년은 다른 아이들보다 축구 실력이 뛰어났는데 한두 명쯤은 가볍게 제쳤으며 멀리서 때리는 슈팅도 나이에 어울리지 않게 위력적이었다.

그렇게 시간이 흘러 노을이 운동장에 붉은 장막을 치기 시작했을 때, 아이들은 한두 명씩 떠나기 시작했으며 엄마가 찾아와 끌려가듯이 사라져가는 아이들도 있었다. 그렇게 주말이 그 끝을 향해 달려가고 있었지만 키가 큰 소년은 떠나지 않았다. 소년은 혼자 남았음에도 볼을 차는 것을 멈추지 않았다. 저 아이는 축구가 저렇게도 좋은가? 해가 떨어졌음에도 소년은 어두운 조명에 의지하여 계속 볼을 찼다. 마침내 그는 소년에게로 걸어갔다.

"집에 안 가니? 아저씨가 태워다 줄까?"

소년은 세상사에 찌든 때를 씻겨주는 티 없이 맑은 미소를 지었다.

"정말요? 감사합니다."

그들은 차에 올랐다. 그는 평소에 자기 차 안에서 과자를 먹는 것조차도 싫어하는 사람이었는데, 땀과 모래로 범벅이 된 소년이 차에 올랐음에도 불쾌한 감정도 떠오르지 않는 자신에게 놀랐다.

"어디로 가면 되니?"

"A고아원이요."

순간, 그의 심장에 누군가가 얼음을 던진 듯한 저림이 느껴졌다. 그는 10대 시절에 자신이 고아라는 것을 들킬까 봐 노심초사하며 살았다. (그럼에도 그가 고아라는 것을 모르는 주변인은 없었다.) 지금에 와서도 그가 고아원 출신이라는 것은 가장 큰 치부였다. 이에 비해 소년의 눈빛은 너무나도 당당했고 목소리에는 한 점의 부끄러움조차 없었다. 짧은 순간이었지만 이 어린 소년에게 경외심과 비슷한 감정마저 느꼈다. 소년은 아무 거리낌이 없었는데도 오히려 그가 당황하여 화제를 돌렸다.

　"배 안고파? 먹고 싶은 거 있으면 말해 아저씨가 사줄게."

　"정말요?"

　그들은 근처에 있는 피자가게로 갔다.

　"피자는 항상 배달 온 것만 먹어봤는데 가게에서 먹으니까 색다르네요."

　"그래? 샐러드바도 처음이겠구나."

　소년은 솔직하게 자신이 느끼는 것을 표현할 줄 알았고, 남들에게는 당연한 것을 경험해보지 못한 것에 부끄러움을 느끼지도 않았다. 당연한 것을 경험해보지 못한 부끄러움 때문에 친구들에게 거짓말을 하던 그와는 다르게 말이다. 소년은 피자와 샐러드바에서 가져온 알록달록한 젤리들을 게걸스럽게 먹어치웠다.

　"축구가 좋아?"

　"네, 축구는 재밌어요. 부모가 있건 없건 잘 사는 집이건 못사는 집이건 차이가 크게 나지는 않으니까. 예를 들어 야구 같은 건 장비값부터 부담스럽잖아요."

그는 말을 마치고 유리잔에 담긴 콜라를 들이켜는 소년을 보았다.

"꼭 그렇지는 않아. 전문적으로 하려면 어느 종목이 건 돈이 깨지는 건 마찬가지니까."

"전문적으로는 할 생각은 없어요. 값싼 장비들조차도 제게는 꿈과 같은 거니까요. 저는 열심히 공부해야 해요. 운동은 그냥 취미일 뿐이죠."

"평범한 가정에서 태어나지 못한 걸 원망한 적은 없니? 그랬다면 축구도 제대로 할 수 있었을 텐데."

소년은 피자를 베어 물고서 고개를 가로저었다.

"원망하지 않아요. 사람은 주어진 것을 받아들이고…. 그렇다고 해서 안주하면 안 되지만, 그 상태에서 할 수 있는 최선의 노력을 해야 해요."

그는 도저히 초등학교 5학년생이 이런 말을 할 수 있다는 것이 믿겨지지 않았다. 더 크게 놀랐던 점은 소년의 성숙함이 아니라 그의 긍정적인 삶의 태도였다. 나이에 맞지 않게 성숙한 아이들을 종종 볼 수 있어도 그들 대부분은 긍정적인 태도와는 거리가 멀었다. 하지만 태일은 달랐다. 그가 세상을 바라보는 관점은 배우고 싶을 만큼이나 긍정적이었다. 그렇다고 해서 낙관적이지는 않았다. 그래서 소년은 무엇이든지 최선을 다해서 노력했다.

그는 고아원으로 들어가는 소년의 뒷모습을 바라보았다. 소년의 당당한 걸음걸이는 어린 시절, 고아원으로 향할 때 패배감에 젖어 있던 그의 뒷모습과는 달랐다.

시간은 빠르게 흘러갔고 주말은 다시 찾아왔다. 그는 일찍 출근하여 자신의 업무를 마무리하고 운전대를 잡았다. 조수석에는 글러브 두 개와 야구공들이 놓여 있었다. 태일의 활기찬 모습을 떠올리며 액셀러레이터를 밟았다. 소년은 아지랑이가 춤추는, 이글거리는 태양 아래서 벽을 친구 삼아 축구를 하고 있었다. 그런 소년에게로 글러브를 들고 다가갔다.

"또 오셨네요."

그는 글러브를 소년에게 던졌다.

"저랑 야구하자고요?"

"그래 모두가 휴가를 떠난 이때에는 축구보다 야구지."

태일은 한 번도 사용하지 않아 새것 냄새가 나는 글러브를 신기한 듯 바라보며 착용했다.

"그거하고는 전혀 상관없는 거 같은데⋯ 야구를 두 명이서 할 수 있어요?"

"캐치볼은 두 명이서 하는 거야. 세 명이면 과하지."

소년은 폈다가 오므렸다 하며 글러브를 자신의 손에 적응시키려 했다.

"제 글러브는 아저씨 거보다 작은 거 같은데요?"

"니 나이대 선수들이 쓰는 글러브야. 그거 선물이다."

소년은 놀란 듯 동공을 확장시키며 그에게 고맙다고 말했다.

"별거 아니야."

그는 소년과 거리를 벌리며 외쳤다.

"자, 이제 해보자."

글러브를 앞으로 내밀었고 소년은 그를 향해서 볼을 던졌다. 펵, 공은 쇠자를 대고 그은 듯이 일직선을 뻗어와 그의 글러브에 꽂혔다. 그는 멍하니 소년을 보았다.

"야구 한 번도 안 해 봤다면서?"

"네, 야구공 자체를 처음 던져 봐요."

사내는 소년을 향해서 볼을 던졌고 소년은 다시 그에게로 공을 던졌다. 그는 멋쩍게 웃으며 소년을 보았다.

"너의 구위가 나보다 훨씬 좋은 거 같다?"

"네? 머라고요?"

그는 소년과 캐치볼을 하며 한 가지 사실을 깨달았는데, 그것은 태일이 투구에 천부적인 재능을 가지고 있다는 사실이었다. 소년은 실밥을 잡는 법조차 배운 적이 없었는데도 능숙하게 투구했다. 그들은 두 시간 가량을 쉬지 않고 공을 주고받았다. 사내와 소년은 벤치에 앉아서 땀을 닦으며 물을 마셨다.

"어때? 야구도 축구만큼이나 재밌을 거 같지 않니?"

"네, 공을 던지는 게 확실히 발로 차는 것보다 느낌이 좋아요."
소년은 벤치에서 일어났다.

"한 번 더해요."

그는 탄식했다.

"안 힘들어?"

태일은 공을 던지는 시늉을 하며 그를 재촉했다.

"재미있어서 힘든지도 모르겠어요."

그들은 해가 질 때까지 그곳에서 땀을 흘렸다. 그는 소년을 데려다주고 집으로 돌아오는 길에 소년과 나눈 대화를 떠올렸다.

"아저씨 정말 감사해요. 저한테 야구도 가르쳐 주시고."

"나는 가르친 게 없어. 너 혼자 한 거지."

붉은 등이 들어오자 그의 차가 도로 위에서 멈춰 섰다. 그는 기분이 좋은지 휘파람을 불며 운전대를 툭툭 쳤다. 소년과의 만남 이후, 자정만 되면 잠이 쏟아져 와서 숙면을 취할 수 있었다. 이렇게 숙면을 취하는 게 얼마만인지. 주말마다 캐치볼을 하기 위해서 소년을 찾았고 소년은 그때마다 크게 기뻐했다.

두 사람은 그날도 해가 질 때까지 캐치볼을 했고 땀에 젖은 채 식당으로 가서 밥을 먹었다. 그는 포크로 스파게티 면발을 휘저으며 소년을 보았다.

"좀 더 제대로 야구를 해볼 생각은 없니?"

"아니요. 그건 저에게 있어서 과분한 망상이에요."

"너의 의지만 있다면 내가 도와줄 수도 있어."

태일은 소년답지 않은 의젓한 미소를 지었다.

"저는 빚지고 싶지 않아요."

"빚질 것도 없어. 감독들이 너의 재능을 확인한다면 돈을 주고서라도 데려가려고 할 거야."

태일은 돈가스를 썹으며 유리잔에 담긴 물을 마셨다.

"허튼 꿈을 꾸고 싶지 않아요."

그는 포크를 내려놓으며 소년의 깨끗한 눈동자를 바라보았다.

"확신해. 절대로 허튼 꿈이 아니야 나를 한 번 믿어 봐. 만약 이대로 너의 재능을 썩힌다면 그건, 신의 뜻에 반하는 일이야.

니가 왜 남보다 주어진 것이 적겠어? 너에게 이런 재능을 주었으니 다른 것을 앗아간 거야."

소년은 그를 몇 초 정도 쳐다보다가 손바닥으로 목 뒤에 맺힌 땀을 닦아냈다.

"저는 신을 믿지 않아요. 그냥 이 세상은 불공평한 거예요. 저는 그것을 받아들였어요."

그는 왼손으로 턱을 쓰다듬다가 테이블에 손을 내려놓고 약지로 테이블을 두드렸다.

"혹시나 돈이 든다면 내가다 지불할게. 아니, 그런 문제는 생각하지 말고 그냥 리틀 야구단 감독 앞에서 공이나 한 번 던져보자. 그 사람은 전문가니까 너에 대해서 아저씨보다 더 정확하게 판단해줄 거야."

태일은 앞에 놓인 접시를 포크로 이리저리 건드렸다.

"저는 솔직히 모르겠어요. 왜 저를 이렇게까지 신경 써 주시는지. 도무지 이해가 안 가요."

그는 한숨을 쉰 뒤, 눈을 감고서 손가락으로 눈꺼풀을 문질렀다.

"널 보면 어린 시절의 내가 떠올라. 나도 고아였기 때문에 누구보다 널 이해할 수 있어. 나도 항상 누군가 나를 구원해주기를 목이 빠지게 기다렸어. 물론 나에게 그런 사람은 없었어. 하지만 너에게는 있을 수 있어. 나는 나보다 한참이나 어린 너를 존경해, 고아인데도 그런 긍정적인 태도로 삶을 살아갈 수 있다는 것에, 나는 진심으로 널 돕고 싶어. 니가 야구를 하고파 하는데도 그 욕구를 눌러야만 하는 것이, 눈물이 날 정도로 가슴이 아파. 그래, 그냥 그렇게 생각해. 나는 너를 위해서 너를 돕는 것이 아니라. 나를 위해서, 나의 감정을 위해서 너를 돕는 거야."

태일은 고개 숙인 그의 모습을 한참이나 바라보다가 아직 남아 있는 돈가스를 포크로 집었다. 두 사람은 5분간이나 침묵을 유지했다.

"알겠어요. 테스트나 한 번 받아볼게요."

"그래? 잘 생각했어."

그는 종업원을 불러서 맥주 한 병을 시키더니 그것을 한 입에다 마셔버렸다.

취재 도중에 친분이 생긴 리틀 야구단의 감독에게 연락을 취했다. 감독은 태일의 이야기에 흥미를 보였고 빠른 시일 내에 태일을 보고 싶다고 말했다. 리틀 야구단의 감독은 그 나이대의 지도자들 중에는 드물게 야구에 대한 순수한 열정을 가지고 있는 사람이었다. (그는 관례적인 뒷돈조차도 거부하는 사람이었다.) 기자는 태일을 태우러 초등학교를 찾았다. 소년은 초록색 티셔츠를 입고서 그를 기다리고 있었다. 소년은 기자의 차를 보고 하얀 이를 드러내며 미소를 지었다. 소년은 조수석의 문을 열고서 자리에 앉았다.

"어때 긴장되니?"

"아니요, 기대되는데요."

기자는 미소를 지으며 우측 방향지시등을 켰다.

"어젯밤에 떨려서 잠도 못 잔 거 아니야?"

"그 반대에요. 아주 잘 잤어요."

"그래? 무대체질인가 보네."

태일은 긴장이란 것을 몰랐다. 소년은 위축되지도 않고 당당한 자세를 유지했으며, 그들이 탄 차가 아담한 야구경기장 앞에 멈춰 서서 경기장으로 들어갈 때까지 조금이라도 긴장한 모습을 보이지 않았다. (그곳은 사회인 야구단과 리틀 야구단이 공동으로 사용하는 경기장이었다.)

경기장 안으로 들어가니 백발의 노 감독이 아이들에게 타격을 가르치고 있었다. 감독은 웃는 얼굴로 그들에게 다가왔다.

"니가 태일인가 보구나. 기자님한테 이야기는 들었다."

소년은 감독과 악수를 했는데, 감독의 손이 검은 아스팔트처럼 딱딱했다.

"음, 초등학교 5학년생 치고는 키가 좀 큰 거 같구나. 몇이나 되지?"

"168cm에요."

"오, 그래? 일단 캐치볼이라도 하면서 몸이나 풀고 있으렴. 준비가 다 되면 나를 부르고."

소년은 왼쪽 어깨를 주물렀다.

"바로 던지면 돼요. 어깨는 다 풀렸어요."

감독은 웃으며 손가락으로 마운드를 가리켰다.

"그래 저쪽에서 한 번 던져보자."

감독은 손수 포스 미트를 끼고 자리를 잡았으며 태일에게 던지라는 신호를 보냈다. 소년은 초등학생이라고는 믿을 수 없는 역동적인 자세로 투구를 시작했고, 그의 왼손가락 끝에서 볼이 떨어져 나왔다.

펑.

연습을 하고 있던 아이들의 시선이 포수 미트에 쏠렸다. 감독은 공을 소년에게 던졌다.

"다시 한 번 던져보렴."

펑.

미트가 터질 거 같은 소리가 그라운드에 퍼졌고 감독은 공을 태일에게 다시 던졌다.

"한 번 더!"

감독은 소년이 던지는 공을 굳은 표정으로 연거푸 받아냈다.

"됐어! 이만 하면."

감독은 미트를 벗어던지며 기자에게 무엇인가를 말했고 두 사람은 감독실로 향했다. 감독은 주먹을 불끈 쥐었다.

"어떻게 저게 공을 던진 지 3개월도 안 된 실력이란 말이오?"

"정말입니다. 그래서 제가 천부적인 재능이라고 말했지 않았습니까?"

"좌완 파이어 볼러는 지옥에서라도 데리고 와야 한다는 말이 있지."

감독은 모자를 고쳐 쓰며 침을 삼켰다.

"저 아이는 내가 책임지고 키워보겠소."

"정말 감사합니다."

"아니오. 내 쪽이 더 감사하지."

감독은 소년을 불러서 이야기를 나누었다. 망설이지 마라. 너는 반드시 성공할 수 있을 만큼의 재능을 가지고 있다. 오랫동안 수많은 선수들을 지켜봐 온 나를 믿어보렴. 물론 힘든 길이 긴 하지만 너의 재능으로 야구를 하지 않는 건 있어서는 안 될 일이다.

태일은 그들의 말을 한 번 믿어보기로 결심했다. 그는 입단 후에 치른 다른 팀과의 경기에서 압도적인 피칭을 하며 상대팀을 경악에 빠뜨렸다. 경기가 끝나고 상대팀의 감독이 노 감독을 찾아왔다.

"저런 투수는 대체 어디서 데리고 온 겁니까?"

감독은 호탕하게 웃었다.

"숨겨 놓았던 나의 비밀병기일세."

신태일은 곧 누구보다도 뛰어난 기량을 갖추게 되었음에도 훈련을 게을리하지 않았다. 그는 야구를 시작한 지 반 년도 안 되어서 동년배 중에서는 적수가 없게 되었다. 그러나 그는 야구단 내의 아이들로부터 질시의 대상이 되지 않았다. 질투의 대상이 되기엔 차원이 달랐기에, 아이들은 그를 시기하기는커녕 경외심마저 품었다. 태일은 오만한 행동을 하지 않고 늘 겸손했기에 동료들과 어떠한 충돌도 없었다. 그러나 문제는 그들의 부모였다. 몇몇 학부모들은 태일을 탐탁지 않게 여겼다.

2

평소와 같던 토요일, 태일은 누구보다도 먼저 경기장 옆의 트랙에서 러닝을 하고 있었다. 신선한 새벽공기를 몸속 깊이 빨아들이며 트랙을 돌았다. 해가 뜨기 전부터 차가운 바람을 맞으며 달리고 또 달렸다. 그는 러닝이 좋았다. 달릴 때에는 잡념들이 머릿속을 침범하지 못했고 그래서 하루의 시작을 러닝과 함께했다. 아침 러닝은 찌뿌둥한 기운을 몸에서 내쫓고 상쾌함을 기반으로 하는 맑은 정신이 솟아오르게 했다. 새벽 러닝의 절정은 대지에 서광이 내려앉게 되는 순간이다. 차가우면서도 가벼웠던 공기들이 햇살을 받아서 따스해지고 무게가 실린다. 그런 생명의 기운을 품은 듯한 공기를 빨아들이게 되는 순간이 절정의 시간이다. 태양은 지면을 뚫고 꿈틀거리는 새싹처럼 어둠을 뚫고서 기지개를 폈다. 트랙 위로 눈부신 섬광이 내려앉게 되자, 태일은 차가운 공기를 내뱉고 따스한 공기를 빨아들였다.

공기가 순환하며 피를 뜨겁게 해주었고 '무엇이든 할 수 있다'라는 고양감이 그의 육체에 퍼졌다. '그래 나는 무엇이든지 할 수 있다. 어떤 장애물이 내 앞을 가로막을지라도 다 뛰어넘을 수 있어.' 그는 거친 숨소리를 토해내며 뜀박질을 멈추었다. 물병에 들어 있는 물을 마시며 액체가 체내에 흐르는 감각을 느꼈다. 그리고 땀을 닦으며 야구장으로 향했다.

"일찍 왔구나."

감독은 소년을 바라보며 말했다.

"네, 그것보다 연습 시작해요. 감독님."

감독은 못 당해내겠다는 듯이 고개를 저으며 미트를 꼈다. 러닝으로 몸을 푼 태일은 최상의 컨디션으로 투구를 시작했다. 소년은 절대 감독이 먼저 그만이라고 외칠 때까지 훈련을 멈추지 않았다. 감독은 자신과 태일의 만남이 필연이라고 여겼다. 태일이는 야구의 신이 내게 내려준 선물이다. 감독은 늘 소년에게 붙어서 그의 훈련을 도왔다. 하나둘씩 경기장에 아이들이 도착하기 시작했고 그들은 같이 온 가족과 작별인사를 하며 준비운동을 시작했다. 대부분의 부모들은 바래다주는 선에서 그쳤지만 극성의 엄마들은 경기장에 남아 아이를 지켜보았다. 감독은 아이들이 모이자 훈련을 멈추고 연습경기를 하겠다고 말했다. 감독은 팀을 비대칭적으로 나누고 태일을 약팀에 넣었는데 그렇게 하지 않으면 밸런스가 맞지 않았기 때문이다.

감독이 호루라기를 부르며 시작을 알렸고 태일의 왼손에서 패스트볼이 뻗어 나왔다. 선두타자는 뜬눈으로 3구 3진을 당했다. 다음 타자가 타석에 들어섰으나 공 4개에 삼진을 당하였다. 타자들은 타석으로 들어설 때까지 어떠한 전략 같은 걸 세웠으나 그의 공이 미트에 꽂히는 걸 보게 되면, 머릿속이 도화지처럼 하얘지며 과연 이 볼을 칠 수 있을까라는 의구심과 두려움이 솟구쳐, 제대로 된 스윙을 하지 못하고 물러날 수밖에 없었다. 감독이 아무리 비대칭 전력으로 팀을 나누어도 태일이 속한 팀이 강팀이 되었다. 태일은 압도적인 피칭으로 팀의 2:0 승리를 이끌었다.

감독이 유일하게 걱정했던 것은 그의 압도적인 재능 때문에 다른 아이들이 위화감을 느껴서 야구에 흥미를 잃게 되는 것이었지만, 차원이 다른 재능은 감탄과 경외심을 불러일으키지, 질투와 시기를 부르지 않았다. 경기가 끝나자 관전하고 있던 3명의 엄마들이 감독을 찾아왔다.

"감독님, 잠시 이야기 좀 할까요?"

감독은 모자를 고쳐 쓰며 그들과 휴게실로 향했다. 그녀들은 팔짱을 낀 채 불만이 가득 찬 표정으로 자리에 앉았다.

"네, 무슨 일이십니까?"

한 여자가 감독을 째려보며 입을 열었다.

"저 아이를 경기마다 선발투수로 쓸 생각인가요?"

감독은 영문을 모르겠다는 표정을 지었다.

"무슨 말씀이신지?"

"저 아이가 매일 선발투수를 하고 게임이 끝날 때까지 던지니까, 우리 아이가 투수로 출전 기회를 못 잡잖아요."

감독은 멋쩍게 웃었다.

"매번 태일이를 기용하는 것은 아닙니다. 가장 많이 출전하는 것은 사실이지만 다른 아이들이 출전을 못하는 게 아닙니다. 그리고 태일이 덕분에 참가하는 대회마다 좋은 성적을 거두고 있습니다."

"그런 건 내 알 바 아니고요. 팀에 들어온 지 얼마 되지도 않은 애만 계속 쓰지 말고 다른 아이들에게도 공평한 기회를 주세요!"

그녀는 자신이 합리적이라고 생각했고 그로 인하여 모든 제스처가 자신감으로 충만한 상태였다.

감독은 기용 방식을 바꿀 생각이 없다고 말했고 그녀들은 목소리를 높였다.

"아니, 부모도 없는 애를 왜 이렇게 편애하세요? 우리 아이들도 소중해요. 여기가 프로팀도 아니고 잠재된 아이들이 재능을 끌어올리는 것이 감독의 역할 아니에요? 그런 부모도 없는 아이가 내 아이를 제치고 주목받는 걸 우리가 어떻게 참으라는 거예요?"

감독은 참지 못하고 테이블을 내리쳤다.

"이 팀을 운영하는 것은 감독인 나의 역할입니다. 태일이는 야구를 모르는 사람들이 폄하할 수 있는 아이가 아닙니다."

그녀들은 자리에서 일어나 아이들을 다른 팀으로 옮긴다고 말하며 문밖으로 나가버렸다. 감독은 한숨을 내쉬고 열이 오르는지 냉수를 단숨에 들이켰다. 창밖을 향해 있던 감독의 시선이 문 쪽으로 옮겨갔는데, 그곳에는 태일이 서 있었다. 그는 태일에게 다가오라는 손짓을 하며 의자를 빼냈다.

"왜 거기 있니? 언제부터 있었던 게냐?"

"감독님한테 투구 내용이 어땠는지 물어보려고 왔다가 막 이야기가 시작되어서 문 앞에 서 있었어요."

그는 소년의 뒷머리를 손으로 감쌌다. 그 여자들이 이곳을 나갈 때 이 아이를 어떤 눈으로 쳐다보았겠는가. 아이는 그 시선을 어떻게 받아들였겠는가. 태일은 미소 지어 보였다.

"전 괜찮아요. 감독님. 이런 일이 아무렇지 않은 건 아니지만 그렇다고 해서 좌절하거나 기가 죽거나 하는 일은 없어요. 저는 그렇게 약하지 않아요. 이제껏 삶을 혼자서 살아왔고 이보다 더 힘든 일도 얼마든지 있었어요. 그리고 제가 앞으로 가게 될 길에서 이보다 힘든 일도 얼마든지 있을 거고요. 여기서 쓰러질 나약한 인간이라면 앞으로의 인생도 뻔할 거예요. 걱정하지 마세요. 감독님."

감독은 한 손으로 자신의 두 눈을 가렸다. 그렇게 하지 않으면 바닥을 향하여 눈물이 떨어질 것만 같았다. 감독은 붉어진 두 눈을 감추려는 듯이 태일을 끌어안았다. 그의 어깨가 파르르 떨렸고 태일은 그의 등을 토닥였다.

"걱정하지 마세요."

감독이 화장실로 가서 세수를 하고 경기장으로 돌아왔을 때, 태일은 아무 일도 없었다는 듯이 훈련에 열중하고 있었다. 그는 양손으로 눈을 비볐다. 그래 신은 사람이 이겨낼 수 있는 고통만을 주시는 거야, 저 아이는 그 누구보다도 강해.

기자는 태일을 만나기 위하여 운전대를 잡고 있었다. 그가 창문을 내리자 따스한 햇살과 신선한 바람이 차창을 넘어 들어왔다.

"참 야구하기 좋은 날씨구만."

그는 신나는 노래를 틀고서 콧노래를 흥얼거렸다. 그렇게 시간이 흐르자, 멀리서 자신을 기다리는 태일이 보였다. 그는 핸들을 돌렸고 차는 소년의 앞에 멈춰 섰다. 태일은 양키스 모자를 눌러쓰고 조수석에 앉았다. 소년은 차에 오르자마자 메고 있던 커다란 가방을 뒷좌석으로 던졌다.

"태일이 너 키가 더 큰 거 같다?"

"네, 조금 커서 170cm에요."

기자는 탄식하며 조수석을 바라보았다.

"중학생만 되도 나보다 더 커지겠구나."

태일은 쑥스러운지 고개를 숙이며 웃었다. 그들이 탄 차가 패스트푸드점 앞에 멈춰 섰다. 두 사람은 나란히 걸어서 가게 안으로 들어갔다.

"소고기를 사준다 해도 치킨을 고르는 사람은 흔치 않은데 말이야."

"저는 치킨이나 피자가 제일 좋아요."

그는 어쩔 수 없다는 듯 미소를 지으며 카운터로 향했다. 두 사람은 주문을 마치고 2층으로 올라가서 구석진 자리에 앉았다.

"축하한다. 국가대표 리틀 야구팀의 1선발 신태일."

"그건 중요하지 않아요. 팀 성적이 그렇게 만족스럽지도 않았는데 뭘."

"니 성적은 만족스러웠잖아."

"야구는 개인 종목이 아니라 팀스포츠잖아요."

태일이 말을 마치자 진동벨이 울렸고 소년은 자리에서 일어나 치킨을 가지러 갔다. 소년은 웃음꽃이 만발한 얼굴로 치킨을 테이블 위에 올렸다.

"많이 먹어라, 태일아."

소년은 말없이 통에든 치킨을 먹어치웠다.

"요새 연락 많이 오지? 너는 전국에서 주목받는 선수니까."

소년은 빨대로 콜라를 빨아들였다.

"요즘 그게 고민이에요. 학교를 어디로 가는 게 좋을지."

"감독님은 머라고 하시니?"

"감독님은 저보다 더 고민에 빠지셨어요. 요즘 그것 때문에 잠도 못 주무신다는 말이 들려요."

"참 좋은 스승님을 만났구나."

소년은 달빛이 내려앉은 호수와 같은 눈빛으로 창밖을 바라보았다.

"정말 감사하게 생각해요. 기자님과 감독님을 만날 수 있었다는 것에요."

햇살이 태일만을 비추는 것처럼 그의 주위만 환하게 빛났다.

"어릴 때는 참 많이 원망했어요. '도대체 나의 부모님은 어디에 있는 것일까? 왜 나를 낳은 것일까?'라구요. 항상 고아원의 정문을 바라보면서 언젠가는 부모님이 날 찾으러 올 거라고 생각했어요. 하지만 어느 순간부터는 마음을 고쳐먹었어요. 그냥 주어진 것을 받아들이고 거기에서부터 최선을 노력을 하자. 누구도 원망하지 말고 어떤 일도 남의 탓으로 돌리지 말자. 나는 세상에 홀로 태어났다는 사실을 받아들이고 앞으로 내가 가는 길에서 어떠한 장애물을 만나더라도 혼자서 이겨내자. 그렇게 지내던 와중에 기자님을 만나게 되었고 감독님을 만나면서 갚을 수 없는 은혜를 입게 되었네요. 참 저는 운이 좋았던 거 같아요."

태일은 티 없이 맑은 눈동자로 그를 바라보았다.

"아저씨. 정말 감사해요."

소년의 목소리는 알몸으로 다가와 그의 심장을 두드렸다. 그는 그 맑은 것을 똑바로 바라볼 수가 없어서 시선을 돌렸다. 햇살은 소년의 시선이 머무는 곳에 내려앉는지 그에게 내려앉았고 그는 이전까지는 느낄 수 없었던 따뜻함을 느낄 수 있었다.

새벽의 운동장에서 태일은 거친 숨을 내뱉으며 트랙을 돌고 있었다. 겨울이 되었는지 공기는 꽤나 차가웠다. 리틀 야구단의 감독은 태일에게 경상도에 있는 K중학교를 추천해주었다. K중·고등학교의 감독은 리틀 야구단의 감독과 같은 실업팀에서 뛰었던 절친한 동료였고 K고의 감독 또한 청렴하고 올곧은 성품으로 유명한 사람이었다.

"전 태어나서 단 한 번도 S시를 벗어난 적이 없는데 경상도에 가서도 잘할 수 있을까요?"

"걱정하지 마라. 그 감독이야말로 내가 아는 가장 훌륭한 지도자다. 그리고 K중·고등학교는 전통이 있는 야구 명문팀이라 실망하는 일은 없을 거다. 또 경상도 사람들이 거칠게 보이긴 해도, 사실 속이 따뜻하고 진실된 사람들이란다."

감독은 태일의 눈을 응시하면서 그의 손을 잡고 말을 이었다.

"힘들면 꼭 연락하렴. 나는 언제나 너의 편이고 네가 지쳐서 피골이 상접한 몰골로 내게 온다고 해도, 두 팔 벌려서 환영할 거란다."

소년은 울고 싶지 않아 두 눈을 감았다. 태일은 자신의 처지를 비관하고 얼굴 모를 누군가를 비난하면서 매일을 눈물로 적시던 시절에 다짐한 것을 떠올렸다. 다시는 슬픔에 빠져 눈물을 흘리지 않을 거야. 감독은 태일을 뜨겁게 안아주었다.

"기뻐서 흘리게 되는 눈물은 전혀 수치스러운 것이 아니야."

소년의 가슴 깊은 곳에서 주체할 수 없는 뜨거움이 올라왔는데, 눈꺼풀로 쏟아져 내리는 눈물을 막아보려 했으나, 연약한 방파제로 밀려오는 파도를 막을 수는 없었다. 눈물이 감독의 가슴팍을 적셨고 태일의 울음소리가 크게 들려왔다. 태어나서 처음으로 흘려보는 끝이 후련한 눈물이었다.

3

태일은 러닝을 멈추고 이마에 흐르는 땀을 닦았다. 그는 장학금을 받고 중학교에 진학하기로 되어 있었다. 며칠 뒤부터 기숙사 생활을 시작하기에 고아원에서도 나올 예정이었다. 그는 기쁨으로 충만했다. 자신의 능력으로 어린 나이에 독립할 수 있었던 것이 자긍심을 높여주었다. 분명 자신이 새로운 환경에서도 승리할 수 있을 것이라고 확신했다. 이제부터가 진짜 내 인생의 시작이다.

태일은 초등학교의 졸업식이 시작하기 전부터 K중학교에서 기숙사 생활을 시작했고 졸업식에는 참석하지 않았다. 졸업식에 참석할 어떠한 이유도 찾지 못했고 참석해 보았자 가족이 없는 그는 홀로 있을 것이었기에 그곳으로 향하지 않았다. 태일은 자신이 그 장면의 엑스트라로 전락하는 것을 거부했다. 시간은 빠르게 흘렀고 중학생이 되었다. 하지만 그것이 실감나지 않았던 건 교복을 사긴 했지만 그것을 입을 기회가 많지 않았기 때문이다.

아침부터 저녁까지 야구만 하는 삶이 시작되었다. 힘든 점도 있긴 했지만 중학생활은 더없이 즐거웠다. 그는 동급생들과도 잘 어울렸고 선배들이 한 번씩 군기를 잡긴 했지만 참지 못할 정도는 아니었다. 야구부의 모든 사람들이 태일의 기량에 감탄을 금치 못했다. 2학년까지는 적수가 없었고, 3학년의 에이스 투수 한 명을 제외하면 모두 그의 상대가 아니었다. 태일은 그 에이스를 따라잡기 위하여 미친 듯이 던지고 또 던졌다. 감독이 그런 태일을 보고서 조언을 했다.

"넌 아직 1학년이다. 10대 때는 1년마다 기량이 눈에 띄게 발전하는 법이야. 그 아이가 1학년이었을 때는 지금의 너보다 기량이 낮았어. 니가 3학년이 된다면 전국에서 적수가 없게 될 거다. 그러니까 무리해서 운동할 필요는 없어."

하지만 태일은 빨리 그를 뛰어넘고 싶었다. 그렇기에 남들이 보기에 무리한다고 생각될 만큼의 훈련을 거듭했다. 쉬고 있을 때에도 항상 악력기를 손에 쥐고 한시도 놓지 않았다. 새벽, 감독이 혼자 운동장에 앉아 있던 태일을 보았다. 그냥 지나치려고 했으나 무언가 이상한 느낌이 들어서, 태일에게 다가가 손을 낚아챘다. 악력기가 바닥으로 떨어지며 소리를 내었고 감독은 주머니에서 팬 라이트를 꺼내 그의 손바닥을 비추었다. 태일의 손바닥은 피와 땀으로 흥건했다. 태일은 손이 찢어져도 개의치 않고 훈련을 거듭했던 것이다. 감독은 온화한 성품으로 유명한 사람이었지만 그의 손바닥을 보자 불같이 화를 냈다.

"운동선수에게는 몸이 연장과도 같은 거야. 단련하지 않으면 녹이 슬지만 너무 무리하면 부서져 버려서 다시 붙인다 해도 예전만큼의 성능이 나오지 않아. 혹사와 훈련을 구분하도록 해!"

감독은 태일에게 2주일 동안 어떤 운동이건 간에 하지 말라는 지시를 내렸다. 태일은 남들이 훈련하는 모습을 그저 지켜볼 수밖에 없었고, 이 일을 교훈삼아 더는 무리한 훈련을 하지 않았다. 2주일 후부터 다시 훈련에 참여할 수 있었고 가장 성실히 훈련을 하긴 했지만 육체를 깎아내릴 만큼은 하지 않았다. 3학년의 에이스 투수가 고교에 진학하기 전까지 그는 팀 내 2선발과 마무리 투수를 오가면서 팀의 승리에 공헌했다. 태일은 K중학교 야구부에 소속감을 느꼈다. 소속감이라는 것은 이전까지의 그가 느껴보지 못한 감정이었다.

별 탈 없이 중학교 2학년이 되고 팀 내에서 자신보다 기량이 유일하게 뛰어났던 에이스가 고교로 진학하자, 목표를 잃어버린 듯한 기분이 들었다. 야구를 시작하면서부터 막연히 메이저리그라는 목표를 세웠지만 그것은 너무 먼 이야기였고 눈앞으로 목표를 상실하게 돼버리자, 일종의 매너리즘에 빠졌다. 그렇다고 해서 훈련을 게을리하거나, 자세가 흐트러진 것은 아니었다. 그는 언제나 누구보다도 열심히 훈련했다.

오래간만에 멀리서 기자가 태일을 찾아왔고 그들은 근처의 음식점으로 향했다. 태일은 기자에게 요즘 자신이 느끼는 감정에 대해서 이야기했다. 기자는 500cc 잔에 담긴 차가운 맥주를 들이 켰다.

"아무래도 너는 라이벌이 필요해. 주위의 사람들보다 기량이 워낙 뛰어나다 보니까 평범한 사람들은 느끼지 못할 그런 감정 을 느끼는 거야. 지금으로써 내가 너에게 해줄 수 있는 말은 2년 만 참으라는 거야. 고교 때 재능이 터지는 선수들도 많으니까 너에게 동기부여가 될 만한 사람도 분명 있을 거야."

태일의 인생에 있어서 가장 중요했던 만남은 태산과의 만남이 었다. 동기부여라는 측면에 있어서 그는 대체 불가능한 존재였 고, 또 그의 인생에서 라이벌이라고 여겼던 유일한 남자였다. 그 는 태산과의 첫 만남에서부터 강한 끌림을 느꼈다. 태산은 주위 의 시선에 아무런 영향도 받지 않고 행동하는 것처럼 보였고 태 일은 그의 그런 점을 동경했다.

태일에게는 진정한 친구가 없었다. 고아원에서 몸에 밴 사람 을 대하는 방식이 학교의 친구들을 대하는 방식에도 적용되어서 그와 타자 간의 보이지 않는 벽을 만들었다. 기자와 감독에게는 이례적으로 마음의 문을 열었지만 알 수 없는 희미한 벽은 여전 히 남아 있었다. 그건 지은과의 관계에서도 마찬가지였다.

강태산은 담배를 물고 불을 붙였다. 그는 허공에 연기를 뱉으 며 옆에 있는 태일에게로 시선을 던졌다.

"계속 연습하지? 담배 피울 때 굳이 옆에 있을 필요는 없는데."

태일은 난간을 잡고 운동장을 내려다보았다.

"나도 잠깐 쉬려고 했어."

태산은 눈을 감고 담배를 음미하듯이 맛있게 빨았다. 바닥으로 담배꽁초를 털면서 난간 밖으로 침을 뱉었다.

"이게 뭐야!"

아래쪽에서 누군가가 소리를 지르자 그들은 고개를 내밀고 그곳을 보았다. 학생들에게 헤이하치라고 불리는 머리가 반쯤 벗겨진 선생이 정수리에 묻은 가래침을 손으로 닦아서 그것을 분노로 가득 찬 시선으로 응시하고 있었다. 그가 옥상으로 고개를 돌리자 두 사람은 안쪽으로 얼굴을 집어넣었다. 태산은 크게 웃으며 개구쟁이 같은 표정을 지었다.

"올라올 것 같은데? 빨리 튀자."

그들은 빠르게 그곳을 벗어났고 일부러 최단거리를 피해 교사밖으로 나왔다.

"점심 안 먹어도 괜찮나? 나는 맨날 2끼만 먹고 살지만 3끼 먹으면서 운동하다가 2끼 먹으면 힘들 걸."

"괜찮아. 한 번쯤 안 먹는다고 죽는 것도 아닌데."

태산은 피식 웃었다. 그들은 타격 연습장으로 들어가서 배팅 머신을 켜고 타격 연습에 들어갔다. 점심시간이라 조용하던 운동장에 두 개의 타격음이 퍼졌다. 두 사람의 시원한 타격음은 선선한 바람과 맞물려서 이마에 맺히는 땀방울을 날려주었다. 언제 왔는지 감독이 그들의 등 뒤에 서서 두 사람의 타격을 지켜보고 있었다. 그는 말없이 그들을 지켜보다가 태일을 불렀다. 태일은 감독을 따라서 그의 방을 찾았다. 감독은 진한 오렌지주스를 따른 투명한 유리잔을 내밀었고, 새콤한 오렌지 향이 태일의 콧속을 파고들었다. 유리잔은 흠집 하나 없었으며 새것처럼 깨끗했는데, 태일은 그것에 시선을 빼앗겨서 뚫어져라 쳐다보았다. 감독은 자리에 앉아서 시원한 물로 목을 축이며 그런 태일을 보았다.

"뭘 그렇게 뚫어져라 보냐? 마치 미인을 보는 것처럼 넋을 잃었구나."

감독은 사람 좋은 웃음소리를 내며 말했다.

태일은 멋쩍게 웃으며 오렌지주스를 몇 모금 마시고 유리잔을 테이블 위에 놓았다.

"그래 요즘 힘들거나 신경 쓰이는 점은 없고?"

"없어요. 요즘 야구가 너무 재미있어서 놀랄 지경이에요."

감독은 무언가 생각하는 표정을 지었는데 입술 옆의 근육이 살짝 떨렸다. 그는 무언가 중요한 이야기를 하려고 할 때, 입술 주위의 근육이 떨리는 버릇이 있었다.

"니가 요새 그렇게 즐거워하는 건 태산이 때문이겠지? 최근에 니 모습을 보면 내가 보았던 너의 모습 중에서 가장 즐거워 보이더구나. 그런 태일이의 모습을 보면 나도 마음이 놓여. 아무런 연고도 없는 이곳으로 학교를 와서 적응하는 게 힘들었을 텐데. 하지만 태산이가 온 뒤로부터는 그런 걱정이 들지는 않더구나."

감독은 목이 타는지 유리잔에 담긴 물을 마셨다.

"요즘 너희 둘을 지켜보는 것보다 더한 즐거움은 없어. 처음

니가 공을 던지는 것을 보았을 때 너무 흥분이 돼서 두 손이 다 떨려왔단다. 내가 헛 살지는 않았구나, 이런 아이를 지도할 기회가 주어지다니. 정말 감사했어. 그런데 니가 태산이를 데려왔지. 나는 정말 이것이 장난처럼 느껴졌어. 이런 재능을 가진 아이가 두 사람이나 있으니 하고 말이야. 하지만 태산이는 너와 정반대의 유형이야. 사람들은 그 같은 사람을 보고 악마의 재능을 가졌다고 말하지. 그가 평범한 집안에서 태어나 재단에서 그를 내버려 두라는 압력이 없었어도 나는 그에게 어떠한 행동도 취하지 못했을 거야. 태산이는 어디로 튈지 몰라서 그저 지켜볼 수밖에 없는 아이니까. 그렇지만 너는 다르다, 태일아. 니가 태산이 에게서 강한 자극을 받고 있다는 것도 알고, 서로에게 긍정적인 영향을 주어서 시너지를 낼 수 있다는 것도 알지만."

감독은 헛기침을 하고 나서 말을 이었다.

"이건 내 노파심일지는 몰라도 태산이가 너에게 부정적인 영향을 줄까 봐 걱정이야. 애제자가 흔들리는 모습을 보고픈 스승은 없겠지. 뭐… 이건 어디까지나 늙은이의 쓸데없는 생각일지도 모르지만, 한 번쯤은 내 말을 곰곰이 생각해 봐."

태일은 고개를 끄덕였다.

"네, 알겠어요. 감독님의 조언을 항상 잊지 않을게요."

태일은 감독의 방을 나와서 타격장으로 향했다. 타격연습장에는 많은 사람들이 있었지만 그의 모습은 찾을 수 없었다. 어디 간 거지? 벌써 집에 가버렸나. 웨이트 기구가 있는 체육실로 들어가자 태산이 땀을 뻘뻘 흘리면서 운동을 하고 있었다. 태일은 가볍게 스트레칭을 하고서 그의 옆에 앉아 기구를 들었다.

"간만에 우리 집이나 갈래?"

태일은 고개를 끄덕였고 그들은 웨이트를 마무리하였다. 태산은 다시 타격훈련을, 태일은 투구훈련을 하러 갔다. 그는 포수가 요구하는 코스대로 공을 정확히 꽂아 넣었고 위력적인 투구소리가 퍼지자 후배 투수들이 그를 동경하는 눈빛으로 보았다. 멀리서 감독의 호통이 들리자 구경하던 아이들이 다시 자리를 잡고 훈련을 재개했다. 해가 저물자, 두 사람은 샤워를 하고 태산의 검은 바이크 위에 올라 그의 집을 향해 달렸다. 그들은 도중에 패스트푸드점에 들러서 치킨을 샀다. 집에 도착한 두 사람은 소파에 앉아서 TV를 보며 닭다리를 물어뜯었다.

"이 치킨은 정말 맛있네."

"무슨 먹을 때마다 그 소리냐."

태일은 한 조각을 먹을 때마다 감탄사를 연발하며 빠른 속도로 치킨을 먹어치웠다. 태산은 몇 조각을 먹다가 냉장고에서 맥주 캔 세 개를 가져왔다. 그는 태일이 절대 맥주를 마시지 않을 것이란 걸 알기에 단 한 번의 권유도 하지 않고 홀로 그것을 마셨다. 태산은 3개의 캔을 찌그러뜨리고 소파에 자빠져 잠이 들었다. 태일은 남은 치킨을 먹고 테이블을 치운 후, 가방에서 펜과 편지지를 꺼내고 식탁에 앉았다. 지은의 맑은 눈동자를 떠올리며 편지지를 채우기 시작했다.

그는 그녀의 청아한 목소리를 떠올리며 그녀의 목소리가 듣고 싶다고 적었다. 그의 마음을 포근하게 적셔주는 그녀의 미소를 떠올리면서 그녀의 미소가 보고 싶다고 적었다. 그녀의 모든 것을, 사소한 것 하나하나까지 떠올리며 마지막 온점을 찍었다. 태산은 뒤척이며 무언가를 중얼거리더니 잠이 깼는지 소파에서 일어났다. 그는 목을 긁으며 태일이 앉아 있는 테이블로 다가왔다.

"지극 정성이네, 편지도 다 쓰고."

태산은 그에게 편지지를 내밀었다.

"한 번 읽어볼래?"

그는 손을 한 번 내젓고는 현관 쪽으로 걸어갔다.

"담배 피우러 가?"

"어."

"나도 바람이나 쐬야겠다."

그들은 함께 옥상으로 향했고 태산은 담배에 불을 붙였다. 그는 밤하늘을 응시하면서 연기를 토했다.

"넌 밤하늘을 참 좋아하는 거 같다?"

태산은 평소에는 지어보이지 않는, 감성에 젖은 눈길로 밤하늘의 별을 응시했다.

"밤하늘은 참 아름답지. 가장 가치 있는 것들이 땅 위에 더는 존재 하지 않아도, 밤하늘에선 계속해서 빛나고 있으니까."

태산은 밤하늘에 도달하고 싶다는 듯, 집요하게 허공으로 연기를 뱉었다.

"태일이 넌 밤하늘을 보면서 무엇을 떠올리냐? 메이저리그? 아니면 여자친구? 사람들은 같은 사물을 바라보아도 다른 것을 떠올리고, 같은 단어를 사용한다 하여도 그 의미는 전혀 다르지.

한 사람이 다른 사람을 완전히 이해한다는 건 불가능한 일이야. 사람들은 자신이 연인이나 절친한 친구를 완전히 이해하고 있다는 착각에 빠져 살아가지만, 거기서부터 오해가 생겨나게 되고 그런 오해로부터 갈등이 생겨나게 되는 거야."

멀리서부터 쌀쌀한 바람이 불어왔고 그 바람을 정통으로 맞은 태일은 몸을 떨었다. 봄에는 어울리지 않는 싸늘한 바람이었다.

4

중학 전국대회가 시작되었다. 토너먼트로 치러지는 이 대회는 태산과 태일이 호흡을 맞춰서 뛰는 첫 공식대회였다. 그라운드 위에 K중 선수들과 상대팀 선수들이 몸을 풀었고 태산과 태일은 함께 스트레칭을 했다.

"운이 좋네. 처음부터 전년도 우승팀을 만나고."

"작년에는 박빙으로 졌는데 올해는 니가 있으니 이기겠지."

두 사람은 웃었다. 경기가 시작되고 태산은 2사 1루의 상황에서 타석으로 들어섰다. 그는 항상 타석으로 들어설 때 수도승 같은 표정을 지었다. 배트를 잡은 손을 다른 손으로 주무르며 마운드를 응시했다. 투수는 땀을 닦으며 투구 동작에 들어갔다. 투수가 자신의 장기인 변화구를 뿌렸고, 태산은 사냥감을 노리는 맹수의 눈빛으로 볼을 응시하며 몸 쪽으로 붙은 공을 밀어쳤다. 관중들의 환호성이 터졌고 투수는 고개를 숙였다. 태산은 묵묵히 베이스를 돌았고 덕아웃으로 돌아와 태일과 하이파이브를 했다.

K중의 공격이 끝나고 태일이 마운드 위에 서서 손가락에 송진 가루를 묻혔다. 그는 탄력이 느껴지는 역동적인 자세로 투구했으며 타자의 배트는 헛돌았다. 태일은 공 11개로 세 타자를 삼진으로 처리했다. 덕아웃으로 들어가면서 외야에서 돌아오던 태산과 하이파이브를 했는데 이를 본 감독의 얼굴에는 웃음이 떠나지 않았다.

"작년에도 저 팀이 이렇게 쉬웠던가?"

감독은 평소와는 다른 상기된 표정으로 말했다.

K중은 전년도 우승팀을 5:0으로 대파했고 결승까지 압도적인 경기력으로 진출하면서 모두를 경악에 빠트렸다.

저녁, 태산과 태일은 공원의 벤치에 앉아서 음료수를 마셨다.

"사실상 우승 확정이네."

태일은 음료를 네 모금 정도 마신 후 입을 열었다.

"방심하지 말자라고 말하고 싶지만 부정할 수가 없다."

태산은 담배를 입에 물려다가 태일의 말에 사례가 들려서 놓쳐버렸다.

"콜록… 콜록… 니가 웬일이냐? 그런 말도 다하고. 내가 알던 신태일은 그런 말을 할 사람이 아닌데?"

태일은 떨어진 담배를 다시 주워 물려고 하는 태산을 보았다.

"확신이 생겼어. 혼자서 이런 말을 한다면 교만이겠지만, 우리라면 절대 교만이 아니야."

태산은 하늘을 향하여 연기를 뱉었다.

"그래 고맙다. 나를 그만큼이나 신뢰해줘서. 확신한다. 니가 나를 믿는 만큼이나 나도 너를 믿고 있다고. 정말 기쁘다. 너랑 함께 야구를 할 수 있어서."

태일은 눈곱을 떼려고 눈을 비볐다. 태산은 미소를 지으며 태일의 등을 토닥여주었다.

결승경기가 시작되었고 K중은 9회 초까지 게임을 7:0으로 리드했다. 태일이 마운드에 서서 마지막 3개의 아웃카운트를 잡으려 하고 있었고 태산은 외야에서 그런 태일을 응시하고 있었다. 태일은 흥분되는 마음을 가라앉히기 위하여 힘들었던 훈련들을 떠올리며 투구를 시작했다. 왼손에서 뻗어나오는 볼이 미트에 박혔는데 타자는 구위에 압도당하여 배트를 휘두르기조차도 못했다. 2, 3구 또한 스트라이크 존에 처넣으며 삼진을 기록했다. 이제 노히트 노런을 완성하기까지 아웃카운트 2개만이 남아 있을 뿐이었다. 투수는 손에 송진가루를 듬뿍 묻히며 외야를 보았다. 태산은 외야 중앙에서 손을 들어 올리며 그를 응원했다. 태일은 타석으로 들어서는 타자를 응시하며 깊은 한숨을 내쉬었다. 아웃카운트 2개. 포수가 원하는 코스대로 5개의 볼을 정확히 찔러 넣었고 타자는 삼진으로 물러났다. 그제야 태일은 자신의 등이 식은땀 때문에 축축하다는 것이 느껴졌고 빨리 경기를 끝낸 후 샤워를 하고 싶다는 생각을 했다. 항상 실수는 긴장의 끈이 풀리고 잡생각이 떠오를 때 벌어지는 법이다. 태일은 어깨가 열리자마자 이것이 실투란 것을 깨달았다. 타자는 힘껏 허리를 돌려서 배트로 공을 때려냈고 그는 소리만 듣고도 이것이 장타라는 것을(어쩌면 홈런이란 것을) 깨닫고 다리에 힘이 풀려버려 휘청였다. 볼은 쭉쭉 뻗어나갔고 아슬아슬하게 담장을 넘길 것만 같았다. 태산은 공의 위치를 확인하면서 달려 나갔는데 그의 앞을 펜스가 가로막았다. 그는 펜스를 밟고 뛰어올라 타자의 홈런성 타구를 잡아냈다. 관중석에서 환호성이 터졌고, 그는 공을 잡은 글러브를 치켜들며 태일을 향해 달렸다. 태일도 그를 향하여 달렸고, 두 사람은 서로를 끌어안으며 괴성을 질렀다.

태일은 기자와 피자전문점에서 식사를 하고 있었다. 기자는 콜라가 든 유리잔을 만지작거리며 태일을 보았다.

"내가 이의를 제기할게. MVP 투표집계가 잘못되었다고 말이야. 니가 받은 3표가 누락되어서 수상하지 못하고 강태산이 수상했으니까. 만약 이의를 받아들이지 않는다면 기사화시킬 거야. 넌 당연히 받아야 할 것을 받지 못했어."

태일은 피자조각을 내려놓고 이제껏 볼 수 없었던 차가운 눈빛으로 기자를 보았다.

"제가 노히트 노런을 기록하고도 MVP를 받지 못한 건 아쉬운 일이에요. 하지만 태산이도 충분히 수상할 만큼의 활약을 했고 3표가 누락되지 않았다 해도 1표 차이잖아요. 어차피 누가 받아도 이상하지 않아요. 저를 생각해주시는 건 감사하지만 그러지 말아주세요."

D시가 내려다보이는 언덕에서 두 사람은 밤하늘을 올려다보

고 있었다. 태일은 조용히 담배연기를 토하는 태산을 보았다.

"점점 메이저리그에 가까워지는 중이겠지? 고교리그를 우승하면 희미했던 윤곽이 확실하게 드러날까?"

태산은 담배를 털고 그것을 멀리 던져버렸다.

"우리는 점점 그곳에 가까워져 가고 있어. 걱정하지 말고 자신감을 가져. 얼마 지나지 않아서 그곳에서 뛰고 있을 테니까."

태산은 태일의 어깨를 가볍게 쳤고 태일은 피식 웃어버렸다.

"고교리그는 쉽지 않겠지?"

태일은 도시를 내려다보며 질문했다.

"신태일과 강태산이 같이 뛰는데 힘들 리가 있겠나."

태일은 머리를 긁적이며 도시를 내려다보았고, 태산은 잔디에 등을 기대고 누워, 반짝이는 별들이 걸려 있는 밤하늘을 바라보았다.

태일은 병실에서 눈을 떴다. 그는 깊은 잠에 빠져 꿈을 꾸었다. 중학리그를 우승하고 태산과 부둥켜안으며 기쁨을 나누던 그 시절의 꿈. 고요한 병실을 둘러보니 따뜻했던 꿈을 좀 더 꾸지 못한 것이 아쉬웠다. 어느새 사고로부터 반 년이 지나버렸고 겨울도 그 끝을 보이고 있었다. 의사는 재활에 2년이라는 시간이 걸릴 거라고 말했지만 반 년이 지난 지금도 달라진 것은 없었다. 여전히 걷지 못했으며 휠체어 없이는 이동조차 불가능했다. 재활 기간이 2년이라면 반 년이 지난 지금은 최소한 목발을 짚고 걸을 수라도 있어야 하지 않겠는가? 하지만 변한 것은 없었다. 다시 야구를 할 수 있긴 한 걸까? 그는 하염없이 창밖을 바라보았다. 지은이는 그를 위해서 일주일에 6일은 병실을 찾았다. 아무리 바빠도 한 시간 이상은 늘 그의 곁에 머물러 주었다. 기자도 일주일에 한 번은 태일을 찾아왔다. 그는 그들에게 감사함을 느꼈지만 최근에 이르러서는 그들의 방문이 부담스럽게 다가왔다. 태일은 혼자 있고 싶었다. 혼자만의 세계에서 그 누구의 접근도 허락하지 않은 상태로 호흡하고 싶었다.

누군가 문을 두드리고 방안으로 들어왔는데 간호사가 밥을 가져온 것이었다. 태일은 항상 입맛이 없었지만 빠른 회복을 위해서 그 맛없는 식사를, 죽은 식사를 기계적으로 반복했다. 그렇게 꾸역꾸역 식사를 마치게 되자, 짠 것처럼 지은이 찾아왔다. 그녀는 맑은 눈동자를 빛내며 그를 바라보았다.

"밥 먹었나 보네? 그럼 산책하러 가자."

태일은 팔의 힘만으로 침대에서 휠체어로 자리를 옮겼다. 그녀가 태일이 탄 휠체어를 밀면서 병원 밖으로 나왔다. 밖은 겨울이 끝난 것을 알리기라도 하듯, 초록빛 물결이 솟아오르기 시작했으며, 가벼웠던 나뭇가지에 무엇인가가 태동하기 시작했고, 사라져버렸던 나비가 날개를 팔랑거리며 지은의 옆을 지나갔다.

"날씨가 참 좋다. 어제만 해도 쌀쌀해서 산책하기에는 좀 그랬는데, 오늘은 거짓말처럼 따뜻하네."

지은의 목소리는 봄 햇살처럼 포근했지만 태일은 말없이 주위의 풍경들을 눈동자에 새겨 넣었다.

"뭐 먹고 싶은 건 없어? 만들 수 있는 건 만들어서 오구, 아니면 사가지고 올게."

왜인지는 몰라도, 언제부터인가 그녀의 호의가 과도한 것처럼 느껴졌다.

"지은아."

"응."

그녀는 휠체어를 멈추고 그의 말에 귀를 기울였다.

"이제 이렇게 자주 안 와도 돼. 너무 나를 생각해줄 필요도 없어. 매정하게 들릴 수도 있지만 너의 호의가 좀 부담스럽게 다가와. 이제 혼자 있는 시간을 늘리고 싶어. 앞으로는 한 달에 한 번 정도만 와줬으면 좋겠어."

지은은 말없이 태일의 뒷모습을 쳐다보았고, 그녀의 눈꺼풀이 내려갔다가 다시 올라오게 된 순간, 바람이 불어와 그녀의 머리카락을 흔들리게 했다.

"그래. 니가 원한다면 그렇게 할게."

그녀는 어떠한 감정도 표출하지 않고 같은 목소리, 같은 표정으로 말했다.

지은이 떠난 병실에서 태일은 혼자 앉아 있었다. 재활치료를 받기 전 비어 있는 시간에 책을 읽었다. 간호사가 그의 병실을 찾았다. 재활치료를 해야 하는 시간이 온 것이다. 언제나처럼 간호사의 손길을 거부하고 스스로 휠체어를 움직이며 재활치료장으로 향했다. 태일은 사력을 다해서 재활치료에 임했고 땀에 흠뻑 젖은 채 그곳을 나왔다. 그에게 있어서 하루 중에 가장 힘든 시간은 샤워를 하는 시간이었다. 용변은 혼자서 볼 수 있었지만 샤워는 타인의 도움이 약간이라도 필요했다. 그런 것에 타인의 도움이 약간이라도 필요한 것은 견디기 힘든 고통이었다. 누구보다도 독립적인 성향을 가진 사람이, 샤워를 할 때에 타인의 손길에 의지하는 것은 견디기 힘든 치욕이었다.

샤워를 끝마치고 침대에 누웠다. 창밖을 보니 세상은 어둠이 내려앉아 있었다. 또 이렇게 하루가 지났다. 아무 의미도 없이, 아무런 변화도 없이 말이다. 그는 주위 사람들에게 변화하는 모습을 보여주고 싶었기에 자주 오지 말라고 하였다. 그의 이런 마음을 알아챈 사람은 강태산뿐이었다. 태일은 저녁을 먹은 뒤 양치를 하였다. 침대에 누워 잠을 자려고 하니, 갑자기 어디서 왔는지 모를 두려움이 육체를 휘감았다. 또 잠에서 깨어나 내일 아침을 맞게 되고, 또 무의미한 하루를 보내야 할 것이다. 다시 가치 없는 하루를 보내야 한다는 것이 너무도 싫었다. 희망이라는 것이 없어진 내일은 이미 지나가버린 어제보다도 무의미한 것이었다. 태일은 억지로 잠을 청했다.

다음날, 태일이 하염없이 창밖을 보고 있었을 때 병실로 한 남자가 들어왔다.

"잘 지냈나?"

태일은 고개를 돌려서 입구를 쳐다보았다. 그는 고성을 지키는 중세의 문지기처럼 우두커니 서서 태일을 향하여 꿰뚫어버릴 듯한 안광을 쏘아대고 있었다. 오랜만에 태산을 본 것이 무척이나 반가웠는지 간만에 환한 미소를 지었다. 하지만 그 미소에는 슬픔이 조금 묻어 있었다.

"일단 여기서 나가자. 하루 종일 병실에만 박혀 있으면 답답하잖아."

태산은 다른 사람들처럼 그에게 다가와 도움의 손길을 내밀지 않았다. 그저 양손을 주머니에 넣은 채 태일이 스스로 휠체어를 끌고서 나오기를 기다렸다.

"간만에 캐치볼이나 하자."

태산은 막 휠체어에 앉은 태일에게 말했다.

태일은 침대 밑의 글러브와 야구공을 힘겹게 무릎 위에 올리고 병실 밖으로 나왔다. 그들은 나란히 걸어서 건물 밖으로 나왔고 글러브를 낀 후 캐치볼을 시작했다.

"구위는 여전하네. 어깨는 더 좋아진 거 같은데?"

태산은 공을 받으며 말했다.

"다리만 다친 거지. 어깨는 성성해."

두 사람의 위력적인 투구소리에 시선을 빼앗겨 가던 길을 멈추고 쳐다보는 사람들도 있었다.

"이런 공을 던지면서 병실에만 있는 건 반칙이지. 다음 달에 춘계대회 출전해라. 너 없는 대회는 시시해서 아무런 기대도 안 된다."

"마음만큼은 만 번이라도 나가고 싶지만 다리가 이 모양이라서, 조금만 더 기다려주라."

두 사람은 아무 말도 하지 않고 수십 분 동안 공을 주고받았다. 캐치볼이 끝나자, 태일은 벤치 옆에서 태산을 기다렸고, 태산은 자판기에서 음료를 뽑아 태일 옆의 벤치에 앉았다. 태산은 태일에게 음료수를 내밀었다.

"재활은 잘 돼가나?"

태일은 쓴웃음을 지으며 캔을 땄다.

"나름 열심히 한다고 했는데. 반 년 동안 달라진 게 없네. 아직 제대로 걷지도 못하고."

태산은 담배에 불을 붙였다. 생각에 잠긴 듯 말없이 담배를 태웠다.

"니가 구해준 애는 자주 와?"

태일은 고개를 가로저었다.

"한 번도 안 왔어. 단 한 번도. 무언가를 바라고 한 행동은 아니었지만 연락조차 없으니까, 섭섭하긴 하더라."

태산은 두 번째 담배에 불을 붙였다. 그는 한숨을 쉬듯이 크게 연기를 뱉었다.

"그래, 그런 게 중요한 건 아니지. 어찌 됐거나 니가 영웅적인 행동을 한 것은 변하지 않으니까."

그는 바닥에 담배꽁초를 내팽개치며 말을 이었다.

"넌 영웅이야. 그건 변하지 않아. 범인들을 몇 백 개의 트럭에 싣고서 니가 처한 상황에 내려놓아도, 그 누구도 너의 흉내조차 낼 수 없어. 긍지를 가져, 신태일은 위대한 인간이고 칭송받아 마땅한 인간이야. 너의 이야기가 뉴스에 실리고 많은 사람들이 존경을 표했어. 좌절하지 마. 영웅에게는 시련이 찾아오기 마련이니까. 나도 힘든 시절이 있었어. 다 내려놓고 싶었고, 혼자만의 세계에서 벗어나고 싶지 않았어. 하지만 그것을 이겨내고 너와 함께 트로피를 들어 올렸어. 우리 함께 메이저리그를 정복하기로 약속했잖아? 너는 반드시 사람들이 올려다볼 수밖에 없는 비석 위에 이름을 새기게 될 거야."

태일은 눈물을 흘리지 않기 위해서 눈을 감았다.

"난 정말 열심히 재활을 받았고 어느새 반 년이 흘렀어. 그런데 아직 걷기조차 못해. 누구보다도 열심히 노력했지만 달라진 게 없어. 목발을 짚고 걸을 때까지, 또 거기서 목발 없이 걷기까지, 그로부터 뛸 수 있을 때까지는 얼마나 걸릴까?"

그는 격양된 어조로 말을 이었다.

"이제 우리는 19살이야. 재활에 몇 년이 걸릴지 모르겠고 사실 자신도 없어. 솔직히 말하자면 그냥 포기하고 싶어."

"우리는 17살이야. 메이저리그에서 뛰겠다는 놈이 만 나이로 계산해야지. 초조해하지 마. 힘들면 나에게 연락해. 힘닿는 데까지 도와줄 테니까."

태산이 떠나자 태일은 병실로 돌아왔다. 그는 글러브와 볼을 서랍에 넣고 침대에 누웠다. 태일은 무엇인가를 생각하다가 갈수록 무거워지는 눈꺼풀을 내리며 깊은 잠에 빠져들었다.

5

정신을 차려보니 태일은 길을 걸어가고 있었다. 주위의 모든 것은 암흑으로 뒤덮여 있었고 그 외에는 어떤 풍경도 보이지 않앞으며 소리조차도 들리지 않았다. 신기했던 것은 그가 걷고 있는 좁은 길만은, 마치 스포트라이트를 비춘 듯 또렷하게 보였다. 하늘에는 별조차 없어서 표지판으로 삼을 만한 것이 존재하지 않았다. 태일은 자신이 왜 그 길을 걷고 있는지 어디로 향하는지도 알 수 없었고, 그저 걸어 나갈 뿐이었다. 뒤로 돌아볼 생각조차 하지 않고 시간 감각조차 상실한 채, 그저 앞으로 묵묵히 걸어 갔다. 이상할 정도로 갈증이나 허기짐이 느껴지지 않았다. 그렇게 걷다 보니 어디선가 까마귀 울음소리가 들려왔다. 조금 더 걸으니 한 저택이 그의 시선 속으로 들어왔는데, 그 저택은 동화 속에 나오는 흡혈귀의 저택처럼 고풍스러우면서도 음산한 기운을 뿜었다. 그곳으로 걸어가니 저택의 안뜰로 향하는 정문이 보였고 그것은 저택과는 어울리지 않게 현대적인 것이었다. 그때, 한 여인이 그곳에서 뛰쳐나와 그가 있는 쪽으로 빠르게 달려왔다. 여인은 당황한 기색이 역력한 모습으로 태일 옆을 지나쳐 어디론가로 사라져갔다. 그녀의 얼굴은 아무것도 없었다. 어둠이라는 표현이 적절한지는 모르겠지만 그것이 그녀의 얼굴 없는 머리를 표현하는 데 있어 가장 적합한 표현일 것이다. 태일은 정문을 지나 안뜰로 들어갔다. 정문 앞에는 박스 하나가 놓여 있었고 그것은 쓰레기 더미와 섞여 있었다. 근처에서 까마귀의 울음소리가 들렸다. 소리가 나는 쪽으로 고개를 돌렸으나 거기에는 까마귀가 없었다. 안뜰에는 풀 한 포기, 나무 한 그루조차 없어서 까마귀가 숨어 있을 공간이 없었다. 도대체 까마귀의 울음소리가 어디서 나는 것인지 알 수 없었다. 검은 새의 행방을 찾는 것을 포기하고 저택으로 발걸음을 옮겼다. 저택에는 문이 없었으나 밖에서는 내부가 보이지 않았다. 그는 보이지 않는 어둠의 문을 통과했는데 내부에는 무수히 많은 문들이 있었다. 그것은 저택과는 어울리지 않게 아우슈비츠의 방들처럼 다닥다닥 붙어 있었다. 좌우를 갈라주는 중앙의 좁은 계단 말고는 다른 것은 아무것도 없었다. 제일 가까이에 있는 문을 열어보니 내부는 고시원처럼 침대와 책상 그리고 TV 하나가 있었다. TV는 1980년도에 나온 듯한 뒤통수가 툭 튀어나온 모델이었다. 침대 위에는 무엇이 들어 있는지 알 수 없는 박스 하나가 놓여 있었다. 문을 닫고서 다른 문을 열어보았다. 방은 아까의 방과 한 치의 오차도 없이 같았고 몇 개의 문을 더 열어보았지만 그가 열어본 방들은 모두 다를 것이 없었다. 태일은 다른 층의 방들은 어떨까 궁금해져서 계단을 타고 2층으로 올라갔다. 2층 또한 1층과 마찬 가지로 문들이 빽빽하게 모여 있었고 복도 끝에 있는 방까지 걸어가서 문을 열었다. 그 방 또한 똑같아서 문을 닫으려 했는데 방 안에서 까마귀 울음소리가 들려왔다. 처음으로 방안으로 들어가 소리의 근원지를 찾아보았는데 검은 새가 있을 곳이라고는 침대 위에 놓여 있는 박스뿐이었다. 태일은 박스 앞에 서서 그것을 내려다보았고, 조심스럽게 열어보았다. 박스 안에는 갓난아기 하나가 들어 있었다. 아이는 울고 있었는데 그 울음소리는 까마귀의 소리와 같았다. 아기는 울음소리를 멈추고 눈을 떴는데 눈동자가 없었다. 그럼에도 그는 전혀 놀라지 않았으며 담담히 박스를 닫았다. 그러자 다시 까마귀의 울음소리가 들려왔으며, 그것은 갓난아이의 울음소리라기보다는 연인에게 배신당한 여인의 한 맺힌 오열처럼 들렸다. 그가 계단으로 발걸음을 옮기자 모든 방에서, 마치 고막이라도 찢을 듯이 까마귀 울음소리가 퍼져 나왔다. 그는 그것을 무시하고 1층으로 내려갔다. 막 1층으로 내려왔을 때, 한 여인이 방 안에서 뛰쳐나와 저택 밖을 향하여 달려 나갔다. 그녀 또한 머리만 달려 있고 얼굴은 없었다. 태일은 잠시 멈춰 서서 여인의 잔영을 바라보다가 저택 밖으로 나갔다. 저택 앞에서 얼굴 없는 여인이 박스를 든 채로 어찌할 바를 몰라 하며 파르르 몸을 떨고 있었다. 그는 그 여인을 그냥 지나쳐 버렸다. 하늘에는 언제부터 거기 있었는지 모를 붉은 달이 떠올라서 붉은빛줄기로 태일을 비추고 있었다. 본능적으로, 마치 아기가 어미의 젖가슴에 이끌리듯, 붉은 달을 향하여 걸어가기 시작했다. 막 정문을 지나려고 할 때 쓰레기더미에서 까마귀 울음소리가 났다. 태일은 쓰레기더미를 향하여 걸어갔고 그 속에서 야구배트 하나를 찾았다. 두 손으로 방망이를 잡아들고 처절한 울음소리가 나오는 박스를 힘껏 내려쳤다. 몇 차례 박스를 후려치니 핏물이 튀어 얼굴을 흠뻑 적셨다. 피 묻은 방망이를 저택 쪽으로 던져버리고 아무 일도 없었다는 듯, 붉은 달만이 떠 있는 심연을 향하여 걸어 나갔고 얼굴에서 떨어지는 핏방울이 그가 지나간 자리를 표시해주었다.

태일은 저택 뒤쪽에 길이 있다는 것을 알지 못했다.

가쁜 숨을 몰아쉬며 잠에서 깨어났다. 상체를 일으키며 손바닥으로 이마에 흥건하게 맺힌 땀을 닦았다. 등은 땀 때문에 홈뻑 젖어 있었고 그 느낌이 불쾌하게 다가와 상의를 벗어던졌다. 열려 있는 창문을 보았는데 하늘에는 그가 꾼 꿈만큼은 아니었지만 붉은빛을 발하는 초승달이 게슴츠레한 눈길로 쳐다보고 있었다. 참 기분 나쁜 꿈이었다. 의미도 알 수 없고 축축하게 젖어 곧 썩어버릴 듯한.

심장에 박힌 파편

1

태일이 나에게 말했다. 자신은 그때의 행동을 조금은 후회하기 때문에 정의로운 인간이 아니라고. 나는 그의 말에 동의할수 없다. 그가 정의로운 인간이 아니라면 이 세상에는 정의로운인간은 몇 없을 것이다.

태일이 죽었다. 그는 죽음이라는 선택을 했다. 그가 이겨낼 수있을 것이라고 생각했지만 그러지 못했다. 그렇다고 해서 그가패배했다고는 생각지 않는다. 태일은 스스로 목숨을 끊었고 그렇게 영웅이 되었다. 태일에게 삶은 어떤 것보다도 중요했을 것이다. 그는 부모 없이 삶을 헤쳐 나왔고 그렇기에 언제나 좌절할수밖에 없는 많은 위기가 있었을 것이다. 그러나 그는 마지막까지 패하지 않았다. 그의 선택은 숭고했고 내가 그와 같은 선택을 하더라도 무게감은 다를 것이다. 그는 자신과 아무 관련이 없는 아이를 구하기 위하여 부모도 없이 홀로 헤쳐 온 자신의 인생을 바쳤다. 남들보다 유리하게 태어난 나조차도 할 수 없는 선택을, 불리하게 태어난 그가 했다. 언론에서 그에게 강한 조명이 비치는 자리를 배정해주었고, 대중들도 그에게 찬사를 보냈다. 하지만 그것은 연인의 손을 잡고 바라보는 신년의 일출처럼 짧았다. 그들의 관심이 꺼지고 재조차도 남지 않게 되었을 때 태일은 세상을 떠났다. 그러자, 그들은 하이에나처럼 달라붙어서 시체의 잔해가 묻은 주둥아리로 영웅의 옷자락을 물어뜯으려고 다툼을 벌였다.

그러나 한 달이 지난 지금에 와서는 누구도 그를 언급하지 않는다. 그를 존경한다. 태일은 언론의 모든 취재를 거부했고 기업들의 후원도 거절했다. 그는 그런 것들을 위하여 자신의 몸을 던진 것이 아니라, 도덕적 양심과 사회의 정의를 지키려 한 것이다. 하지만 그는 회의감에 빠졌다. 대가를 바라고 한 행동은 아니었지만 아이의 가족은 태일을 단 한 번도 찾지 않았다. 그는 단지 자신이 구해준 아이의 미소를 보고 싶었을 뿐이었다. 그의 소박한 바람은 이루어지지 못했으며, 남은 것은 병신이 되어 버린 두 다리뿐이었다.

소시민들이 그를 기억하건 못하건 상관하지 않으며 그들이 태일의 자살에 대해 뭐라고 말하건 신경 쓰지 않는다. 태일은 나의 심장과 함께 내 몸에 피가 다 마르게 되는 날까지, 내 속에서 살아 숨 쉴 것이다. 나에게 있어서 그는 변하지 않는 영웅이다.

　사람들은 내 사상의 지향점이 태일의 그것과는 다르다고 여길 수 있다. 그것은 오해다. 행동하는 사람의 사상이 나와 다르다 하여도 그 사람을 평가절하하지 않는다. 내가 혐오하는 것은 행하지 않고 아가리로만 지껄이는 자들이다. 세상은 썩었으며 정의가 구현되지 못한다고 떠벌리면서 그들 주위의 악행들 앞에선 벙어리가 되어 버리는 자들 말이다. 시궁창냄새가 나는 입으로 정의를 외치는 것이 실제로 정의를 행하는 것과 같다고 여기거나 정의를 행하는 자들을 조력한다고 생각하지만, 그 자들이 아가리를 벌림으로 인하여 세상은 시궁창냄새로 뒤덮이게 되는 것이다. 오물의 냄새가 나는 향수가 더는 향수라 불릴 수 없듯이 시궁창냄새로 뒤덮인 세상은 시궁창이지, 도덕의 세상이 아니다. 나는 인간을 불변하는 가치를 믿는 자와 믿지 않는 자들로 나누기 이전에 행하는 자와 그렇지 못한 자로 나눈다.

　태일이 없는 전국대회는 어떠한 기대나 떨림도 주지 못했다. 경기하는 순간마다 그를 떠올리며 플레이했고, 우리 팀은 손쉽게 8강에 진출했다. 어느새 고교에서 손꼽히는 투수라 불리는 준석과 운동을 끝마치고 벤치에 앉아 있었다. 그는 이야기하고자 하는 것을 꺼내지 않고 시시콜콜한 것들을 늘어놓았고, 나는 그런 그의 질문들에 건성으로 대답하며 담배에 불을 붙였다.

　"설마 이번 대회가 끝나면 추계대회에는 나가지 않고 바로 미국으로 가는 거냐?"

드디어, 그가 하고 싶었던 말이 터져 나왔다.

내가 담배연기를 콧구멍으로 길게 흩뿌리며 고개를 끄덕이자, 준석은 감수성에 흠뻑 젖어 버린 듯한 눈길로 먼 곳을 바라보았다.

"너랑 함께 야구했던 순간들은 절대 잊지 못할 거야."

피식 웃어버렸다.

"인생사 새옹지마 아니겠냐, 삶이란 한 치 앞도 알 수 없는 거고 만약 집에 가는 길에 교통사고를 당한다면 미국은 하늘의 별처럼 멀어지는 거지."

준석은 왜 그리 부정적인 소리를 하냐고 말했지만, 바닥에 담뱃재를 튕기며 그와 헤어졌다.

집에 도착해서 저녁을 먹으려 냉장고를 열고 샐러드와 드레싱, 요구르트와 토마토를 꺼낸 후 문을 닫았다. 베이컨은 없어서 꺼내지 않았다. 나는 버네이스의 마리오네트다. 샐러드를 접시로 옮기고 드레싱을 뿌리려는데, 소스가 조금밖에 안 남아서 잘 나오지 않았다. 흔들어도 보고 통의 밑 부분도 쳐보았으나 허사였다. 드레싱 통을 두 손으로 잡고 힘껏 짜냈다. 아… 너무 많이 나왔다. 숟가락으로 드레싱을 어느 정도 덜어냈지만, 여전히 흥건해서 할 수 없이 그것을 놔두고 토마토를 씻은 후, 요구르트와 함께 믹서기에 넣었다. 버튼을 누르자 믹서기는 신들린 듯 칼춤을 추며 붉은 토마토를 갈았다. 토마토주스를 컵에 담고 샐러드가 담긴 접시와 함께 테이블에 놓고 자리에 앉았다. 포크로 샐러드를 집어 입속으로 넣었는데, 아삭한 식감은 찾아볼 수 없었고 드레싱으로 범벅된 흐믈흐믈함만이 느껴졌다. 물도 뿌려보았지만 그것은 더 이상 샐러드가 아니었기에 포크를 내려놓고 토마토주스를 마셨다.

주스는 목으로 잘 넘어가지 않고 건더기가 많이 씹혔다. 믹서기도 몇 년을 쓰다 보니 성능이 떨어져버렸다. 믹서기가 내게 보여준 칼춤은 위력적인 듯 보였으나 항장(項莊)의 검무처럼 제대로 임무를 수행하지 못했다. 컵을 깨끗이 비우고 남은 샐러드를 버린 후, 빠르게 설거지를 마치고 담배를 피우기 위하여 옥상으로 올라갔다. 붉은 케이스를 열어보니 담배가 2개비 남았고 그것을 바라보며 '드레싱하고 담배를 사야겠네.'라 중얼거리며 불을 붙였다. 하늘을 올려다보니 별은 어디론가로 숨어버렸는지 달만 고독히 서서 세상을 비추고 있었다.

별은 한 번씩 그 모습을 드러내지 않았다.

주말, 얼마 전에 한 스포츠 잡지로부터 인터뷰 요청을 받아 그것을 수락했다. 번화가에 카페에 앉아 기자를 30분이나 기다리고 있었다. 내가 약속시간보다 20분 늦게 도착했으니 그는 50분이나 늦은 셈이었다. 카페의 입구를 흘끗 보면서 그를 기다렸다. 전화상으로 기자는 중년의 남자로 여겨지는 목소리를 가져서 약속시간에 늦을 것 같지는 않았는데, 이토록 늦다니 조금 의외였다.

"강태산 선수?"

젊은 여자의 목소리가 살랑거리며 귀에 내려앉았다. 그쪽으로 고개를 돌리니 웨이브를 한 갈색의 긴 머리에, 도발적으로 느껴지는 어깨를 드러낸 청색의 블라우스를 입고서, 자꾸만 눈길이 가는 짧은 하얀색 테니스 스커트를 걸친, 20대 중·후반쯤으로 보이는 여자가 서 있었다.

"앉아도 되죠? 오늘 담당 기자님이 급한 일이 생겨서 수습인 제가 대타로 오게 되었어요."

고개를 끄덕였다.

"어머 진동벨이네. 벌써 주문했나 봐요?"

솔직히 당황했는데 그것은 그녀가 이제껏 보아온 기자들과는 너무도 다른 이미지였기 때문이다.

"네 레몬에이드 두 잔 시켰어요."

"태산 씨는 나랑 취향이 같네요."

테이블이 떨리며 소리를 냈다.

"기다려요. 내가 가져올게요."

그녀의 흰 테니스 스커트가 미풍에 흔들리는 작은 나뭇가지처럼 일렁였다. 그것은 나뭇가지에서 떨어져 날아가는 나뭇잎처럼 눈앞에서 멀어져 갔는데, 다른 곳으로 눈동자를 돌리기 힘들었다. 그녀는 단화를 신었음에도 170cm는 되어 보였다. 당당하면서도 애교라는 조미료를 첨가한 말투나 느낌 있는 옷차림은 짧은 시간이었지만 인상적이었고, 요즘은 기자도 이렇게 예쁜가란 생각이 스쳤다. 하얀 스커트 자락이 흔들거리며 레몬에이드 두 잔을 들고 테이블로 다가왔다. 그것이 물결칠 때마다 내 가슴속의 무언가도 출렁거리며 체온을 상승시켰다. 그녀는 나의 시선을 의식했는지 자신의 스커트를 내려다보고 시선을 올려서 나와 눈을 맞추더니 미소를 지었다. 처음부터 그런 느낌을 받긴 했지만, 이 행동을 보고서 그녀가 남자관계에 있어서 능숙한 여자라는 것을 확신했다. 그녀가 자리에 앉아서 내게 손을 내밀며 흑조의 깃털같이 검고도 부드러운 눈동자로 나를 바라보았다.

"제 이름은 유수빈이라고 해요. 앞으로 자주 보게 될지도 모르는데 편하게 대하세요."

내가 그녀의 손을 잡자, 그녀는 나의 손을 감각적으로 휘감았다. 악수가 끝나고 수빈은 핸드폰을 테이블 위에 올렸는데, 중년의 기자들은 녹음을 하더라도 노트를 들고서 기록을 하던데 그녀는 그럴 생각이 없어보였다.

"준비됐어? 이제 인터뷰를 시작해볼까?"

그녀는 자연스럽게 말을 놓았고 나는 레몬에이드를 조금 마신 후 시작하라는 말을 했다.

"태산 씨의 경기를 보러 메이저리그 스카우터들이 경기장을 찾는 건 알고 계시죠?"

"네, 스카우터들이 한국의 고교리그까지 보러오다니 영광스러운 일입니다."

"고교 졸업 후에 메이저리그로 직행할 생각이신가요?"

"반드시 갈 겁니다. 메이저리그는 저의 오랜 꿈이니까요."

"일각에선 태산 씨를 많이 탐내는 팀이 있어서 고교 졸업 전에 아메리카로 갈 수도 있다는 이야기도 나오던데 사실인가요?"

"제가 알기론 자국 유망주 보호규정 때문에 졸업 전에 계약을 하면 협회로부터 제제를 당하는 것으로 알고 있습니다. 예외 규정이 생기지 않는다면 졸업 전 진출은 힘들 것 같네요."

이 말을 하고 레몬에이드를 길게 들이켰는데, 거짓말을 하여서 목이 탔기 때문이다. 어떤 제제를 당할지라도 이번 대회를 끝으로 미국에 갈 것이다. 그렇게 결정했다. 수빈은 나의 답변들이 마음에 들었는지 흐뭇한 미소를 지으며 상체를 기울여 내 말에 경청하는 태도를 보였다. 나는 다른 어린 선수들처럼 인터뷰가 미숙한 것이 아니라서 단답을 하지 않는다. 나의 플레이를 좋아하고 응원하는 사람들이 인터뷰를 찾아볼 테고 그들에게 최소한의 읽을거리를 제공해주는 것이 도리라고 생각하기 때문이다.

"예전 인터뷰를 찾아보니까 보스턴 레드삭스의 팬인 것 같던데, 혹시 진출하게 될 팀도 레드삭스인가요?"

"비슷한 조건이라면 무조건 레드삭스입니다. 레드삭스는 저에게 있어서 꿈의 구단이고 레드삭스 유니폼을 입고서 그린 몬스터를 바라보며 타석에 들어서는 것은, 제 야구 인생에 큰 목표들 중 하나입니다.

"그 말은 양키스에서 제안이 와도 레드삭스를 택하겠다는 건가요?"

웃음이 터져버렸고 그녀도 나에게 전염이 되어 버린 듯 웃었다.

"저에게 백 번의 기회가 주어진다 해도 무조건 레드삭스로 갈 겁니다."

그녀는 핸드폰을 터치해 잠시 녹음을 중단하고 셀 수 없는 남자들을 녹였을 만한 미소를 머금은 눈빛으로 내 눈동자를 응시했는데, 그녀의 눈에 비친 나의 모습은 평소와 조금 달랐다.

"인터뷰 끝나고 밥이나 먹을래? 내가 사줄게. 나 아무래도 니 팬이 되어 버린 것 같아. 중저음의 목소리하며 쏟아져 나오는 눈빛, 여유로운…."

그녀의 말을 잘랐다.

"하던 거나 계속하자. 뭘 하다가 중간에 끊는 걸 싫어해서."

수빈은 교태를 부리며 미안하다고 말했고 우리는 다시 인터뷰를 시작했다.

"가장 존경하는 야구선수가 있으신가요?"

이 말을 듣자, 흡연욕구가 치밀어 올라서 인터뷰를 잠시 멈추자고 말했고 흡연실로 가서 담배를 물었다. 담배연기가 체내로 들어가니 힘이 들어가 있던 근육들이 살짝 이완되며 긴장이 조금 풀어졌다. 한 대 더 필까라는 생각이 고개를 들었지만 담뱃재를 털며 흡연실을 나왔다. 다시 테이블에 앉아서 그녀의 흑색 눈동자를 바라보았다.

"아무리도 그래도 고등학생인데 대놓고 담배를…."

나는 말없이 테이블 위에 놓인 핸드폰을 검지로 가리켰다. 그러자 그녀는 어쩔 수 없다는 듯 미소를 지어보이고는 녹음 버튼을 눌렀다.

"제가 가장 존경하는 야구선수는 신태일입니다. 그는 누구보다도 정의롭고, 어떤 장애물을 만나던 뛰어넘는, 제가 아는 최고의 남자였습니다."

수빈은 한동안 무엇인가를 생각하는 듯이 테이블을 응시하였다.

"신태일 선수라고 하면 얼마 전에 세상을 떠난 고교 야구 천재를 말하는 건가요?"

"네."

"사실 저는 이 질문에 게레로나 이치로 같은 선수들의 이름이 나올 줄 알았는데 조금 의외네요."

그녀는 잔을 들어 레몬향으로 목을 적신 후 말을 이었다.

"신태일 선수와는 각별한 사이셨나요?"

일순간 호흡할 수 없었다. 그와 함께했던 기억들이 저 먼 곳에서 날갯짓을 하며 다가와 내 왼쪽 어깨 위에 자리를 잡고는, 그 날카로운 발톱으로 살점을 파고들어, 잊었던 통증을 다시금 일깨워주었다.

"네. 제 인생에 있어 유일한 친구이자 라이벌이었습니다. 그에게 있어서도 저의 위치는 같은 의미였을 거라고 확신합니다."

"신태일 선수의 죽음으로 큰 충격을 받으셨겠네요."

인터뷰 초기와는 대조적으로 그녀의 눈빛에서 더는 장난기와도 같은 것들은 찾아볼 수 없었다. 나는 어떠한 감정의 동요도 느껴지지 않는 목소리로 천천히 입을 열었다.

"그 충격이라는 것이 슬픔만을 의미한다면, 아니라고 답하겠습니다. 그는 자살을 했습니다. 일반적으로 그것은 삶에 대한 포기나 도피로 여겨지곤 하지만, 그의 자살은 숭고하고도 위대한 것이었습니다. 그는 범인이 아니기 때문에 일반적인 자살의 의미를 투영하는 것은 적절치 못합니다. 태일이는 우리 사회에서 가장 정의로운 인간이자, 누구도 할 수 없었던 선에 대한 희생을

몸으로 실천한 영웅이었기 때문에, 그의 자살은 숭고한 것으로
여겨져야 합니다."

레몬에이드로 갈증을 해소시켰는데 갑자기 그와 함께 언덕에
서 밤하늘을 보던 순간이 떠올랐다. 나무의자의 딱딱한 감촉이
연둣빛 수풀의 푹신한 감촉으로 바뀌어 있었고 진한 풀냄새가
바람을 타고 날아와 육체를 물들여갔다. 우리는 무슨 이야기를
나누고 있었는데, 내용은 잘 기억나지 않지만 분명 미래에 대한
이야기였을 것이다. 고개를 왼쪽으로 돌려서 바래지 않은 매끈
거리는 눈동자로 도시를 내려다보는 그의 모습을 보았다. 그는
꿈을 향하여 순수하게 질주하는 소년의 모습으로 내 옆에 앉아
있었다.

눈을 깜빡이니 녹음 중인 핸드폰이 보였다. 그래 내 판단은
옳았다. 그는 비겁자도 아니고 도망자는 더더욱 아니다. 분위기
를 바꾸려는 수빈의 활기찬 목소리가 들렸다.

"이제 무거운 이야기는 그만하고 밝은 이야기로 넘어가 볼까
요? 강태산 선수는 여자들한테 인기가 많을 것 같은데. 혹시 여
자친구가 있나요?"

그녀는 질문을 마치고 보랏빛 빨대로 레몬에이드를 마셨는데,
반들거리는 입술이 닿기도 전에 살구색의 혀가 먼저 나와 그것
을 휘감아 버렸다.

수빈은 욕망에 박혀 있던 쇠말뚝을 뽑아 버리려는 듯한 매혹
적인 눈빛으로 나를 올려다보았다. 그녀의 시선이 나의 펄떡거

리는 페니스로 이동했고 그것이 도망치지 못하게 하려는 듯, 방금 전까지 얼음을 쥔 듯한 차가운 손으로 움켜쥐었다. 그녀가 페니스에 쪽 소리를 내며 입을 맞추더니, 핑크빛 혀로 터질 것 같은 페니스를 조금씩 핥아대며 애간장을 태웠다. 나는 더 참지 못하고 그녀의 뒷머리를 움켜쥐며 그녀의 얼굴을 페니스로 끌어당겼다. 페니스가 닿으니 수빈은 한쪽 눈을 감고서 나의 하반신을 녹여버릴 듯한 콧소리를 내며 어쩔 수 없다는 듯 페니스를 삼켰다. 무릎을 꿇고 페니스를 빨아대는 그녀의 모습은 참으로 아찔한 풍경이었다.

분명, 그녀와 저녁을 먹고 Bar에 가서 칵테일을 마셨다. 목구 멍에는 아직 타는 듯한 키스 오브 파이어의 느낌이 남아 있다. 수빈은 노골적으로 나를 유혹하며 근처의 호텔로 데려왔고, 지금은 침대에 앉아서 무릎을 꿇은 채 페니스를 녹이고 있는 그녀를 내려다보고 있다. 그녀의 능숙함은 조세핀 앞에 놓인 보나파르트처럼 나를 미숙한 남자로 보이게 했다. 그녀가 일어서서 나를 내려다보았고 어깨가 파인 청색의 블라우스를 벗어던지며 란제리 모델들이나 입을 법한 흑색의 브래지어를 풀었다.

잠에서 깨어났다. 숙취로 인한 두통이 뒤통수에서 부터 퍼져나와 표정을 찡그렸다. 옆을 보니 수빈은 없었고 방안에는 인기 척이 느껴지지 않았다. 커튼을 쳤다. 날카로운 햇살이 눈을 찔러서 고개를 옆으로 돌렸다. 해가 중천이네. 간만에 깊게 잠이 든 것 같았다. 그럴 만도 한 것이 어젯밤 그녀에게 홀려 쉬지 않고 휘몰아쳤고, 몇 번인지 기억조차 나지 않을 정도로 연거푸 사정했다. 소변이 마려워 화장실을 갔는데 거울에는 그녀가 남긴 쪽지가 붙어 있었다. 그것을 찢어서 소변이 떨어지고 있는 변기에 버렸다. 여자에게 휘둘리고 싶지 않았다. 변기물을 내리고 옷을 대충 걸쳐 입은 후 호텔을 나왔다.

분명 어딘가를 향하여 걷고 있었는데 어디로 향하고 있었는지 기억이 나지 않아서 멈춰 섰다. 방금 생각하던 것이 떠오르지 않아 옷가게의 쇼윈도를 한참이나 바라보다가 그런 내 모습을 이상하게 여긴 점원이 나와 말을 걸 때까지 유리에 비친 자신의 모습을 보고 있었다. 오토바이. 건망증이 심해진 걸까? 왜 몇 분 동안이나 떠오르지 않았을까. 다시 걸어가다가 갑자기 혼란스러워져서 근처에 있는 벤치에 앉아 지나가는 사람들을 멍하니 바라보았다.

오토바이를 세워둔 곳이 떠오르지 않아서, 얼마 동안 그렇게 거리에서 방황했다.

2

집에 도착해서 핸드폰을 확인하니 유라로부터 메시지가 와 있었다. 욕실로 가서 낙하하는 물줄기에 몸을 맡겼고 육체에 묻은 그녀의 흔적들을 지워나갔다. 수건으로 머리를 닦으며 투명한 유리잔에 담긴 물을 마셨다. 일어난 후에 처음으로 넘기는 냉수의 감촉은 눈을 감을 수밖에 없는 청량감을 선사했다. 소파에 앉아서 핸드폰으로 유라에게 전화를 걸었다. 그녀는 신호음이 몇 번 가기도 전에 전화를 받았다.

"많이 바빴어?"

목에 건 수건을 내려놓았다. 평소하고 똑같았다.

"연락이 없길래….'

"대회기간이잖아. 이때만큼은 집중해야지. 결승 끝나고 만나자 그전에 연락할 테니까."

"학교도 안 나오고 혼자서 연습하니까 얼굴 보기가 힘드네."

"지금은 좀 혼자 있고 싶다."

"태일이가…"

"그 이야기는 하지 말자."

그녀는 할 말을 잃은 듯 침묵했고, 그녀의 말을 기다리다가 전화를 끊었다. 피곤이 쏟아져 탁자 위에 핸드폰을 올려놓고 소파에 드러누웠다. 잠깐 자고 일어나서 내일 있을 8강 경기를 위하여 훈련을 해야겠다.

우리 팀은 변수 없이 승리했고 4강에 안착했다. 경기가 끝나자 감독은 끝까지 긴장을 풀지 말고 방심하지 말라는 요구를 했다. 그의 말이 끝나고 준석의 등을 치면서 라커룸 밖으로 나갔다. 준석에게 요즘 너무 무리하는 것 같으니 힘을 좀 **빼고** 던지는 게 어떻겠냐고 조언했는데, 그는 고개를 *끄덕*이며 고맙다고 말했다. 이틀 뒤에 있을 4강 경기를 위하여 평소와 같이 훈련했고 정신을 차려보니 대회 당일의 라커룸이었다. 우리는 옷을 갈아

입으며 그라운드로 나갈 채비를 했다.

"자! 누가 찾아왔는지 봐라."

신발 끈을 묶다가 감독의 말에 고개를 들어 올렸는데 감독은 민우와 함께 라커룸으로 들어오고 있었다. 우리 팀 선수들은 환호하며 그를 둘러싸고 그의 어깨를 만지작거렸다. 민우는 얼마 전에 프로무대에서 데뷔전을 치렀다. 팀이 크게 지고 있을 때, 추격조로 등판하여 2이닝을 무실점으로 막으며 성공적인 출발을 했다. 제구가 흔들리는 모습을 보이긴 했지만 무너지지 않고 임무를 완수하며 아직 이르긴 해도, 자신이 프로에서도 통한다는 걸 증명했다. 나는 이야기를 나누기 위해 그에게로 다가갔다.

"태산아, 라커룸 앞에서 아버님이 기다리고 계시더라."

심장에 전류가 흐르는 느낌을 받았다. 혹시 잘못 들은 게 아닌가 했다.

"뭐라고요?"

"아버님이 복도에서 기다리고 계신다."

길게 숨을 들이쉬며 조금씩 스미는 불안감을 떨치려 고개를 흔들었다. 몇 초 간 심호흡을 하고 라커룸 밖으로 나갔다. 나가자마자, 그의 시선이 나에게 박히는 것이 느껴져서 그쪽으로 고개를 돌렸는데, 정말 오랜만에 보았는데도 익숙한 냄새를 풍기는 남자가 5걸음 정도 떨어진 곳에 서 있었다. 부드러운 갈색 눈동자와 새하얀 피부는 내 기억 속에서 흐르고 있는 여인과 같았고 강렬한 눈빛과 곧게 솟은 코는 매일 아침 거울에서 볼 수 있는 모습과 다르지 않았다. 그는 전혀 늙지를 않았다.

"많이 컸구나. 이제 나보다도 키가 큰 것 같은데?"

익숙한 중저음의 목소리가 노크를 해 왔고, 나는 대답 없이 가만히 서 있었다.

"관계자실로 가서 잠시 이야기나 하자꾸나."

그는 뒤로 돌아서 여유롭게 발걸음을 옮겼고 뒤에서 그를 따라갔다. 조금 걷다 보니 열린 문 앞에 그의 비서가 서 있었고 그를 따라 방안으로 들어갔다.

"오랜만이네요, 태산 군. 정말 많이 컸네요."

나는 비서와 시선을 맞추지 않고 그의 깔끔한 체크무늬 넥타이를 흘겨보며 살짝 고개를 숙였다. 그와 내가 테이블을 사이에 두고 마주 앉자 비서는 문을 닫고 근엄한 문지기처럼 그 앞을 지켰다. 그는 심장을 꿰뚫어 버릴 것 같은 눈으로 나를 바라보며 왼손을 들었다.

"재떨이."

비서는 묵직한 서류 가방에서 일회용으로 보이는 종이 재떨이를 테이블 위에 올려놓고 그 위에 티슈 한 장을 깔았으며, 조심스럽게 물을 따랐다. 비서가 물러나자 그는 두 줄의 금실을 수놓은 듯 보이는 흰색 담배 케이스를 꺼냈고 나는 조건 반사적으로 붉은 담배 케이스를 꺼냈다. 그와 나는 동시에 불을 붙였고 그는 연기를 뱉으며 입을 열었다.

"말보로 레드라, 언제부터 담배를 피웠지?"

그의 앞에 놓인 재떨이를 테이블 중앙으로 끈 후, 담뱃재를 털고 그를 쳐다보았다.

"좀 됐어요."

그도 담뱃재를 털었다.

"나는 놀랐다. 니가 이토록 야구에 재능이 있다니 말이야. 8강 경기를 다 본 건 아니지만 군계일학이더구나. 돌아오는 길에 너에게 야구를 시킨 것이 참 좋은 선택이었다는 생각을 했어. 일본 유학 시절 이후로 야구를 본 적이 없었는데 요즘 다시 빠져드는 느낌이야."

그는 옅은 미소를 지었고 나는 그것을 가리려는 듯 그를 향하여 연기를 뱉었다.

"그런 이야기는 그만하죠. 뭐 때문에 온 거예요?"

"인터넷에서 너의 기사를 보았고, 니 기사를 보니 너의 플레이가 보고 싶어졌다. 너의 플레이를 보니 너와 이야기를 나누고 싶어졌어. 그래서 온 거야."

재떨이에 가래침을 뱉었다.

"우리가 이렇게 이야기를 하는 게 얼마만인지 모르겠구나."

"한 4~5년쯤 된 거 같네요."

그는 말없이 담배를 빨았으며 몇 초 뒤 그것을 재떨이에 비벼 껐다.

침묵.

진동음이 울렸고 그것이 공간의 침묵을 부셨다. 그는 천천히 주머니 속에 든 핸드폰을 꺼내어 통화를 시작했다. 상대방은 외국인인 듯 그의 입에서 영어가 나왔는데, 그의 영국식 악센트는 중세 귀족을 떠올리게 하는 품격이 있었다. 그는 휴대폰을 주머니에 넣고 나의 눈동자를 응시했다.

"오늘은 여기까지밖에 시간이 안 되는구나. 결승이 3일 뒤라고 들었는데 전날에 시간 좀 내렴."

싫다는 의사표현을 하고 자리를 떠나려고 했다. 더 이상 이 공간에 머무르고 싶지 않았다. 그를 바라보며 저 깊은 곳에서부터 언어를 끄집어내려고 했을 때, 그가 선수를 쳤다.

"너의 어머니에 대한 못 다한 이야기들을 해보자."

그의 목소리는 고급 체스판 위에 착수하는 그랜드 마스터의 체스 말이 내는 소리처럼 거부할 수 없는 위엄이 서려 있었다. 일어서서 그에게 올려다 볼 것을 강요했지만 그는 나를 내려다 보았다.

"네, 그때 봐요."

비서가 문을 열었고 방을 나와서 그라운드로 향했다. 분명 pawn 하나를 이동시켰을 뿐인데 공격 패턴을 간파 당했다는 기분이 들었다.

타석으로 들어서야 할 순간이 왔지만 그것을 모르고 있었기 때문에 준석이 덕아웃에서 소리를 질렀고 그 외침에 발을 움직였다. 정신을 차려보니 공이 날아오고 있었고 본능적으로 배트로 볼을 갈겼다. 2루를 밟고 지나가는데 유격수가 나를 이상한 눈으로 쳐다보았다. 아… 플라이아웃이구나. 덕아웃으로 들어가 앉았는데 감독이 왜 배트를 계속 들고 있냐고 물었다. 오른손을 보니 배트가 들려 있어서 그것을 놓아버렸다. 배트가 바닥과 부딪히며 소리를 내었고 손에서 통증이 느껴졌다. 너무 세게 쥐고 있었나 보다. 물을 마시려고 옆에 있는 물병을 입으로 가져왔는데 이를 너무 꽉 깨물고 있었다는 것을 깨달아서, 치아에 준 힘을 푸니 어금니가 아파왔다. 경기가 끝난 후 집으로 향하지 않고 자주 가는 타격장으로 갔다. 무엇에 홀린 듯이 머신에서 나오는 볼을 계속해서 후려쳤고, 몇 시간이 흘렀는지는 알 수 없었지만 바닥으로 떨어지는 핏방울을 보고 타격을 멈추었다. 배트를 내려놓고 손바닥을 펼치니 타격장의 불빛이 피와 땀으로 범벅이 된 손바닥을 처량하게 비추었다. 택시를 타고 집으로 돌아와서 샤워를 하고 침대에 누웠다. 핸드폰을 여니 수빈과 유라로부터 부재중 통화와 메시지가 와 있었지만 전원을 끄고 그것을 침대에서 멀찍이 떨어진 곳에 놓았다. 눈꺼풀의 무거워짐을 받아들이며 온몸을 축 늘어뜨렸다. 요즘은 잠이 참 잘 오는 것 같다. 꿈조차 꾸지 않는 깊은 잠….

그날을 기다리며 혹사라고 할 만큼의 훈련을 이어나갔다. 하루의 운동을 끝마치고 침대에 뻗어버리기 전까지 자신을 타이트하게 조였지만 시곗바늘은 미동도 하지 않고 원래의 속도를 유지했다. 핸드폰 벨소리에 잠에서 깨어나 반사적으로 전화를 받았다. 비서는 시간과 장소를 알려주었고 나는 알겠다는 말과 함께 전화를 끊었다. 일어나서 샤워를 하고 신선해 보이는 토마토를 갈아서 컵에 따른 후 소파에 앉아 TV를 틀었다. 시선은 브라운관을 향하였지만 내용이 머릿속으로 들어오지는 않았다.

내가 탄 택시가 약속장소 앞에 도착했다. 카페는 클래식한 느

낌을 주는 약속이 없었다면 오지 않았을 그런 장소였다. 그가
2층 창가에 있을 것이라고 생각했으며 계단을 올라가보니 창가
구석자리에서 그의 뒷모습이 보였다. 2층은 전세를 낸 듯 다른
손님은 아무도 없었다. 사내의 맞은편에 앉아서 청재킷을 벗고
검은 긴팔 티셔츠의 소매를 걷었다. 그는 두 눈을 감고서 커피를
음미하고 있었고 테이블에는 그가 마시고 있는 것과 같은 것이
담긴 잔이 하나 더 놓여 있었다.

"이왕이면 레몬에이드로 시켜주지."

그가 잔을 내려놓고는 나에 대하여 모르는 것이 없다는 듯 보
이는 눈동자를 열었다.

"그놈의 레몬에이드. 매번 그것을 찾아대는 건 너희 엄마랑 똑
같구나. 하지만 여기선 그런 걸 팔지 않아."

한숨을 쉬며 담배에 불을 붙였다.

"왜 이런 데를 온 거예요."

그 남자는 자신 앞에 있는 재떨이를 테이블 중앙으로 밀었는
데, 거기에는 두 개의 담배꽁초가 있었다. 그가 왼손을 들자 어디
에 있었는지 모를 비서가 다가와 레몬에이드가 담긴 플라스틱
잔을 내 앞에 놓았다. 깔끔한 그레이 정장을 입은 비서 아저씨가
내게 미소를 지으니 마치 어린아이가 된 것 같은 기분이 들었다.

"약속장소를 이곳으로 택한 이유는, 비록 레몬에이드는 팔지
않지만 너의 어머니가 좋아하던 장소였기 때문이다."

연신 담배를 빨았고 레몬에이드로 목구멍을 적셨다.

"메이저리그 스카우터들이랑 접촉한다는 소문이 들리던데, 미

국으로 갈 생각이냐?"

그와 눈을 맞추지 않고 창밖으로 시선을 던졌다. 창밖으로 보이는 옆 건물 옥상에서는 검은 선글라스를 낀 갈색 머리카락의 여인이 이쪽을 바라보면서 담배를 피우고 있었다.

"본론만 이야기합시다. 다른 이야기는 할 필요가 없잖아요."

남자는 탁자 위에 올려놓은 오른쪽 검지로 천천히 테이블을 두드렸는데, 그것은 귀에 익은 리듬을 만들어냈으나 그게 무엇인지는 생각나지 않았다.

"많이 조급해졌구나. 어릴 때는 나를 닮아서 차분했는데, 크면 클수록 할아버지를 빼다 박았어. 그래도 니가 이것 하나만큼은 알아줬으면 좋겠어. 이 넓은 세상에서 나의 피를 이어받은 건 너 하나뿐이라는 사실 말이야."

잔잔히 물결치는 호수에 천상의 세계에서 도망쳐 나온 낙뢰가 급히 몸을 숨기려고 할 때에 생기는 균열과 같은 것이 떠올라 제대로 숨을 쉴 수가 없었다. 재떨이에 담배꽁초를 던지자 그는 담배에 불을 붙이며 감상에 젖은 눈빛으로 입을 열었다.

"너의 할아버지는 매우 독선적인 사람이었어. 아마 너와 나를 합친다 하여도 그 사람에게는 안 될 거야. 그는 자식에 대한 기대치가 너무 높아서, 그의 자식으로 산다는 건 참 힘든 일이었어. 요즘에는 그리 늦은 나이가 아니지만, 당시에는 늦은 나이에 자식을 가져서 그런지, 아들을 대하는 태도가 많이 강압적이었지. 그런 숨쉬기조차 힘든 분위기 속에서 유년기와 청소년기를 보내는 건 지옥 같은 일이었어. 3남매 중에서 살아남은 건 나뿐이야.

아버지의 기대치를 충족할 수 있었던 건 나 하나였어. 둘째는 스스로 목숨을 끊었고, 셋째는 완전히 질려버려서 가족과 인연을 끊고 미국으로 가서 지금까지도 오려고 하지 않아."

그는 손바닥으로 턱을 쓰다듬었다.

"이 이야기는 여기까지 하고 내가 일본으로 유학 가게 된 이야기를 하마. 일본에서 너의 어머니를 만났으니까."

그가 나에게 과거 이야기를 하는 것은 처음이었다. 그래서 그런지 나의 모든 세포들이 팽창하며 그쪽을 향하여 포커스를 맞췄다.

"할아버지는 일본에 대한 동경이 유독 심한 사람이었어. 그래서 나는 일본으로 대학을 갈 수밖에 없었지. 그는 내가 어렸을 때부터 구제국대학을 가라 했고, 어렸던 나는 한국에도 구제국대학이 있는데 굳이 일본으로 갈 필요가 있냐고 했다가 쫓겨날 뻔한 적도 있지. 나는 일본을 싫어했다기보다는 아무런 관심이 없어서 유학이 별로 내키지가 않았어. 그래도 일본으로 가서 한 가지 좋았던 점은 난생처음으로 아버지의 그늘에서 벗어날 수 있었다는 것이었지. 그렇다고 나의 유학생활이 방탕하거나 무절제하진 않았어. 나는 누구보다도 학업에 매진했고 그렇기 때문에 그도 별로 간섭하지 않았던 거야. 그러던 와중에 너의 어머니를 만났다. 그녀는 내가 처음으로 사랑한 타인이었다. 사랑이라는 것이 그토록 강렬한 것이란 걸 그전까지는 알지 못했어."

목이 말라서 레몬에이드를 들이켰다.

"일본에는 관심도 없던 사람이 일본 여자에게는 그토록 빠져

들다니 신기하네요."

그는 내 말을 듣고는 피식 웃었다.

"그러게 말이다. 그녀를 만나고 유학을 간 걸 정말 잘했다고
생각했으니까. 내가 생각해도 웃긴 일이지."

그는 나를 물끄러미 바라보았는데, 그의 시선은 나에게 속한
어머니의 일부분을 보고 있는 것이었다.

"두 집안 다 우리의 교제를 반대했다. 양쪽 집안이 모두 보수
적인 분위기였기에 외국인과의 교제를 받아들이지 못했어. 너희
할아버지도 참 웃긴 사람이지. 일본은 그토록 동경했으면서도
일본 여자와의 결혼은 그리도 반대했으니. 어쨌거나 우리는 난
생처음으로 집안의 뜻을 거스르고 사랑을 택했다. 그 결실로 너
희 누나가 태어났지. 할아버지도 손녀 앞에서는 참으로 약한 사
람이더구나. 그래도 외갓집은 우리를 인정하지 않았고, 우리는
한국에 완전히 정착했다. 몇 년 후에 니가 뱃속에 있었을 때 할아
버지가 세상을 떠났지. 죽기 전 마지막 소원이 너의 얼굴을 보는
것이라고 말했지만, 그건 이루어지지 못했어. 그는 손자가 누구
보다도 당당한 자세로 세상을 살아가는 것을 원했고, 그래서 너
의 이름을 태산(太山)이라고 지었어."

분명 새로운 이야기는 맞지만 이것이 못 다한 이야기라는 것
은 동의할 수가 없었다. 그는 눈꺼풀로 자신의 갈색 눈동자를
가리며 말을 이었다.

"이후의 이야기들은 다 안다고 생각하겠지만, 그건 착각이야."

그는 잠시 화장실을 다녀온다고 말하며 자리에서 일어났고,

나는 손바닥에 묻은 땀을 바지에 닦으며 복잡한 머릿속을 정리
했다. 그가 돌아와서 자리에 앉았다.

"너는 자신의 직감을 얼마만큼이나 믿지?"

정말로 뜬금없었다.

"뜬금없이."

"자신의 직감을 얼마만큼이나 신뢰하지?"

그가 또 사족을 붙이려하자 짜증이 밀려와서 새 담배를 꺼내
물었다.

"만약 너의 부인이 바람을 피웠고 자신의 딸이라 여겼던 존재
가, 사실은 너의 자식이 아니라는… 그런 직감이 든다면 그것을
얼마만큼이나 신뢰할 수 있지?"

테이블 위에 떨어진 담배를 다시 잡으려했지만 손이 떨려서
잡지 못했다. 그것은 사막의 신기루처럼 잡힐 듯 잡히지 않았다.

"차라리 니가 내 자식이 아니었다면 이해할 수도 있었어. 하지
만 너의 누나를 가졌던 시기는 우리가 가장 사랑했던 시절이야.
오래된 부부가 바람 한 번 피는 것은…."

"하… 개소리하지 마!"

자신도 모르는 사이에 호흡이 매우 거칠어져 있었으며 구토의
욕구가 치밀어 올랐다.

"그래 개소리일지도 모르지. 심증만 가는 거니까. 유전자검사
도 안 해 봤으니 확실한 건 아니지."

그는, 나와는 대조적으로 아무런 변화가 없었다.

"나올 수가 없는 혈액형이지만 검사가 잘못 됐을 수도 있지."

자리에서 일어났다. 머리가 어지러워서 더는 이곳에 있을 수가 없었다. 비틀거리니까 비서가 달려와서 나를 부축하려 했지만, 그것을 거칠게 거절하며 계단으로 걸어내려와 건물 밖으로 나왔다. 목은 뜨거웠고 구토감이 밀려왔으며, 곧 속에 있는 것들을 쏟아낼 것만 같았다. 카페 옆의 골목으로 들어가서 바닥에 몇 번이나 구토를 하였다. 십 분 정도 멍하니 계단에 앉아 있으니 조금 진정이 되었다. 그제야 엉덩이 밑의 담배꽁초와 쓰레기들이 느껴졌다. 손으로 입을 닦고서 토사물이 묻은 손을 벽에 닦으며 골목을 빠져나왔다. 씻어야겠다. 주위의 화장실을 찾아보니 적절한 곳은 아까 있었던 카페뿐이었다. 다시 카페로 들어가 화장실로 직행해서 손과 입을 헹궜는데 뒤 쪽의 변기에서 누군가 심하게 구토를 하는 소리가 들려왔다. 원래는 씻은 후에 바로 나가려했지만 타인의 구토소리를 들으니 구토감이 솟구쳐서, 칸막이 안으로 들어가 문을 닫고 쭈그려 앉아 구토를 대비했다. 그러고 있어도 구토는 나오지 않았고 다리가 아파서 변기에 앉았는데 구토의 욕구는 남아 있었기에 밖으로 나가지는 못했다.

아까부터 들려오던 구토소리가 중단되며 누군가가 칸막이를 열고 세면대에서 씻는 소리가 들렸다. 더 있어 봐야 구토가 나올 것 같지는 않아서 칸막이를 열고 나가려 했다. 세면대에는 양손을 짚고서 고개를 숙인 채, 수도꼭지도 잠그지 않은 상태로 멍하니 서 있는 남자가 있었다. 아니 그는 멍하니 서 있다기보다는 떨고 있었다. 나는 칸막이를 닫고서 문을 잠갔고, 소리가 새어나갈까 봐 한 손으로 입을 틀어막았다. 다시 생각해보니 그는 흐느끼고 있었다. 입을 막은 나의 손위로 끝없는 눈물이 흘러내렸다. 참아보려고 해도 참을 수가 없어서 그저 할 수 있었던 건 소리가 새어나가지 않게 하는 것, 그것 하나뿐이었다. 나는 독감에 시달리는 연약한 소년처럼 온몸이 뜨거워졌으며, 칸막이 너머의 남자처럼 몸을 떨었다. 가슴이 찢어져 나가는 것 같았다. 그가 화장실을 나가기 전까지 문을 열 수가 없었다.

그는 나의 아버지였기 때문에.

3

결승이 열리는 B시의 야구 경기장, 라커룸에서 S고의 선수들이 옷을 갈아입으며 그라운드로 나갈 채비를 하고 있었다. 나는 의자에 멍하니 앉아서 한 손으로 야구공을 공중으로 던지고 받기를 반복했다. 준석이 내 곁으로 다가와 등을 쳤다.

"컨디션 안 좋아? 생각이 많아 보이는데."

"괜찮아. 생각할 게 좀 있어가지고."

선수들이 하나둘씩 라커룸 밖으로 나오기 시작했고 준석도 자리에서 일어났다.

"안 가?"

"먼저 가라, 천천히 갈게."

모두가 떠나버린 라커룸 안은 새들의 지저귀는 소리밖에 나지 않는 새벽의 숲속처럼 고요했다. 공을 바닥으로 떠내려보내며

모자를 눌러쓰고 라커룸을 나서려고 자리에서 일어났다. 문 앞에 다다른 순간,

"강태산답지 않은 걸?"

익숙한 목소리에 자연스레 뒤를 돌아보았다. 아까 내가 앉아 있던 자리에 K고의 유니폼을 입은 태일이 앉아서 나를 바라보고 있었다.

피식 웃었다.

"내가 알고 있는 강태산은 자신이 맞다고 여기면 누가 머라고 하든지 불도저처럼 밀고 나가는 남자였지. 남성미가 철철 흘러 넘쳐서 친구에게조차 아버지 같은 느낌을 주는 놈이였어."

왼손 엄지손가락으로 눈썹을 비비며 미소를 지었다.

"태산이 니가 어떤 선택을 하고 무슨 일을 하든지 간에 나는 널 끝까지 응원할 거야. 니가 나에게 그래주었던 것처럼."

말을 마치자 그는 대답할 시간조차 주지 않고 사라져버렸다. 그가 떠난 자리를 잠시 동안 응시하다가 라커룸 밖으로 나갔다. 그라운드를 향해서 걷고 있는데 뒤 쪽에서 익숙한 담배냄새가 풍겨왔다. 향기에 이끌려 고개를 돌리니 아버지가 나를 바라보고 있었다.

"오늘은 처음부터 마지막까지 너의 플레이를 지켜볼 거야. 시간도 비워뒀고."

말없이 고개를 끄덕이자 그가 손을 내밀었고 그에게로 다가가서 손을 잡았는데, 구릿빛의 거칠고 물집투성이인 내 손과는 대조적으로 그의 손은 매끄럽고도 희었다.

"누구의 손이 아버지의 손인지 모르겠구나."

그는 상반된 두 개의 손을 바라보며 자조적으로 말했다. 손을 놓고서 다시 그라운드로 걸어가다가 아니, 얼마 나아가지 못하고 뒤로 돌아서서 그를 향해 달렸고 아버지라는 존재를 강하게 끌어안았다. 아킬레스건에서부터 북받쳐 오르는 뜨거움이 터져 나와, 어깨를 적셨다. 그와 떨어져서 다시 그라운드를 향해 걸어 갔다.

왼쪽 어깨가 젖은 채로.

침대에 누워 손을 머리에 받친 채로 상패를 닦는 유라의 모습을 바라보고 있었다. 그녀는 혹여 그것에 손상이 가지 않을까 염려하듯이 조심스럽게 닦았다. 상패를 아무렇게나 내팽개쳐 놓았는데 유라가 세정제를 사들고 나의 방으로 와서 그것을 정리 해주었다.

"3연속 MVP는 최초라면서."

유라는 상패를 들고 너무나 좋아했는데 누가 보았더라면 그녀가 수상했다고 여겼을 것이다. 상패들을 정리한 유라는 내친김에 서랍 안까지도 정리하려 했는데, 나는 그냥 그녀가 하고픈 데로 내버려두고 휴식을 취했다.

"이때는 귀여웠네."

그녀가 사진 한 장을 들고서 내 쪽을 보더니 옆으로 와 앉았다.

"어머니랑 누나신가? 둘 다 정말로 미인이시네. 잘려나간 부분은…."

유라로부터 사진을 넘겨받고 손가락으로 잘려나간 부분을 만졌는데 단면은 매우 날카로워서 조심하지 않으면 베어버릴 것만 같았다.

"벌써 시간이 이렇게 됐네."

그녀는 오늘 동생을 데려다주는 사람이 일이 있어서, 자신이 학원까지 데려다줘야 한다고 말했었다.

"동생이 몇 살이라고 했지?"

"10살이야."

"바이크로 집까지 데려다줄까?"

유라는 입꼬리를 올리고서 나의 이마에 입을 맞췄다. 그녀에게서 부드러운 향기가 났다.

"쉬세요. 어제가 결승이었잖아요."

그녀가 방을 나섰고 현관문이 닫히는 소리가 들리자, 잡고 있던 사진이 다시 시야에 들어왔다. 엄마와 누나가 있고 어린 내가 있었다. 그의 부분은 가위로 잘려나가져 있었다. 그것을 서랍에 넣어두고 옥상으로 올라가서 담배를 물었다. 불을 붙이고 난간에 기대어 구름 한 점 없이 맑은, 바라다보면 끝없이 아찔해지는 하늘을 보았다.

후회한다. 행동과 판단력에, 나의 이성이 이토록 보잘것없고 희미한 것인지 몰랐다. 의식은 무의식의 노예로 전락했고 통제 범위를 벗어나 버렸는데, 누구나 실수를 한다고 합리화하고 싶지는 않다. 타인에게서 나는 악취보다 스스로에게서 풍기는 부패한 냄새가 더 견딜 수 없었다. 후회한다. 그를 다시 아버지라 부르고 여겼던 모든 시간들을, 다시는 이런 실수를 하지 말자고 다짐하진 않겠다. 그것도 자위의 일종이니까. 그저 이 말만을 하고 싶다.

쉬운 용서는 과거의 분노를 느꼈던 자신에 대한 모욕이다.

어쩌다 보니 핸드폰이 고장나버렸다. 수리점에 맡기니 일주일은 걸릴 것이라는 답변을 받았다. 집에는 전화기가 없었기에 타인과 연락을 취할 방법을 상실해버렸다. 메신저나 SNS도 하지 않았기에 무인도에 갇혀버린 기분마저 들었다. 또래에 비해 핸드폰에 대한 의존도가 높지 않다고 생각했지만, 나도 시대에 물결에 흘러가는 사람이었다. SNS에 가입해볼까도 했지만 집에는 컴퓨터가 없었고 연락을 취할 때마다 PC방을 가는 것도 번거로워서 가입하지 않았다. 이틀 뒤에 있을 유라와의 약속을 잊지 않기 위해 포스트잇에 적어서 냉장고에 붙였고 옥상으로 올라가, 담배를 태운 후 유라에게 연락을 하기 위해 밖으로 나왔다. 분명 어릴 때만 해도 5분 거리마다 공중전화가 있었는데, 지금은 다 없어져 버렸다. 단골 세탁소 아저씨에게 핸드폰을 빌리려고 그곳을 찾았다. 아저씨는 Queen의 〈love of my life〉 멜로디에 맞춰 콧노래를 흥얼거리며 파란 셔츠를 다리고 있었다.

Love of my life you've hurt me.
내 평생의 사랑 당신은 나에게 상처를 주었어요.
You've broken my heart and now you leave me.

내 마음을 아프게 하고 날 떠나버렸죠.

"왔어?"

그는 나를 반갑게 맞아주었다. 그에게 세탁물을 건네며 5분만 핸드폰을 빌려 달라 말하니, 10분도 괜찮다면서 핸드폰을 주었다. 세탁소 앞에서 담배를 태우며 그녀에게 전화를 걸었다. 약속 장소를 번화가의 공원으로 정하고 전화를 끊었다. 세탁소에 들어가 아저씨에게 핸드폰을 돌려주었다.

"담배는 피우면 피울수록 끊기가 힘들어. 이왕이면 젊을 때 끊어야 돼."

집으로 돌아와서 야구 장비들을 보스턴백에 넣고 타격 연습장으로 향했다. 배팅 글러브를 끼고 스트레칭을 하며 뭉친 근육들을 풀었으며, 배트를 잡고 머신을 작동시켰다. 배팅 머신에 불이 들어왔고 자세를 잡으며 머신을 응시한 후, 튀어나오는 볼을 매끄럽게 받아넘겼다. 새삼스럽지만 볼을 넘길 때에 양손으로 전달되는 감각은 짜릿한 전율에 가까운 것이었다. 휴식 없이 몇 시간이나 볼을 때리니 전심이 땀으로 젖었다. 자판기에서 음료수를 뽑아 벤치에 앉아서. 땀을 식히고 있으니 초등학교 저학년 쯤으로 보이는 까무잡잡한 소년이 내게 말을 걸었다.

"형, 야구선수에요?"

소년이 천진난만한 눈빛으로 말을 걸어왔기에 무시할 수가 없었다.

"그래."

소년은 활기찬 아이에게서 주로 보이는 특유의 과장된 몸짓과 목소리로 입을 열었다.

"이제 것 본 사람들 중에 제일 잘 치는 거 같아요. 소리부터가 차원이 다른데요?"

희미한 미소가 떠올랐다.

"그래? 너도 야구선수가 꿈이니?"

소년은 그렇다고 답했고 자리를 떠나며 열심히 하라고 말했다. 날씨가 좋아서 별다른 것이 없어도 기분이 좋아지는 하루였다. 나의 일상은 이런 것이었다. 야구를 하고 담배를 피우며 여자를 만나는. 그렇게 이틀이 지나고 해가 중천으로 떠오른 시간에 잠에서 깨어났다. 첫 끼니를 유라가 준 토마토소스를 뿌린 스파게티로 때웠다. 내가 삶았지만 참 알맞게 삶아서 면발의 식감이 만족스러웠다. 스파게티 위에 뿌려진 소스는 유라의 어머니가 만든 것이었는데 먹어본 것 중에 최고였다. 나중에 그녀의 집에서 어머니가 만들어주는 식사를 해봐야겠다.

감독이 오늘은 팀의 청백전이 있으니 꼭 제시간에 오라고 당부했기에 보스턴백을 들고서 집을 나섰다. 라커룸에서 옷을 갈아입고 그라운드에 나가보니 선수들이 줄을 맞춰서 운동장을 돌고 있었다. 푸른빛이 도는 선글라스를 착용한 감독이 언젠가부터 옆에 서 있었다.

"너의 미국 진출은 소문만 무성하더구나."

하품을 하며 뭉친 어깨 근육을 주물렀다.

"소문은 믿을 게 못돼요."

그는 헛기침을 했다.

"나한테도 말 안 해 줄 거냐? 그래도 너를 2년 넘게 지도했는데."

"감독님에게는 숨길 수가 없죠. 신생팀을 전국 1위로 끌어올린 명장이신데 제가 그 은혜도 모르겠어요?"

"오래 살고 볼일이구나. 니 입에서 그런 말도 나오고."

나는 모자를 고쳐 썼다.

"여름에 가요. 확정이에요. 보도는 여름이 되기 전까지는 안 나갈 거고요."

"팀은?"

"아시잖아요."

감독은 선수들을 불러 세우고 팀을 나누었는데 준석과 나는 상대편이 되었다. 타석으로 들어서자 모두의 시선이 우리에게로 쏠렸다. 준석은 마지막 남은 장난기마저 빼버린 분위기를 풍기며 송진가루를 털었다. 경기가 끝나고 옥상에서 줄담배를 피우는데 준석이 문을 열고서 다가와 나를 따라 난간에 등을 기대며 하늘을 보았다.

"나도 많이 늘은 줄 알았는데 너를 상대하니까 주제 파악이 좀 되는 거 같다."

"재능이 터지는 시기는 개개인마다 차이가 있지. 너도 나중에는 미국에 올 수 있을 거다. 그때 다시 붙어보자."

담뱃재를 튕기며 바닥에 침을 뱉었다.

"나 먼저 가 있을 테니까."

샤워장으로가 유니폼을 벗은 후 땀에 젖은 육체를 씻어버리고 옷을 갈아입었다. 근처에 세워둔 바이크를 몰고 집을 향해 달려 나갔다. 검은 바이크를 주차장에 세우고 헬멧을 벗으니 오피스텔 입구에 서 있는 한 여자가 보였다. 그녀는 노란색 스웨터에 청바지를 입고 있었고 머리카락은 어깨를 살짝 넘기는 길이였다. 새삼스럽긴 해도 그녀의 눈동자는 인상적이었다. 맑고도 영롱한 그것은 사슴의 것을 연상시키에 충분했다.

"오랜만이네."

내가 말했다.

그녀는 전보다 성숙한 분위기를 발하며 물끄러미 나를 보았다.

"보고 싶어서 기다리고 있었어."

건물 현관에 있는 도어락에 비밀번호를 눌렀다.

"올라가서 이야기나 하자."

문을 열고서 지은과 함께 거실로 들어왔다.

"레몬에이드 한 잔 줄게."

보스턴백을 내려놓고 부엌으로 가려는데 그녀가 내 손목을 잡았다. 그녀는 날 놓아주려 하지 않았으며 무언가 할 말이 있다는 눈길을 계속해서 나에게 던졌다. 그녀는 몇 초간 그렇게 있더니 갑자기 내 품에 안겨 흐느끼기 시작했다.

"태일이는 왜 그런 선택을 했을까?"

딱딱하고도 무거운 추를 삼켜버린 듯이 가슴 한 편이 답답해져 왔다.

"이해하려고 하지 마. 태일이의 선택을 그냥 존중해주자."

그녀가 내 가슴팍을 쥐어뜯었다.

"왜… 왜… 그랬을까?"

내가 그녀의 등을 쓰다듬어 주자 그녀는 내 가슴팍을 적셔가기 시작했다. 그녀는 나를 보고 싶어서 이곳을 찾은 것이 아니라 그의 빈자리를 채우기 위하여, 그 역할을 가장 잘 수행할 사람이 나라서 찾아온 것이다. 다른 남자였다면 그 역할을 거부했을 테지만 그를 대체하는 것이라면 몇 번이라도 괜찮았다. 그리고 나 또한 그녀를 대체품으로 여기지 않았던가. 그녀뿐만이 아닌 다른 모든 여자들도.

그녀를 품에 안은 채 위로해주고, 눈물을 닦아주고, 이야기를 들어주었다. 지은의 입술이 나의 입술을 포개며 키스를 시작했는데, 여인의 혀끝에서 느껴지는 비애의 떨림은 나의 심장을 시리게 하였다. 그녀의 마음은 오롯이 태일을 향하여 서 있었고 나는 그런 지은에게서 태일의 체취마저 느껴지는 기분이 들었다. 우리는 서로를 가로막던 얇은 장벽들을 한 꺼풀씩 벗겨내며 방으로 향했고 침대 위에서 가시덤불처럼 얽혀 들어갔다. 나의 페니스가 문을 열고 그녀와 하나가 되었을 때 여인이 내뱉은 소리와 흘리는 눈물은 이전과는 다른 낯선 것이었다. 여인은 눈을 감지 않았으며 내 시선을 피하지 않고 그것을 자신의 눈동자에 새기려는 듯, 나의 안광을 빨아들였다. 허리를 진동시킬 때마다 침대는 흔들렸지만 지은의 눈빛은 흩트려지지 않았고 마치 푸른 공작새의 깃털처럼 부동의 정결한 자태를 유지했다.

머리카락이 지은의 얼굴을 가리자, 나는 연못 위에 떠있는 나뭇잎을 건져 올리듯이 그녀의 머리카락을 얼굴 밖으로 밀어냈다. 평소보다 이르게 페니스는 폭발했고 그녀의 옆에 누워서 그녀를 바라보았다. 지은이는 내 얼굴에 한 손을 얹고 뺨을 어루만졌다.

"오늘 이후로 태산이 너를 당분간 못 보게 될 것 같아."

그녀가 눈을 깜빡였다.

"다른 세계들을 경험해보기로 결정했어. 그것이 지금의 나에게 가장 필요한 일이란 생각이 들었어."

얼굴을 쓰다듬는 그녀의 손 위에 나의 손을 포갰다.

"어디로 갈 건데?"

"아이슬란드를 가서 오로라를 보고 싶어. 남아공으로 가서 희망봉도 볼 거야. 그리고 아르헨티나로 가서 탱고 공연도 볼 생각이야."

그녀는 미소 지었다.

"삶에 답이 있다고는 생각하지 않아. 다만 다른 세계로 가면 이곳에서는 할 수 없었던 생각들이 떠오르겠지?"

그녀의 선택을 존중해주고 싶었기에 그 선택에 대해서 더 말하지 않았다. 그녀의 손을 힘주어 잡았는데 그것은 내 손에 비해 작고 연약했으며, 조금만 더 힘을 주면 투명한 유리조각처럼 부셔질 것만 같았다.

"미국에 오게 되면 연락해라 언제든지 만나러 갈 테니까."

지은이는 내 눈을 응시하며 고개만 살짝 끄덕였다. 창문 밖에서 빗소리가 들렸다. 빗줄기는 점점 굵어지는 것 같았는데 소리가 점점 무거워져 갔기 때문이다. 봄과는 어울리지 않는 투박한 빗소리였다.

이불로 전라의 그녀를 가리며 갈증을 해소하기 위해 부엌으로 향했다. 투명하고도 매끈한 유리잔에 차디찬 물을 채우고서 목을 적시는데 냉장고에 붙은 포스트잇이 보였다. 유라와의 약속을 잊어버리다니. 지은과 함께하다 보니 거기에 푹 빠져버려서 유라의 존재 자체를 잊고 있었다. 급히 방으로 돌아와서 옷을 껴입자 막 잠들었던 지은이 눈을 깜빡이며 나를 보았다.

"어디 가?"

"약속을 까먹었어. 핸드폰도 고장 나서 완전히 잊어버렸네."

그녀는 팔로 몸을 지탱한 채, 비스듬히 상체를 일으켰다.

"여자친구야?"

고개를 끄덕이고 현관문 쪽으로 걸어가니 그녀가 이불을 두르고 따라 나왔다. 신발을 신고 커다란 검은색 우산을 챙겼다.

"잘 지내야 돼, 다시 만나게 되는 날까지."

"니도 잘 지내라."

지은의 쓸쓸한 눈길을 뒤로하고 집 밖을 나와서 택시를 잡았다. 택시기사에게 요금을 2배로 줄 테니 빨리 가달라고 말했다. 그에게 핸드폰을 빌리려다가, 그녀의 전화번호가 생각나지 않아서 그만두었다.

택시가 약속장소인 공원 앞에 멈춰 섰고 그녀를 찾기 위해 우산을 펼치며 달려갔다. 비가 내리는 공원은 아무도 없었지만 하얀색 원피스를 입은 한 명의 여인만은 고독하게 서서 누군가를 기다리는 듯 보였다. 그녀는 쏟아지는 비를 아무런 저항 없이 맞으며 고개를 숙인 채, 외로이 서서 나를 기다리고 있었다. 그녀에게 우산을 씌워주었다.

"왜 이러고 있어? 근처에 카페나 식당으로 가서 기다리지 않고."

그녀가 고개를 들자 물기를 가득 담은 촉촉한 흑색의 눈동자가 선명하게 빛났고 나는 그 선명한 눈동자를, 똑바로 쳐다볼 수가 없었다. 30초 정도가 지나가 버렸음에도 그녀의 연분홍빛 입술은 열릴 기미가 보이지 않았는데, 차라리 다행이었다. 그것이 열리게 되면 감당할 수가 없을 것 같았기 때문이다. 마침내 분홍빛 목소리가 연약한 입술 밖으로 고개를 내밀고 내 귀까지 날아왔다.

"니가 나랑 만나면서 다른 여자들을 만난다는 건 알고 있었어. 내가 너를 생각하는 것만큼 너는 나를 생각하지 않는다는 것도 잘 알아. 내가 필연적 운명이라고 여기는 많은 순간들을, 넌 두 개의 주사위를 던져서 나온 합과도 같은 우연이라고 여기는 것도 알고 있어. 처음 만난 순간부터 니가 나에게 허용한 공간이 어디까지인지도 알고 있고 더 들어가려 할 때마다, 그때마다 니가 날 밀어냈던 것도 알아. 나는 바보가 아니야. 그 누구보다도 잘 알아. 하지만 너를 사랑해. 왜 이렇게까지 너를 생각하고, 필요로 하고 원하는지, 나 자신도 이해가 가지 않지만 그런 것들은 중요치 않아. 정말 중요한 것은 나는 나 자신보다도 너를 사랑한다는 거야."

고결해 보이는 아르테미스의 흰옷자락이 나풀거리며 내 품으로 다가와 나를 적셨고, 일순간 정신이 아득해져서 손에 든 것을 놓쳐버릴 뻔했다.

"길을 걷고 있을 때면, 너와 함께 걷고 싶다는 소망이 떠오르고, 맛있는 음식을 먹을 때면 너에게 가져다주고픈 욕구가 생겨나고, 아름다운 음악소리를 들으면 너와 함께 그것을 느끼고 싶어. 사랑해. 니가 나를 버리고 다른 여자의 품에서 잠든다 해도, 니 머릿속에 내가 존재하는 공간이 사라져 버린다 해도, 모두가 너를 욕하고 그런 너를 사랑하는 나까지 손가락질 받는다 해도, 이 세상에서 너를 가장 사랑하는 사람은 나일 거야."

들고 있던 우산의 무게를 도저히 감당할 수가 없어서 그것을 놓쳐버렸다. 그녀와 나는 떨어지는 빗줄기를 맞으며 그곳에서 함께 서 있었다. 빗물이 나를 흠뻑 적시는 와중에 나눈 유라와의 키스는 이제껏 경험한 것과는 다른 의미로 다가왔고 그 순간이야말로 우리가 진정으로 하나가 되었던 순간이었다.

우리는 택시를 타고서 그녀의 집으로 향했다. 택시기사는 물에 젖은 우리들을 태우려 하지 않았지만 돈을 얹어주자 군소리 없이 목적지로 나아갔다. 유라의 집 현관문을 열고 들어서니, 그녀의 동생이 달려 나와 우리를 맞았다.

"이 사람이 태산이 오빠야?"

유라의 어린 시절이 이랬을 것이라고 생각될 만큼 동생은 언니와 닮았는데, 한 가지 다른 점이 있다면 동생의 눈동자는 브라운색이었다는 점이다. 유라는 계속해서 말을 거는 동생을 떼어 놓고 나와 함께 욕실로 들어가서 샤워를 했다. 나는 그녀의 희고도 보드라운 살결을 문지르며 그녀를 씻겨주었고 유라는 상처투성이의 거친 피부를 어루만지며 나를 청결하게 만들었다. 유라의 손길이 내 머리를 감겨주던 누나의 손길처럼 그토록 성숙하게 다가온 건 처음이었다.

그녀는 먼저 욕실을 나가서 아버지가 집에서 입는 옷을 가져왔고 나는 그것을 입었다. 유라가 내 옷들을 세탁기에 넣으러 가고 혼자 소파에 앉아 TV를 보는데 유라의 동생이 방에서 나와, 나로부터 조금은 떨어진 곳에 서서 물끄러미 나를 바라보았다. 소녀에게 미소 지으며 손짓을 했다.

"왜 그러고 있어? 옆에 앉아."

소녀는 목을 빨갛게 물들인 채, 말없이 소파에 앉아서 미동조차 하지 않고 TV를 응시했다. 소녀의 얼굴을 쳐다보았는데 그 자그마한 인형은 얼어붙은 채로 눈동자만 굴려댔다.

"내가 무서워?"

소녀는 목각인형처럼 고개를 가로저었다.

"아니요."

유라가 거실로 와서 동생 옆에 앉자 소녀는 갑자기 말이 많아졌다.

"태산이 오빠랑 같이 씻었다고 아빠한테 이를 거야."

유라는 난처한 표정으로 내 얼굴을 보았다. 백설같이 하얀 인형의 뺨을 어루만졌다.

"왜 언니를 괴롭히고 그래."

인형은 내 눈을 응시하며 쉴새없이 눈을 깜빡거렸다.

"죄송해요, 안 그럴게요."

인형이 말을 하다니, 너무 귀여웠다. 왼손으로 긴 머리털을 계속 쓸어내리며 그것의 얼굴을 뜯어보았다. 유라의 동생은 아까보단 나아졌지만 뻣뻣하게 전방만을 응시했다.

"보라가 웬일이야? 다른 사람이 머리카락 만지는 거 싫어하잖아."

귀를 새빨갛게 물들인 소녀는 머리를 흔들었다.

"내가 언제 그랬어?"

우리는 웃었다.

"보라야, 혹시 괴롭히는 놈 있으면 말해 내가 혼내줄게."

보라는 내 가슴을 보며 고개를 끄덕였다.

"오빠는 우리 집에 처음 와 본 거야?"

"아니, 너 없을 때 몇 번 와봤어."

소녀는 언니를 쳐다보았고 나는 세탁기가 내뱉은 멜로디를 듣고서 옷을 꺼내러갔다. 베란다에서 헤어드라이기로 옷을 말리며 담배를 피웠다. 유라도 드라이기를 가져와 내 옆에서 옷을 말리는 걸 도와주었다. 대충 다 마른 것 같아서 유라의 방으로 간 후 옷을 갈아입었다.

"나도 내년에 미국으로 가고 싶어."

유라의 나지막한 목소리가 전달되었다.

재킷을 걸치고 그녀의 손을 잡았다.

"대학교 졸업하면 와 아직은 일러."

"미국에서 대학 다니면 되잖아."

"부모님은 뭐라고 하시는데?"

"아직 말 안 해봤어."

그녀와 함께 현관문 앞에서 신발을 갈아 신는데 보라가 그 소리를 듣고 방에서 나왔다.

"다음에는 언제 올 거예요?"

"너 없을 때."

인형은 실망한 표정을 지으며 고개를 숙여 바닥을 보았고 나는 웃으며 유라와 집을 나섰다.

"동생이 10살이라고 했지?"

"응."

밖으로 나오니 비가 그쳐서 우산을 펼칠 필요가 없었다. 길목마다 고여 있는 물웅덩이를 피하면서 대로로 나와 택시에 타려고 했을 때, 그녀가 내 뺨에 입을 맞췄다.

"내일 봐."

집으로 돌아오니 아무도 없었다. 옷을 갈아입고서 토스트를 구웠다. 토스트에 땅콩버터를 바르고 포도주스와 함께 끼니를 때웠다. 양치를 하고 방으로 들어갔는데 책상 위에 놓여 있는 쪽지가 보였다.

"부탁이 하나 있어. 내가 너를 찾기 전까지 나를 먼저 찾지 말아줘. 부탁할게. 지은"

옥상으로 올라가서 난간에 기댄 채, 이미 수십 번이나 읽은

쪽지를 들고서 한참이나 멍하니 서 있었다. 그녀의 의도가 무엇인지 나로서는 잘 알 수 없었지만, 부탁이니 들어줄 수밖에 없었다.

며칠 전에 맡긴 세탁물을 찾으려고 세탁소를 찾았다. 아저씨는 의자에 앉아서 TV를 보고 있었다.

"왔어? 잠시만 기다려 바로 가지고 나올게."

그는 내 이름이 적힌 옷을 찾으러 들어갔고 나는 켜져 있는 TV에 시선을 두었다.

"한 중년의 남성이 지하철 선로 아래로 떨어진 아이를 구하려다가 사고를 당해…."

멍청한 짓이야. 아저씨가 세탁물을 나에게 건네주었고 그것을 받아들고 세탁소를 나왔다. 몇 발자국을 걸어가다가 뒤통수를 맞은 듯한 느낌이 들어 쓴웃음을 지었다.

몇 주 뒤 카페 2층의 창가 구석자리에 앉아서 책을 읽고 있었다. 평일 정오의 카페는 같은 시간대의 숲속처럼 고요해서 책을 읽기에는 적절한 장소였다. 요즘은 레몬이드가 끌리지 않는다. 자몽에이드를 두 잔째 마시며 독서에 몰입하고 있는데, 머릿속은 카페와는 다르게 사유의 소용돌이로 북적거렸다. 인상적인 부분들을 몇 번이나 다시 읽으며 단어와 쉼표 하나까지 음미하며 깊은 맛을 느끼고 있었다. 그런 나에게 따스한 햇살 같은 소녀의 목소리가 드리웠다.

"오빠, 나 여기 앉아도 돼요?"

고개를 드니, 근처 중학교의 교복을 입은 소녀가 맞은편에 앉았다. 소녀는 귀여운 얼굴을 하고 있긴 했지만 중학생으로는 보이지 않았다. 만약 그 교복을 몰랐다면 고등학생이라고 생각했을 것이다. 그녀는 뜨거운 커피를 호호 불면서 나와 눈을 맞췄다. 다시 책에 시선을 돌리며 독서에 몰입하려 했다.

"내가 누군지 궁금하지도 않아요?"

"그래."

그녀의 얼굴을 보진 않았지만 표정이 그려졌다.

"책이 그렇게 재밌어요?"

아무 말도 하지 않고 책을 읽었는데 소녀는 나의 말이 나오기를 기다리는 듯했다. 책을 덮고 그녀를 바라보니 눈에서 나오는 빛이 참 맑고 선명했다.

"용건이 뭔데?"

내가 입을 떼자 소녀는 입술을 활짝 벌렸다.

"그냥 오빠 같은 분위기의 남자가 좋아서요. 심심하기도 하구. 근데 목소리가 정말 좋네요?"

주머니에 든 담배 케이스를 꺼내면서 흡연실로 향했다. 문을 닫으려는데 그녀가 따라 들어와 문을 닫았다. 담배를 물고 그것에 불을 붙이자 그녀가 자신도 한 개비 빌려달라고 말했다. 검지와 중지를 말아서 이마에 튕기는 시늉을 하니까, 그녀가 양손으로 이마를 가리고 뒷걸음질쳤다.

"어때요, 아무도 없는데."

그녀를 외면하고 담배연기를 뱉었다.

"내 이름은 희선이에요. 오빠는 이름이 뭐예요?"

담배를 비벼 끄고서 흡연실을 나와 자리로 돌아왔다.

"내가 좋아서 이러는 거냐?"

"당연하죠. 관심도 없는데 이러겠어요?"

자몽에이드로 텁텁한 목을 축였다.

"교복은 입었으면서 학교는 왜 안 간 거야?"

"갔어요. 아파서 조퇴한 거예요."

"아파 보이진 않는데."

희선은 갑자기 사례가 들린 듯 심하게 기침을 했고 얼굴이 빨갛게 변했다. 계속 바라만 보고 있으니 기침을 멈추고 나를 향해 살짝 혀를 내밀었다.

"이제 아파 보이죠?"

피식 웃으며 창밖으로 시선을 던졌다.

"사실 오빠가 누군지 알아요. 우리 아빠가 야구광이라 고교 야구까지도 챙겨보시거든요. 저도 어쩔 수 없이 한 번씩 봐요."

희선은 커피를 홀짝거렸다.

"경기를 보고 오빠의 팬이 됐어요. 다 그럴 거예요 오빠 경기는 오빠밖에 보이지 않아요."

희선은 두 눈을 깜빡이며 내 표정을 살폈다.

"더 할 말은 없니?"

"이야기할 거리야 무수히 많죠. 같이 노래방이라도 갈래요?"

시간을 확인하니 이곳에 꽤 오래 머물렀단 걸 깨달았고 자리에서 일어나 희선의 손목을 잡았다.

"오늘은 좀 그렇고 다음에 볼 기회가 있으면 밥이나 한 번 사 줄게."

희선은 나를 잡고 싶어 했지만 그녀의 바람은 이루어지지 않았다. 아마, 다시 그녀를 보게 될 일은 없을 것이다. 미국으로 가게 되면 한국에 체류하는 날은 며칠 되지도 않을 것이기에.

4

육체가 녹아 흐물거리면서 의식의 흐름과 함께 허공을 배회한다. 육체는 담배연기처럼 흩어지기 시작했는데, 그것을 더 이상 나라고 부를 수 있을지 모르겠다. 찬란히 빛나는 별들에 다가가고픈 소망은 이루어지지 못한 채 점차 엷어져갔다. 한 소년이 침대에 앉아 누나를 바라보고 있다. 누나는 서점에서 사온 하루키의 신간 소설을 책장에 꽂아 넣었다. 그곳에는 원서로 된 하루키의 모든 소설들이 꽂혀 있었다. 그녀는 동생에게 말했다. 모든 대중예술가들이 하루키처럼 두 가지를 다 얻고 싶어 하지만, 모든 개츠가 황금모자를 쓸 수 없듯…. 뒤에 무슨 말을 했는지는 기억나지 않지만, 나를 향해 싱긋 웃던 누나의 미소는 심장에 박힌 파편처럼…. 어느새 소년의 모습을 한 나는 두 여인과 마지막으로 떠난 여행의 기억 속에 있다. 차 안에는 어머니가 좋아하던 가수인 마츠다 세이코의 〈푸른 산호초〉가 흘러나왔고 그 노래는 자장가처럼 눈꺼풀을 무거워지게 했다. 누나의 손은 보드

랍고도 매끄러웠으며, 피부는 언제 보아도 티끌 한 점 없이 새하얬다. 그녀의 브라운색 눈동자가 나에게서 멀어져 가며 시야가 흐릿해지기 시작했다. 어머니가 나를 안고 눈물로 나의 머리카락을 적시며 진정으로 사랑한 사람은 너뿐이라 말하면서 투명한 광채가 나는, 계속해서 바라보면 아득해져 자신을 잃어버릴 것 같은, 신비한 샘물을 연상시키는 아름다운 눈동자로 내 눈을 한참이나 응시했다. 그 눈은 평생 잊지 못할 기억이고 추억의 파편들 속에서 돋보이는 빛줄기로, 지금까지도 내 심장을 향하여 뻗어 있다. 하지만 그 영원할 것만 같았던 섬광조차도 희미해져 갔고 정신을 차려보니 고풍스러운 테이블에 앉아 있었다.

바닥은 흑백의 정사각형 타일이 교차적으로 박혀 있고 벽에는 타원형의 거울과 이상한 나라의 엘리스에 나올 법한 가구들이 놓여 있었다. 삼각형의 창밖으로 보이는 세상은, 소용돌이 모양으로 뒤틀려져, 이곳이 어딘지 가늠할 수가 없게 했다. 쿠바산 시가 냄새가 코를 때려, 정면으로 고개를 돌리니 그가 앉아 있었다. 그는 연기를 길게 뿜어대며 나를 쳐다보았다. 그가 피우는 시가는 내 손에 들려 있는 담배보다 길고 두꺼웠다. 테이블 중앙에 놓인 재떨이에 담뱃재를 털었는데, 거기에는 내가 잘라냈던 그의 사진들이 담겨 있었다.

"진실이란 건 뭐지?"

그의 음성이 메아리치며 나에게 도달했다.

"너에게 있어서 진실이란 건 언제든 달라질 수 있는 건가?"

담배연기를 뱉고 담뱃재를 털었으나 담배는 전혀 줄어들지 않왔다.

"내가 믿는 것이 진실이죠. 그건 당신도 마찬가지잖아? 나는 부정할 수 없을 정도로 당신을 닮았으니까."

그는 웃으면서 다리를 꼬았다.

"무슨 소리야? 너에게 진실을 전달했음에도 너는 너만의 진실에 갇혀 있는 걸 말하고 있는 거야."

재떨이에 침을 뱉고 그의 눈을 응시했다.

"당신에게는 당신만의 진실이 있고 나에겐 나만의 진실이 있는 거죠. 설마 당신의 진실이 객관적 진실이라고 말하고 싶은 겁니까?"

그는 말없이 시가를 태웠다. 나는 그가 말하기 전까지 아무 말도 하지 않았다.

"니가 이토록 자기합리화가 심한 인간인지 몰랐다. 마치 할아버지 같구나."

목이 터져라 웃으면서 재떨이를 거울로 던졌다. 거울은 파열음을 내며 수백 개의 조각으로 나누어졌지만, 바닥으로 떨어지지는 않았다. 재떨이는 방안을 빙글빙글 돌다가 내 발 앞에서 멈춰 섰고 그곳에 담뱃재를 털었다.

"객관적 진실이라는 것은 없어요. 저마다의 주관적 진실을 가지고 살아갈 뿐이죠. 어리석은 자들은 자신의 진실이 객관적 진실이라 여기며 살아가지만, 나와 당신은 아니죠. 나와 당신은 각자의 진실을 믿으며 살아왔고 앞으로도 그렇게 살아갈 겁니다. 당신은 끝없이 평행선을 긋고 있는 지금의 상황이 견딜 수 없겠지만, 그렇기에 당신이 나를 만난 것이지만, 우리의 평행선은 무한히 뻗어나가도 영원히 만날 수 없어요."

그는 조용히 시가를 음미하다가 말했다.

"내가 널 그 무엇보다 사랑하는 것도 나만의 진실인가?"

거울이 절규하는 것 같은 파열음을 내었는데 그것은 눈발이 휘몰아치는 설원에서 연인에게 배신당해 오열하는 여인의 목소리를 연상시켰다. 거울의 파편들은 바닥으로 떨어지며 가루처럼 잘게 부수어졌다. 갑자기 지진이 난 것처럼 모든 것이 흔들렸고 바닥과 테이블을 제외한 모든 것들이 소용돌이 속으로 뒤틀려져 갔으며, 머리카락도 몰아치는 강풍 때문에 흔들렸다. 담배를 붙잡아두고 싶었지만 바람은 그것을 허용하지 않아, 저편으로 날아가 버렸다. 강풍의 위용 앞에서 도저히 눈을 뜨고 있을 수 없었다.

금발의 곱슬머리를 한 기자에게 질문을 받았다.

"목표라, 테드 윌라암스를 뛰어넘는 보스턴의 상징이 되는 것입니다."

다시 한 번 의식이 담배연기처럼 흩어져 갔다. 큰 강이 보인다. 피처럼 새 빨간 물이 흐르는. 그곳에는 두 개의 별이 흐른다. 그런데, 하나의 별은 빛을 잃어가고 있었다. 강의 상류? 아니, 중심부에는 심장을 닮은 큰 섬이 있다. 그 섬은, 마치 자신이 심장이라도 되는 양 팽창과 수축을 반복하고 있다. 계속 해서 바라보고 있으니, 그것이 나의 심장과 동일한 박동으로 뛰고 있다는 것이 느껴졌다.

아… 저것은 나의 심장이구나. 나는, 나의 심장을 바라보고 있구나.

침대 위에서 눈을 떴다. 밖을 보니 아직 새벽이었다. 베란다의 문을 열고서 테이블에 앉아 담배를 물었다. 테이블 위에는 저녁에 마시던 검은 기네스 맥주캔이 놓여 있었고, 그것을 흔들어보니 조금 남아 있어서 목을 축였다. 공원을 내려다보며 담배연기를 뱉었다. 미풍이 불어왔다. 미풍임에도 꽤 쌀쌀해서 이제 겨울이 다가왔구나 싶었다. 지난 몇 달 사이에 많은 일들이 일어났다. 현재는, 미국 최북단의 포틀랜드 시의 한 빌라에서 살고 있다. 원래 알고 있던 포틀랜드는 이 포틀랜드가 아니었지만 오히려 더 만족스러웠다. 메인주라지만 가장 구석에 위치한 이곳은 사람이 적고 산림이 많은 시골이었다. 평소에 생각했던 미국의 이미지와는 전혀 다른, 조용하게 살 거라면 그에 어울리는 곳이다. 화려한 네온사인과 거대한 빌딩숲이 맞는 사람이라면 견디기 힘들 테지만 나는 그런 사람이 아니라서 잘 적응해 나가고 있다.

여름에 보스턴 레드삭스와 계약을 맺었다. 한국의 스포츠 신문들은 나를 300만 달러의 특급 유망주라 치켜세웠지만, 협회는 고교를 졸업하지 않고 미국행을 택한 나에게 징계를 내렸다. 미국에서 실패하더라도 KBO팀과는 계약이 불가능한 것이 되었다. 참 무의미한 짓거리를 한다고 생각했다. 돌아갈 생각도 없고 만에 하나 그러더라도 내겐 NPB가 있으니, 사실 그런 것들보다도 중요한 것은 마이너리그팀은 메이저리그팀과는 다른 도시를 연고로 한다는 점이다. 지금 속해 있는 AA팀인 포틀랜드 씨독스는 보스턴에서 차를 타고 2시간이나 이동해야 했고 상상 속으로 그려보았던 보스턴 생활은 깨지게 되었다. 마이너리그 선수들을 위해 전담 통역사를 붙여주는 일은 없었기에 의사소통 부분은 조금 힘들었지만 다른 부분들은 그래도 괜찮았다.

담배를 재떨이에 비벼 끄고 침대에 돌아가서 누웠다. 미국은 한국처럼 한밤에는 나갈 수 없었기에 잘 수밖에 없다. 동이 틀 무렵 검은 바이크를 타고 경기장으로 향했다. 거주하고 있는 빌라에서 경기장까지는 바이크를 타고 15분 정도 거리였기에 금방 도착했다. AA리그는 4월에서 8월까지 열리기 때문에 아직 정식 데뷔를 하지는 못했고 리그가 열리기까지도 꽤 긴 시간이 남았다. 몸은 달아오를 때로 달아올랐는데 실전을 치르지 못하니 마른침이 솟구쳤다. 감독과 코치는 나의 성실성을 높게 평가해주었는데, 어린 선수가 하루 종일 훈련만 하는 건 쉽게 보기 힘든 광경이라고 말했다. 한참을 달리니 쌀쌀한 날씨임에도 온몸이 젖어버렸다.

선수들 중에서 유일하게 친해진 선수가 한 명 있다. 나보다 3살 위인 멕시코에서 온 언더핸더 투수였다. 그는 나에게 와서 혹시 BK와 아는 사이냐고 했지만 아는 사이일 리가 없었다. 그는 본명이 엄청 길었는데 그래서 피타라는 애칭으로 불러달라 했고 그렇게 불렀다.

피타는 자신이 인디언과 백인의 혼혈이라 말했지만 내 눈에는 백인과 똑같아 보였다. 하지만 백인들의 눈에는 차이가 있긴 한가 본데, 왜냐하면 그는 백인의 무리와는 어울리지 못했기 때문이다. 피타는 작년부터 이곳에서 뛰었고 나에게 여러 맛집이나 명소들을 알려주었다. 그가 메인에 왔으면 랍스타를 먹어야 한다고 말했지만 끌리지 않아서 식당을 찾거나 하지 않았다. 그에게 조용히 맥주 한 잔 할 곳이 있냐고 물어보았고 그는 젊은 사람들은 촌스러워서 잘 가지 않는 컨트리바를 알려주었다. 그곳의 위치를 머릿속에 새겨 넣었다.

저녁, 훈련을 마치고 샤워장에서 시원한 물줄기를 쐬며 피로를 씻어냈다. 세면 바구니에서 바디워시를 꺼냈는데, 케이스에 적힌 모든 글자가 알파벳으로 되어 있는 걸 보고, 이곳이 미국이란 걸 새삼스럽게 깨달았다. 경기장을 나와서 주차장에 세워진 검은 바이크에 올랐고 피타가 알려준 바를 향해 바이크를 몰았다. 바에 들어서니 조용하고 사람이 많지 않은 것과 은은한 조명이 마음에 들었다. 그렇지만 약간은 올드한 느낌을 주는 나무로 된 테이블과 장식들이, 왜 이곳을 젊은 사람들이 찾지 않게 하는지를 깨닫게 했다. 나는 테이블에 앉지 않고 바텐더를 바라보는 앞자리에 앉았다. 흑맥주를 시키고 조그만 스테이지를 보니, 캐주얼한 옷을 입은 금발머리의 중년 남자가 카우보이모자를 쓰고 통기타를 조율하고 있었다. 바텐더가 내 앞에 잔을 갖다 놓음과 동시에 카우보이는 공연을 시작했다. 그는 컨트리 음악을 연주하며 중년의 손님들에게 향수를 불러일으키게 했다. 이런 느낌이 마음에 들었고 이곳의 단골이 될 것만 같았다. 깊은 맛이 느껴지는 흑맥주를 마시며 바텐더에게 공연 중인 사람이 누구냐고 물었는데 점원은 이곳의 사장이라고 답했다. 텍사스 출신의 진성 카우보이라는 말도 덧붙였다. 그가 부른 노래 중에 알았던 노래는 〈컨트리 로드〉뿐이었지만 다른 노래들도 맥주와 어우러져 깊은 풍미를 냈다.

그렇게 세 잔째 마시고 있는데, 점원이 시키지도 않은 칵테일을 앞에 놔두었고 의아한 표정을 지으니 그가 뒤를 가리켰다. 고개를 돌리자, 레드삭스 모자를 쓴 백발노인이 내게 윙크를 했고 나는 그에게 살짝 고개를 숙였다. 이렇게 한 번씩 알아봐주는 사람이 있을 때마다 기분이 묘했다. 그가 선사해준 푸른 칵테일을 맛보았다. 이곳에 몇 시간이나 있었을까? 슬슬 자리에서 일어나 돌아가려 했는데 누군가 나에게 말을 걸었다. 그녀는 올림머리를 한 금발에 보라색 야구점퍼를 입고 있었는데 이곳에 몇 없는 젊은 여자였다. 금발의 여인은 내게 야구선수냐고 물어왔다. 어떻게 알았냐고 하니 야구장으로 들어가는 모습을 몇 번 보았다고 했다. 그녀는 시즌이 시작되면 나를 응원하러 경기장을 찾겠다고 말했고, 나는 고맙다고 말하며 여인의 푸른 눈을 바라보았다. 이곳에 온 지 몇 달 되었지만, 푸른 눈을 볼 때마다 이질적인 느낌이 들었다. 그녀는 분명 미인이었는데도, 끌림을 주지는 못 했다. 왜인지는 몰라도 아직까진 다른 인종의 여자에게 성욕이 생기지 않는다. 이렇게 관심을 보이는 여자가 몇 있었지만 별다른 반응을 하지 않았다. 다음에 보자라는 말을 하고 바에서 나왔다. 그녀가 무언가를 말했으나, 영어실력이 형편없었기 때문에 알아듣지는 못했다.

집으로 돌아와서 샤워를 한 후에 옷을 갈아입었다. 베란다에 있는 테이블에 앉아서 하늘을 바라보며 담배를 물었다. 내가 어디 있든, 무엇을 하든, 시간이 얼마나 흐르든, 밤하늘의 별은 변하지 않는다. 내가 알고 있는 것 중에 변하지 않는 건 밤 하늘에 떠있는 별뿐이었다.

그날도 다른 날과 마찬가지로 가을바람을 가르며 경기장을 찾았다. 언제 비가 내릴지 모를 회색빛의 우중충한 하늘이 보였다. 오후 훈련을 마치고 피타와 저녁을 먹고 있는데 핸드폰이 울렸다. 수빈이었다.

"웬일이야?"

"지금 거기로 가는 중이야."

"무슨 소리야?"

"보스턴에서 포틀랜드로 가는 버스 안이야. 아마 한 시간 안에는 도착할 거야."

"뜬금없네."

"태산이를 한 번쯤은 놀래켜 주고 싶어서."

집 위치를 알려주고 나서 전화를 끊었다. 피타에게 인사를 하고 주차된 바이크에 올라 시동을 걸었다. 엔진이 요동치며 바퀴가 돌아가기 시작했다.

빌라로 돌아와서 베란다의 테이블에 앉아 거리를 내려다보며 담배에 불을 붙였다. 3개비 째를 물었을 때, 빌라 앞에 택시가 멈추었고 수빈이 2층으로 올라오는 소리가 들렸다.

또각.

또각.

구두소리가 가까워져 올수록 심장박동이 빨라졌다. 초인종소리가 들리자 현관으로 가서 문을 열었다. 그녀는 베이지색 트렌치코트를 입고 포니테일 머리를 한 채, 사슴 같은 눈망울을 빛냈다.

"고모 집이 뉴저지라서 거기 들렀다가, 갑자기 니가 떠올라서 와 봤어."

수빈은 검은색 부티힐을 신고 현관으로 들어와 코트의 단추를 풀었는데 살이 훤히 드러나는 검은색 탱크톱과 자꾸만 눈이 가는 같은 색의 코팅진을 입고 있었다. 그녀가 단추를 다 풀기도 전에 은은한 향을 풍기는 손목을 강하게 낚아채며 벽으로 밀쳤다. 손으로는 육체를 부볐고, 입으로는 터져 나오는 열정으로 입술을 탐했다.

"잠깐, 옷 좀 벗고…."

코트를 거칠게 벗긴 후 바닥에 내팽개치고 머리끈을 풀어헤치며 그녀를 들어올렸다. 수빈의 찰랑이는 머리카락이 공중에서 휘날렸고 그녀는 두 다리로 내 허리를 감았다. 우리는 쉴새없이 키스하며 방으로 향했다. 그녀는 힐을 벗어서 침대 옆으로 던져버렸으며, 우리는 밀착한 상태로 옷을 벗었다. 검은색 브래지어를 풀어헤치자 풍만하지만 전혀 둔해 보이지 않는, 바스트가 흔들렸다. 수빈의 부드러운 바스트를 사정없이, 쉬지 않고서 터트릴 기세로 빨아대었다. 교태가 흘러넘치는 콧소리를 내며 귀를 간지럽혔는데, 안 그래도 달아오른 나의 육체는 더 뜨거워질 수 없을 정도로 들끓었다.

터질 것 같은 페니스를 움켜쥐고 수빈의 문을 향해 거침없이 찔러 넣었다. 그녀의 허리가 활처럼 휘었다. 페니스는 그런 것은 전혀 개의치 않는다는 듯, 격정적으로 혼들렸다. 페니스는 불투명한 욕망을 몇 차례나 토했으나 지칠 기색조차 보이지 않았고 수빈은 허리를 떨면서 자꾸만 밖으로 새어나갈 것만 같은 소리를 만들어냈다. 불꽃이 사그라지자, 그녀는 거친 숨을 토해내며 불규칙적으로 바스트를 진동시켰다. 티슈 뭉치를 휴지통에 던지고 팬티를 입은 후, 베란다에 앉아 담배를 물었다. 라이터는 기름이 달았는지 불꽃이 영 힘이 없었다. 허공에 담배연기를 뿌리며 쇄골에 맺힌 땀을 닦았다.

한국과 일본의 반대편인 이곳에서, 고독을 즐기는 척하며 담담한 척 굴었지만, 동양인조차 몇 없는 이곳은 분명 날 외롭게 했나보다. 아까 현관문 앞에서 수빈을 보았을 때, 그것을 깨달았다. 입안이 텁텁했다. 담배를 재떨이에 비벼 끄고 방으로 돌아와서 컵에든 물로 목을 축였다. 다시 침대로 돌아가서 수빈을 만지려고 하니 그녀가 무릎을 붙이고 허리를 비틀었다. 양손으로 그녀의 무릎을 벌리고 허벅지를 맛보며 다시금 문을 향해 나아갔다.

"지치지도 않아?"

답하지 않고 그녀의 문을 음미했다.

"안 돼…"

수빈은 나의 머리카락을 쥐어뜯었지만 손에서 별다른 힘이 느껴지지는 않았다.

"많이 외로웠구나."

코치에게 전화를 걸어서 독감에 걸린 것 같으니 며칠간 쉬어야겠다고 말하며 전화를 끊었다. 부엌에서 방금 구은 베이컨과 달걀프라이가 담긴 접시와 토마토주스가 담긴 잔을 침대 옆 탁자에 놓았다. 우리는 이틀 동안이나 서로의 육체를 휘감고 그것을 격정적으로 탐했기에 옷을 입을 필요가 없었다. 샤워헤드에서 나오는 물줄기로 몸을 적실 때나 욕조 안에서도 멈추지 않았으며, 휴식은 그녀가 실신에 가깝게 쓰러졌을 때에나 가능했다. 수빈은 토마토주스를 마시고 귀 뒤로 머리카락을 넘기며 나의 등을 만졌다.

"조금 쉬는 게 좋지 않을까?"

담배를 물고 베란다로 향했고 그것에 불을 붙인 후, 연기를 뱉었다. 그녀의 매끈한 육체는 밤낮없이 물고 빨아도 전혀 질리지가 않았다. 테이블 위에 핸드폰이 진동했다. 두 모금 정도 더 빨아들인 후 전화를 받았다. 수화기 너머로 들려오는 이야기는 도저히 받아들일 수 없는 것이었다. 급히 방으로 돌아와서 옷을 껴입고 구단 관계자에게 전화를 걸었다.

"어디 가게?"

"한국."

"지금?"

고개를 끄덕이며 캐리어에 짐들을 밀어 넣었다. 구단 관계자에게 급한 일이 있어 잠시 한국에 간다고 말하며 캐리어를 닫았다. 서랍에 있는 보조키를 수빈에게 건네고 현관으로 걸어갔다. 그녀는 속옷만 걸치고 현관으로 따라 나왔다.

"급한 일이야? 나도 며칠 뒤에 가는데."

"다음에 보자."

택시를 잡고 급히 보스턴으로 향했다. 보스턴까지 가는 길은 멀었다. 조바심이 나서 손을 가만히 두지 못했다. 보스턴에서 비행기에 올랐고 좌석에 앉자마자 잠이 쏟아져 눈꺼풀을 내렸다. 시카고에서 경유하기 전까지 잠만 잤다.

"필요한 거 없으세요?"

스튜어디스가 교육된 미소를 띠며 친절하게 물어왔는데, 필요한 것이 없다고 말하며 하품을 했다. 한국으로 오기 전까지 95% 시간을 잠만 자며 보냈다. 몸이 너무 피로했고 깨어 있으면 잡생각이 정신을 오염시킬 것 같았기 때문이다. I국제공항에서 D시로 향하는 비행기에 올랐다. 시간을 확인하니 포틀랜드에서 출발한 지 24시간이 지나버렸다. 이제 이틀은 자지 않아도 끄떡없겠다. D공항에 도착해서 담배를 피웠다. 간만에 피워서 그런지 머리가 어지러웠다. 택시를 잡고 지은의 집으로 향했다. 이제 그녀가 살지 않는, 그녀의 집으로 향했다.

5

그녀가 자살했다. 지은이는 태일이가 존재하지 않는 세상이 견디기 힘들었나 보다. 두 번 다시 그녀를 만질 수도 없고 이야기를 나눌 수도 없으며, 그녀의 아름다운 눈동자를 바라볼 수도 없다. 택시가 목적지에 도착하자 시선 속으로 두 채의 집이 들어왔다. 내가 살았던 집과 그녀가 살았던 집, 멍하니 두 채의 집을 바라보며 지은과 함께한 추억의 시간들을 떠올려보았다. 대문 앞으로 가서 초인종을 누르니 어머니가 문을 열어주었다. 그녀의 눈동자를 바라보았다. 다시 볼 수 없을 것 같았던 선명한 광채를 다시 보게 되었다. 곧 마흔이 넘는다는 것이 믿기지 않을 정도로 그녀는 처음 본 그때의 그 모습이었다.

"오느라 힘들었지?"

"아니요, 괜찮아요."

"커피 한 잔 마실래?"

"주스 한 잔 주세요."

테이블에 앉았고 그녀는 커피와 주스가 담긴 두 개의 컵을 테이블에 놓고 맞은편에 앉았다.

"생각보다 빨리 왔네?"

"듣자마자 출발했어요."

그녀는 미소를 지었지만, 어딘지 모를 깊숙한 곳에서 슬픔이 묻어나왔다. 어머니가 잠시 가져올 것이 있다고 말하며 자리에서 일어났고, 돌아와서 테이블에 편지를 놓았다.

"지은이가 너에게 쓴 편지야. 읽어 봐. 잠시 방에 가 있을게."

편지봉투를 뜯자마자 지은의 향기가 날아와 얼굴을 적셨다. 조심스럽게 편지지를 꺼내 그것을 펼쳐보았다. 반듯하고도 똑 부러지는 필체, 분명 지은이 쓴 편지다. 가슴이 답답해지며 흡연 욕구가 치밀어 올라 담배를 물었다.

"태산아 미국에서 잘 지내고 있지? 나는 몇 달 간 여행을 하고 한국으로 돌아와서 이 편지를 쓰고 있어.

분명 너를 본 지가 몇 달밖에 안 된 거 같은데, 마치 몇 년이나 흘러버린 것 같은 기분이 들어.

참 사람이란 게 웃긴 것 같아. 그토록 강렬했던 태일이와의 추억조차도 점차 희미해져 가다니, 얼마나 됐다고….

하지만 태산이 너는 다른 사람들 하고는 다를 거라 믿어. 만약 내가 이 세상을 떠나서 너와 다시 만날 수 없다고 하더라도, 영원히 날 기억해 줄 거라 믿어. 내가 너무 이기적이지? 원래는 이렇지 않았는데….

약속해 줄래? 너만큼은 날 생생하게 기억해 줄 거라고. 사랑해. 태일이만큼이나 태산이 너를 사랑해. 내가 죽어 흔적조차 남지 않는다고 해도 영원히 널 기억할 거야. 니가 누구보다 유명해질 거라 믿어, 누구보다도 당당하게 살 거라고 믿어, 그리고 누구보다도 날 기억해 줄 거라 믿어.

미안해, 사랑해."

그녀의 눈물자국이 선명하게 새겨진 편지를 수십 번이나 다시 읽어보았다. 나의 귀에 그녀의 목소리가 들리는 것만 같았다. 쉴 새없이 담배를 피워대며 편지를 읽고 또 읽었다. 그녀가 방에서 나와 내 어깨 위에 손을 올렸다.

"읽어 보실래요?"

"아니 너한테 쓴 편지잖아. 그럼 너만 봐야지."

담배를 너무 피워대서 그런지 머리가 어지러웠다. 이곳을 나가려고 자리에서 일어났는데, 중심을 잡지 못해 쓰러지듯이 그녀에게 기댔다.

"왜 그래? 괜찮아?"

"괜찮아요. 담배를 너무 피워서 그래요."

혼자 서보려 했는데 잘 되지가 않았다. 그때, 그녀와 눈이 마주쳤다. 잊을 수 없는, 선명한 광채를 내는 추억 속의 검은 눈동자와 같은 눈을. 그녀를 강하게 끌어안았다.

"너무 힘들어 하지 마. 지은이도 니가 힘들어하는 걸 원하지 않을 거야."

그녀의 목에 코를 갖다 대고 아까 편지에서 나는 향기와 같은 향을 맡았다. 그 향기를 맡게 되자 혼잡한 도심 속에서 있다가 종달새가 지저귀는 숲 속으로 자리를 옮긴 듯, 근육이 이완되며 마음이 편안해졌다.

"부드러운 향기가 나요."

그녀의 주름 하나 없는 보드라운 목에 입을 맞추고 상체를 일으켜 얼굴을 응시했다.

"왜 이제야 알았지?, 이제 것 모른 척 했던 건가?"

그녀의 눈에 입을 맞추자, 이제는 여인의 분홍빛 입술이 시선 속으로 들어왔고 그것에 입술을 가져갔다. 여인은 고개를 돌리며 키스를 피했다.

양손으로 그녀의 허리를 휘감으며 내 품으로 그녀를 당겼다.

"사랑해."

그녀에게 강제로 키스를 하려 했지만 여인은 입술을 열지 않는 가벼운 저항을 했다. 그녀의 포근한 입술은 어머니의 것을 떠올리게 했다. 결국 나의 혀는 저항을 무너뜨리고 안쪽으로 파고들었다. 그녀는 내가 이럴 거란 걸 전혀 예상하지 못했고 그래서 그런지 어떻게 대처해야 할지도 몰랐다. 혀가 부딪히자 본능적으로 그녀가 키스한 지 오래되었다는 사실을 알았다. 그녀는 20살에 결혼했고 듣기로는 오랫동안 부부관계가 좋지 않았다. 여인은 나를 피해보려 했지만, 집요함에 굴복했고 마침내 키스를 받아들였다. 어머니의 혀는 달콤했다. 처음엔 터져 나오는 뜨거움을 참지 못하고 격정적으로 몰아쳤지만 서서히 그녀를 음미하기 시작했다. 어머니와의 키스가 떠올랐다.

오랫동안 사막 한가운데 서 있다가 마침내 오아시스를 만난 듯 갈증을 해소해 나갔다. 입술을 떼어내자 우리의 타액이 타원형의 긴 실을 만들며 바닥으로 떨어졌고 그녀의 볼은 약간 상기되었다. 상의를 벗고 맨살을 드러내자 여인을 고개를 옆으로 돌려 시선을 피했다. 그런 그녀를 들어 올려 침실로 향했는데, 여인이 저항을 했다. 거긴 안 돼.

그 말을 무시하고 부부의 공간으로 침입했으며 그곳에 발을 내딛자 심장이 폭발해버릴 것만 같았다. 그녀의 옷을 벗기자 가슴이 탄력적으로 흔들렸다. 마치 젖에 굶주린 아기가 어미의 것을 취하듯, 헤라클레스가 헤라의 젖을 빨 듯, 그것을 세차게 빨아들였다. 은하수는 만들어지지 않았지만 포근함이 전신을 휘감았고 어느 때보다 근육들이 이완되었으며 잠기운마저 올라왔다. 이제껏 내가 빨아온 것은 젖병과 같은 대체품이었다. 옷을 마저 벗고서 여인의 신체를 가렸던 모든 천 쪼가리를 걷어냈다. 붉게 팽창된 페니스를 그녀에게 찔러 넣자, 그녀의 눈에서 눈물이 흘렀다. 아니, 어쩌면 그건 내 눈물인지도 모른다. 그녀와 밀착할 때마다 육체가 달아올라 하늘을 향해 떠오를 것만 같았다. 그녀의 이름을 불렀다.

반응을 무시하고 계속해서 이름을 부르자, 고개를 가로저으며 그만 부르라는 말을 반복했다. 결국 이름을 부르는 것을 멈추고 페니스에만 신경을 집중하여 절정을 향해 달려갔다. 우리의 교성이 뒤섞이며 하나가 되었을 때, 페니스는 불투명하고도 긴, 눈물을 흘렸다. 옷을 껴입고 그녀를 뒤로하며 방문을 나서려 했을 때, 등 뒤로 숨죽여 흐느끼는 소리가 들려왔다. 대문 밖을 나와서 걸어가다가 뒤로 돌아보니 두 채의 집이 보였다. 휘발유를 부어서 태워버리고 싶은 욕구가 일었지만 그것을 뒤로하고 떠났다.

잠에서 깨어나니 택시가 저녁의 번화가를 달리고 있었다. 누군가 라디오에서 청아한 목소리로 푸시킨의 시를 낭송하는 소리가 들려왔다.

그러나 슬픔의 날, 정적 속에서
애수에 잠겨 내 이름을 부르며 말해다오.
나의 기억 아직도 있다고
이 세상엔 내가 살아 있는 가슴이 있다고.

불어오는 바람에 금방이라도 꺼질 것처럼 위태롭게 흔들거리
는 촛불처럼, 희미한 의식 속에서도 시를 낭송하던 여인의 목소리
는 밀애의 속삭임처럼 또렷이 내 심장에서 수차례, 메아리치다가
흙탕물처럼 불투명한 눈물과 함께 차창 너머로 사라져 갔다.
　속이 답답해지면서 구토의 욕구가 치밀어 올라 택시기사에게
여기서 내려달라고 말했다. 택시에서 내린 후, 바로 앞에 있는
골목으로 들어가서 구토를 했다. 몇 번 토를 하고 나니까 속이
좀 괜찮아졌고 담배 케이스에서 담배를 꺼내 물었다. 들고 있는
보스턴백을 열어보니 지은의 편지가 들어 있었다. 연기를 뱉으
며 거리를 보니, 사람들은 즐거운 표정으로 걸어가고 있었다. 그
들의 모습을 보고 싶지 않아서, 그렇다고 쓰레기로 가득한 골목
을 보고 싶지도 않아서, 그래서 나는 하늘을 보았다. 밤하늘에는
많은 별들이 반짝거렸다. 그것을 응시하며 그것에 다다르고 싶
은 욕망을 충족시키기 위하여 별과 나 사이의 허공을 연기로 채
웠다. 지금 나에게는 저런 별들처럼 빛나는 소중한 사람들과의
추억들이 투명한 광채를 뿜어내고 있다. 하지만 그것이 언제까
지 빛날 수 있을지는 모르겠다. 내 심장 안의 섬광들이 언젠가는
빛을 잃어 사라져가는 날이 오게 될 것이다. 그토록 소중했던

추억들도 결국에는 잊혀져 갈 것이다. 지금 내가 바라보는 별들이 시간의 세례를 받아 파괴되어 허공의 파편들로 전락하게 되는 날이 오게 될 것이다. 그렇게 된다면 허공의 파편들에게 별이 지녔던 가치를 부여할 생각이다. 잊혀져 조각난 기억들도 온전한 추억들과 동등한 가치를 부여할 것이다.

새삼스러운 것이지만, 삶은 아무 의미가 없을지도 모른다. 마음만 먹는다면 바로 끝내버릴 수도 있다. 하지만 아무 의미가 없기에 새로운 의미를 부여하는 건 손쉬운 일이다. 어떤 것에도 얽매이지 않고 내가 부여한 의미와 가치들을 추구하며 살 것이다.

골목을 벗어나 거리로 나왔고 핸드폰을 꺼내서 그녀에게 전화를 걸었다.

"금방 갈게."

택시에 올라 K고를 향해 나아갔다. K고에 도착하니 선수들은 조명에서 나오는 불빛에 의지하여 연습을 하고 있었고 철조망 앞에 서서 그들을 바라보았다. 몇 명의 선수들이 나를 알아보고 주위로 몰려들었다. 선수들이 모여들자 더 많은 사람들이 모여들었다.

"연습 안 하고 머 하나!"

감독의 호통에 선수들은 부리나케 제자리로 돌아갔으며 감독은 내 곁으로 다가왔다.

"오랜만이구나."

"네, 오랜만이에요."

"웬일이냐? 니가 여기를 다 오고."

"태일이가 생각나서요. 혹시 태일이 라커 치우셨어요?"

"아니, 그대로 두었다."

라커룸으로 향했고 누구의 방해도 받고 싶지 않아서 문을 잠 갔다. 그리고 태일이의 이름이 적힌 라커를 열어보았다. 그의 물 품들과 사진들이 있었는데, 함께 찍었던 사진들과 지은의 사진 이 붙어 있었다. 그의 다 떨어져 나간 글러브를(다른 것들보다 유 독 낡아 눈에 띄는 글러브였다.) 끼고서 사진을 뜯어보았는데 함께 찍은 사진들은 모두 중학시절의 것이었다. 보스턴백에서 지은의 편지와 나의 편지, 그 두 개의 편지를 꺼내어 그의 라커 깊숙한 곳에 두었다.

"왜 남의 걸 훔쳐보고 그래?"

익숙한 목소리에 뒤를 돌아보니 그가 벽에 기댄 채 나를 쳐다 보고 있었다.

"왜? 내가 좀 보면 안 되나?"

태일은 피식 웃었다.

"돼. 다른 사람은 몰라도 너는."

라커를 닫으며 의자에 앉았고 그도 내 옆자리로 걸어와 앉았다.

"이 글러브는 왜 이렇게 낡았냐?"

"그거, 지은이가 준 거야."

말라 부르터버린 입술로 담배를 물고는, 오랜만에 풍겨오는 익숙한 체취와 함께 담배연기를 빨아들였다.

"지은이는 잘 있나?"